# EM ÁGUAS PROFUNDAS

# EM ÁGUAS PROFUNDAS

PATRICIA HIGHSMITH

# PATRICIA HIGHSMITH

TRADUÇÃO DE ROBERTO MUGGIATI

intrínseca

Primeira publicação em 1957


TÍTULO ORIGINAL
Deep Water

REVISÃO
Anna Beatriz Seilhe
Wendell Setubal

PROJETO GRÁFICO E ARTE DE CAPA
de Vicq design | www.devicq.com

DIAGRAMAÇÃO
Julio Moreira | Equatorium Design

CIP-BRASIL. CATALOGAÇÃO NA PUBLICAÇÃO
SINDICATO NACIONAL DOS EDITORES DE LIVROS, RJ

H541e
Highsmith, Patricia, 1921-1995
Em águas profundas / Patricia Highsmith ; tradução Roberto Muggiati. - 1. ed. - Rio de Janeiro : Intrínseca, 2020.
304 p. ; 23 cm.

Tradução de : Deep water
ISBN 978-65-5560-059-9

1. Ficção americana. I. Muggiati, Roberto. II. Título.

19-55181 CDD: 925.30
CDU: 929:53

Camila Donis Hartmann - Bibliotecária - CRB-7/6472

[2020]

Editora Intrínseca Ltda.
Rua Marquês de São Vicente, 99, 3º andar
22451-041 — Gávea
Rio de Janeiro — RJ
Tel./Fax: (21) 3206-7400
www.intrinseca.com.br

Para E. B. H. e Tina

*"Não há melhor subterfúgio*
*do que nosso próprio caráter,*
*porque ninguém acredita nele..."*

– Pyotr Stepanovitch em
*Os demônios*, de Dostoievski

Vic não dançava, mas por um motivo bem diferente dos dados por homens que não dançam. Não dançava só porque a esposa gostava de dançar. A racionalização para tal atitude era frágil e não o enganava, embora lhe viesse à mente toda vez que via Melinda dançando: ela ficava ridícula. Ela tornava a dança algo constrangedor.

Ele estava ciente de que Melinda rodopiava para dentro e para fora de seu campo de visão — ainda que de forma vaga, pensou —, e só sabia que era mesmo ela por conhecer cada detalhe físico da mulher. Ergueu calmamente o copo de uísque com água e tomou um gole.

Sentado de forma desleixada, com uma expressão neutra no rosto, no banco estofado junto à balaustrada da escadaria dos Meller, Vic observava os padrões mutantes de todos que dançavam e pensava em dar uma olhada nas caixas de ervas na garagem quando chegasse em casa naquela noite, para ver se as dedaleiras tinham crescido. Àquela altura, estava cultivando vários tipos de ervas, reprimindo seu crescimento ao privá-las de metade da exposição normal ao sol e da absorção de água com a intenção de intensificar seu aroma. Colocava as caixas no sol à uma da tarde todos os dias, quando ia almoçar em casa, e levava de volta para a garagem às três, quando voltava para sua gráfica.

Victor Van Allen tinha trinta e seis anos, era um pouco mais baixo do que a média, mais para um físico cheio e firme do que gordo, e exibia sobrancelhas castanhas espessas e encrespadas que se destacavam sobre os inocentes olhos azuis. O cabelo castanho era liso, cortado bem curtinho e, como as sobrancelhas, grosso e obstinado. A boca era mediana, firme e levemente caída para o canto direito com uma determinação assimétrica ou com humor, dependendo de como o observador a encarasse. Era a boca que tornava seu rosto ambíguo — já que também dava para ler nele certa amargura — porque os olhos azuis, largos, inteligentes e previsíveis, não davam nenhuma pista do que ele estava pensando ou sentindo.

Nos últimos minutos, aumentaram o som um ou dois decibéis, e a dança se tornou mais desinibida em resposta à pulsante música latina que havia começado a tocar. O barulho agredia os ouvidos de Vic, mas mesmo assim ele permaneceu sentado onde estava. Sabia que, se quisesse, podia ter se aventurado pelo corredor até o escritório do anfitrião para folhear seus livros. Já tinha bebido o suficiente para começar a ouvir um leve zumbido rítmico, não de todo desagradável. Talvez o que deveria ser feito numa festa, ou em qualquer evento social com bebidas disponíveis, era beber à medida que o som ia aumentando. Abafar o barulho externo com seu próprio barulho. Criar um pequeno ruído de vozes alegres dentro da própria cabeça. Isso aliviaria muitas coisas. Nunca fique totalmente sóbrio, nunca fique totalmente bêbado. *Dum non sobrius, tamen non ebrius.* Um belo epitáfio, mas no caso dele seria uma mentira, infelizmente. A verdade pura e simples era que na maior parte do tempo ele preferia estar alerta.

Involuntariamente, sua atenção se concentrou no passo de dança que se formou de repente: uma fila de conga. E involuntariamente viu Melinda lançar um alegre olhar do tipo me-pegue-se-puder por cima do ombro, e o homem por cima do ombro — bem acima dele e quase no cabelo dela, na verdade — era Joel Nash. Vic suspirou e bebericou seu drinque. Para um homem que dançou até as três da manhã na noite passada e até as cinco na noite anterior à passada, o Sr. Nash estava muito bem.

Vic se sobressaltou ao sentir um toque em sua manga esquerda, mas era apenas a velha Sra. Podnansky aproximando-se dele. Quase havia esquecido que ela estava ali.

— Não sei como lhe agradecer, Vic. Você não se incomoda mesmo de ir pegar?

Ela havia perguntado a mesma coisa cinco ou dez minutos antes.

— Claro que não — respondeu Vic, sorrindo, levantando-se ao mesmo tempo que ela. — Busco amanhã por volta de quinze para uma.

Naquele exato momento, Melinda se aproximou dele por entre o braço do Sr. Nash e disse quase no rosto da Sra. Podnansky, embora olhasse para Vic:

— Seu bobo! Por que não vem dançar?

Vic viu a Sra. Podnansky estremecer e se recompor com um sorriso antes de se afastar.

O Sr. Nash lançou para Vic um sorriso alegre, levemente bêbado, enquanto voltava a dançar com Melinda. Como se poderia chamar aquele tipo de sorriso?, Vic se perguntou. De camaradagem. Essa era a palavra. Era o que Joel Nash queria que parecesse. Vic deliberadamente desviou o olhar, apesar de seguir uma linha de raciocínio que tinha a ver com o rosto dele. O jeito daquele homem — hipócrita, meio constrangido, meio idiota — não o irritava tanto quanto seu rosto. Aquelas bochechas e a testa arredondadas de menino, aquele cabelo castanho-claro lindamente ondulado, aquelas feições comuns que as mulheres que gostavam dele descreveriam como não *tão* comuns. A maioria das mulheres o acharia bonito, imaginava Vic. Lembrou-se do Sr. Nash olhando-o com superioridade do sofá ao lhe passar seu copo vazio pela sexta ou oitava vez na noite anterior, como se sentisse vergonha de aceitar mais um drinque, vergonha de ficar quinze minutos mais. No entanto, certa insolência atrevida predominava em seu rosto. Até então, pensou Vic, os namorados de Melinda tinham tido mais cérebro ou menos insolência. Mas Joel Nash não ficaria ali para sempre. Vendedor da Companhia Química Furness-Klein de Wesley, Massachusetts, estava ali para poucas semanas de apresentação dos novos produtos da empresa, dissera. Vic não tinha dúvida de que, se o Sr. Nash fosse morar em Wesley ou Little Wesley, tomaria o lugar de Ralph Gosden, independentemente do quanto Melinda viesse a ficar entediada com ele ou de quão chato ele se revelasse em outros aspectos, porque ela nunca resistira ao que considerava um rosto bonito. E, para ela, Joel era mais bonito do que Ralph.

Vic olhou para cima e viu Horace Meller de pé ao seu lado.

— Olá, Horace. Quer se sentar?

— Não, obrigado — respondeu Horace.

Horace era um homem levemente grisalho de estatura média com um rosto estreito sensível e um bigode preto um tanto basto. A boca sob o bigode exibia o sorriso educado de um anfitrião nervoso. Ele sempre ficava nervoso, apesar de a festa estar indo do jeito que qualquer anfitrião desejaria: muito bem.

— E como estão as coisas na gráfica, Vic?

— Imprimindo Xenofonte — respondeu Vic. Com aquele barulho, não dava para conversar direito. — Dá uma passada lá num fim de tarde.

Vic se referia à gráfica. Sempre ficava lá até as sete, e sozinho por duas horas, já que Stephen e Carlyle saíam às cinco.

— Certo, vou passar — retrucou Horace. — Está bem servido de drinques?

Vic fez que sim com a cabeça.

— A gente se vê — disse Horace, afastando-se.

Vic sentiu um vazio assim que o outro foi embora. Um estranhamento. Algo não dito — e ele sabia bem o quê: Horace, com muito tato, evitara mencionar o Sr. Joel Nash. Não dissera que era simpático, ou bem-vindo, não perguntara nada sobre ele ou se dera ao trabalho de comentar banalidades. Melinda fizera com que Joel fosse convidado à festa. Vic a tinha ouvido ao telefone com Mary Meller na antevéspera:

— ...bem, não é exatamente um convidado nosso, mas nos sentimos responsáveis porque ele não conhece muita gente na cidade... Oh, obrigada, Mary! Achei que não se incomodaria de ter um homem extra, ele é tão bonito...

Como se alguém pudesse tirá-la de perto dele com um pé de cabra. Mais uma semana, pensou Vic. Mais sete noites, para ser exato. O Sr. Nash ia embora no dia 1°, um domingo.

Joel Nash se materializou, agigantando-se tropegamente em seu paletó branco de ombreiras largas, o copo na mão.

— Boa noite, Sr. Van Allen — disse Joel com um arremedo de formalidade, desabando em seguida no lugar onde a Sra. Podnansky estivera sentada. — Como está?

— Ah, como de costume — respondeu Vic, sorrindo.

— Tem duas coisas que eu queria lhe dizer — anunciou Joel com súbito entusiasmo, como se o pensamento tivesse surgido naquele exato instante. — Uma delas é que me pediram, minha firma pediu, para ficar mais umas duas semanas aqui. Por isso espero poder retribuir *aos dois* a enorme hospitalidade que me dispensaram nas últimas semanas e... — Joel riu com um jeito juvenil, inclinando a cabeça.

Melinda tinha uma verdadeira vocação para descobrir pessoas como Joel Nash, pensou Vic. Pequenos casamentos de mentes verdadeiras.

— E qual é a segunda? — quis saber Vic.

— A segunda... Bem, a segunda é que eu queria dizer o quanto acho você um cara bacana por me deixar sair com sua mulher numa boa. Não que a gente tenha saído muito, sabe? Uns dois almoços e um passeio pelo campo, mas...

— Mas o quê? — disparou Vic, de repente se sentindo sóbrio e enojado com a leve embriaguez do outro.

— É que muitos homens teriam quebrado a minha cara por menos... por acharem que há algo mais. Eu entenderia se você ficasse um pouco chateado, mas não ficou, dá para ver. Acho que o que quero dizer é que sou grato por você não socar o meu nariz. Não que haja motivo para eu levar um soco, é claro. Pode perguntar a Melinda, caso tenha alguma dúvida.

A pessoa certa para perguntar, claro. Vic o encarou com uma indiferença calma. O silêncio era a melhor resposta, pensou.

— De qualquer maneira, queria dizer que você tem muito espírito esportivo — acrescentou Nash.

O terceiro anglicismo afetado de Joel Nash irritou Vic.

— Aprecio seus sentimentos — retrucou Vic com um leve sorriso. — Mas não desperdiço meu tempo socando o nariz das pessoas. Quando não gosto mesmo de alguém, eu o mato.

— Mata? — questionou Nash, exibindo seu sorriso alegre.

— Sim, eu mato. Você se lembra do Malcolm McRae, não?

Vic sabia que ele sabia sobre Malcolm McRae porque Melinda tinha dito que lhe contara tudo sobre o "mistério McRae" e que Joel ficara muito interessado porque tinha se encontrado com McRae uma ou duas vezes em Nova York para tratar de negócios.

— Lembro — respondeu Joel com atenção.

O sorriso de Joel Nash havia diminuído. Passou a ser um mero dispositivo de proteção. Com certeza, Melinda contara que Malcolm tinha uma queda por ela — o que sempre deixava a história mais interessante.

— Você está brincando — comentou Joel.

Naquele instante, por causa das palavras e da expressão no rosto de Joel, Vic descobriu duas coisas: que Joel Nash já tinha feito amor com sua mulher e que sua própria frieza diante deles dois causara forte impressão. Vic assustara Joel — não só naquele momento, mas em determinadas noites em sua casa. Ele nunca havia demonstrado qualquer sinal de ciúme convencional. Pensou ser, por definição, assustador alguém não se comportar de maneira ortodoxa.

— Não, não estou brincando — retrucou Vic com um suspiro, tirando um cigarro do maço e depois oferecendo o maço ao outro.

Joel Nash fez que não com a cabeça.

— Ele se tornou um pouco folgado, como dizem, com Melinda. Ela deve ter comentado. Mas o que me irritou mesmo foi a personalidade dele. Sua presunção e seus eternos desmaios para que as pessoas o hospedassem. E sua parcimônia revoltante.

Vic colocou o cigarro na piteira e a pressionou entre os dentes.

— Eu não acredito em você.

— Acho que acredita. Mas não importa.

— Você matou *mesmo* Malcolm McRae?

— Quem você acha que foi? — Vic esperou, mas não houve resposta. — Melinda me disse que você o conhecia ou sabia dele. Tem alguma teoria? Gostaria de ouvi-la. Gosto de teorias. Mais do que dos fatos às vezes.

— Não tenho nenhuma teoria — respondeu Joel na defensiva.

Vic notou um recuo, um medo, no jeito como o Sr. Nash estava sentado. Vic se recostou, ergueu e abaixou as grossas sobrancelhas castanhas, e soltou a fumaça do cigarro.

Houve um silêncio.

Vic sabia que o outro estava analisando os comentários que poderia fazer. E acreditava saber até qual seria o escolhido.

— Considerando que ele era seu amigo — prosseguiu Joel, e Vic percebeu que, sim, tinha acertado sobre o caminho escolhido —, não acho engraçado você brincar com a morte dele.

— Ele não era meu amigo.

— Era amigo da sua mulher.

— O que é bem diferente, você deve admitir.

O Sr. Nash conseguiu assentir. Depois deu um sorriso amarelo.

— Ainda acho que é uma piada de mau gosto — comentou, levantando-se.

— Desculpe. Talvez eu me saia melhor da próxima vez. Ah, só uma coisa!

Joel Nash se virou.

— Melinda não sabe sobre isso — disse Vic, ainda recostado de forma descontraída no banco. — Ficaria grato se não contasse a ela.

Joel sorriu e lhe deu tchau ao se afastar. A mão estava mole. Vic o observou ir até o outro lado da sala, para perto de Horace e Phil Cowan, que estavam conversando, mas sem tentar se juntar a eles. Joel ficou parado sozinho e pegou um cigarro. Ele acordaria na manhã seguinte ainda achando que era brincadeira, pensou Vic, embora lá no fundo ficasse intrigado o suficiente para perguntar a poucas pessoas qual era a atitude de Vic Van Allen em relação a Malcolm McRae. E várias pessoas — Horace Meller, por exemplo, e até Melinda — responderiam que Vic e Malcolm nunca tinham se dado muito bem. E os Cowan ou os Meller, se pressionados, admitiriam que haviam reparado em algo entre Malcolm e Melinda, nada mais do que um leve flerte, é claro, mas...

Malcolm McRae era um executivo da área de publicidade — um não muito importante, mas cercado de uma aura arrogante de superioridade e bajulação. Era do tipo que as mulheres achavam fascinante e os homens costumavam detestar. Alto, esguio e imaculado, tinha um rosto estreito e comprido em que, na opinião de Vic, nada destoava, exceto uma verruga grande na bochecha direita, como a de Abraham Lincoln. Vic também se lembrava de que seus olhos eram considerados fascinantes. E ele fora assassinado, sem nenhum motivo aparente, em seu apartamento de Manhattan por um agressor que a polícia até então não conseguira identificar. Foi por isso que a história de Vic impressionou tanto Joel.

Vic relaxou ainda mais no banco e esticou as pernas, lembrando com um prazer peculiar como Malcolm se encostara em Melinda, enlaçando-a com os braços no campo de golfe ao lhe mostrar como fazer uma tacada que ela, se quisesse, faria melhor do que ele. E também quando, lá pelas três da manhã, Melinda tinha ido, recatada, para o quarto com um copo de leite e pedira a Malcolm que fosse conversar com ela. De forma obstinada, Vic ficou sentado na sala de estar, fingindo que lia, determinado a permanecer ali o tempo que fosse necessário, enquanto Malcolm estivesse no quarto dela. Não havia nenhuma comparação entre aqueles dois em termos de intelecto. Malcolm teria morrido de tédio se passasse metade de um dia sozinho com ela. Mas havia a pequena atração do sexo. Havia sempre aquela conversa de Melinda que começava mais ou menos assim "Ah, Vic? Eu amo ele, amo de verdade, mas não é bem desse jeito. Ah, tem sido assim há anos, ele não liga para mim desse jeito também, por isso...", acompanhada de olhos castanhos-esverdeados cheios de súplica e expectativa. Malcolm saiu do quarto após uns vinte minutos. Vic tinha certeza de que nada acontecera entre os dois. Mas tinha sentido certa satisfação quando soube que Malcolm fora assassinado em dezembro. Ou fora em janeiro? O primeiro pensamento que lhe ocorreu foi que Malcolm devia ter levado o troco de algum marido ciumento.

Por alguns minutos, Vic imaginou Malcolm voltando ao quarto de Melinda naquela noite depois de ele ter ido para o próprio quarto — que ficava do outro lado da garagem —, e que descobrira e planejara o assassinato meticulosamente, indo para Nova York sob algum pretexto, visitando Malcolm com um peso de caixilho de janela no sobretudo (os jornais tinham noticiado que o assassino devia ser um amigo ou conhecido, pois Malcolm permitiu sua entrada) e espancando-o até a morte. Tudo feito de forma silenciosa e eficiente, sem deixar impressões digitais — o verdadeiro assassino não tinha deixado. Depois, Vic dirigiria de volta para Little Wesley na mesma noite, e esse seria seu álibi — caso alguém lhe perguntasse, diria que estava assistindo a um filme no Grand Central, que ele já tivesse visto em outra ocasião — na hora em que Malcolm fora assassinado.

— Victor-r. — Mary Meller curvou-se na direção dele. — No que tanto está pensando?

Vic se levantou devagar, sorrindo.

— Em nada. Você está um pêssego hoje — respondeu ele, brincando com a cor do vestido dela.

— Obrigada. Que tal irmos para um canto e batermos um papo? — convidou Mary. — Quero que saia desse banco, você ficou sentado aí a noite inteira.

— Na banqueta do piano? — sugeriu Vic, porque era o único lugar à vista onde duas pessoas podiam se sentar próximas uma da outra.

Tinham dado um intervalo na dança. Ele deixou que Mary o levasse pelo pulso até a banqueta do piano. Sentiu que ela não queria falar com ele, que só estava tentando ser uma boa anfitriã, conversando com todo mundo, e o deixara por último porque ele era um tanto difícil nas festas. Vic não ligava. *Não* tenho nenhum orgulho, pensava orgulhosamente. Costumava dizer isso a Melinda, porque a irritava.

— Sobre o que você tanto conversou com a Sra. Podnansky? — perguntou Mary assim que se sentaram.

— Sobre cortadores de grama. O dela precisa ser afiado e ela não gostou do trabalho que Clarke fez da última vez.

— Aposto que você se ofereceu para afiar. Não sei o que seria das viúvas da comunidade sem você, Victor Van Allen! Queria saber como arranja *tempo* para todas as suas boas ações.

— Tenho muito tempo — retrucou Vic, sorrindo a contragosto. — Consigo arranjar tempo para tudo. É uma sensação incrível.

— Tempo para ler todos os livros que a maioria de nós fica adiando! — Ela riu. — Oh, Vic, eu odeio você. — Ela olhou para os convidados que se divertiam à sua volta e de novo para Vic. — Espero que seu amigo, o Sr. Nash, esteja se divertindo. Ele vai se instalar em Little Wesley ou só está de passagem?

Pelo que Vic viu, o Sr. Nash não estava mais se divertindo. Ainda estava de pé sozinho, olhando fixamente para um desenho no tapete enrolado perto dos próprios pés.

— Ele vai ficar aqui por uma ou duas semanas, acho — respondeu Vic num tom improvisado. — É uma viagem de negócios.

— Então vocês não o conhecem muito bem?

— Não. Acabamos de conhecê-lo.

Vic detestava compartilhar a responsabilidade com Melinda. Ela conhecera o Sr. Nash numa tarde no bar da Lord Chesterfield Inn, aonde ia quase todo dia por volta das cinco e meia com o objetivo de encontrar pessoas como Joel Nash.

— Posso dizer, Vic querido, que você é extremamente paciente?

Ao encará-la, Vic percebeu, em seus olhos cansados e aquosos, que Mary estava sentindo o efeito da bebida.

— Ah, sei lá.

— Você é. Você parece ser alguém muito paciente e que um dia... faz alguma coisa. Não chega a explodir, mas simplesmente... bem, desabafa.

Foi um final tão tranquilo que Vic sorriu. Devagar, esfregou com o polegar uma coceira na lateral da mão.

— E também gostaria de dizer, já que tomei três drinques e talvez não tenha uma oportunidade dessas de novo, que acho você muito maravilhoso. Você é *bom*, Vic — continuou Mary, num tom que significava que ele era bom no sentido bíblico, e um tom que demonstrava certo constrangimento por usar uma palavra em tal sentido. Vic sabia que ela ia estragar a situação rindo de si mesma em poucos segundos. — Se nós dois não fôssemos casados, acho que eu lhe faria uma proposta agora mesmo!

E lá veio a risada que apagaria tudo aquilo.

Vic se questionou por que as mulheres — mesmo as que haviam casado por amor e tiveram um filho e uma vida conjugal feliz — achavam que iriam preferir um homem que não quisesse nada delas sexualmente. Era uma espécie de regressão sentimental à virgindade, uma fantasia tola e vã que não tinha o menor respaldo na realidade. Elas seriam as primeiras a se sentir ultrajadas se o marido as negligenciasse nesse aspecto.

— Infelizmente, eu sou casado — retrucou Vic.

— Infelizmente! — brincou Mary. — Você adora Melinda, sei disso. Venera o chão em que ela pisa. E ela também ama você. Não se esqueça disso, Vic!

— Não quero que pense — disse Vic, praticamente a interrompendo — que sou tão bom quanto você diz. Também tenho um lado um pouco mau. Só que o escondo muito bem.

— Com certeza! — concordou Mary, rindo. Ela se inclinou na direção de Vic, que sentiu seu perfume, uma mistura de lilás e canela. — Mais um drinque, Vic?

— Ainda estou bebendo o meu, obrigado.

— Viu só? Você é bom até para beber! O que foi que picou a sua mão?

— Um percevejo.

— Um percevejo? Meu Deus! Onde é que você foi arranjar um?

— No Green Mountain Hotel.

A boca de Mary se abriu incredulamente, e então ela soltou uma gargalhada estridente.

— *O que é* que você foi fazer lá?

— Fiz uma reserva semanas antes. Pedi que, se algum percevejo aparecesse, guardassem para mim e então consegui seis. Custaram cinco dólares em gorjetas. Estão morando na minha garagem agora numa caixa de vidro com um pedaço de colchão para dormir. De vez em quando deixo que um deles me pique, porque quero que continuem no seu ciclo de vida normal. Tenho duas levas de ovos agora.

— Mas por que está fazendo isso? — questionou Mary, entre risinhos.

— Porque acho que um entomólogo que escreveu um artigo para uma revista de entomologia está errado sobre um determinado ponto no ciclo reprodutor dos percevejos — explicou Vic, sorrindo.

— Que ponto? — quis saber Mary, fascinada.

— Ah, é um detalhe que tem a ver com o período de incubação. Duvido que isso seja interessante para alguém, apesar de os fabricantes de inseticidas...

— Vi-ic — chamou a voz rouca e pastosa de Melinda. — Dá licença?

Vic olhou para ela com um espanto levemente ofensivo. Depois, levantou-se da banqueta e gesticulou graciosamente para o piano.

— É toda sua.

— Você vai tocar? Ótimo! — disse Mary com empolgação.

Um quinteto de homens se posicionou ao redor do piano. Melinda se acomodou na banqueta, um feixe de cabelo brilhante caindo como uma cortina e escondendo seu rosto de quem estivesse à sua direita, como Vic estava. Deixa para lá, pensou Vic, quem conhecia seu rosto melhor do que ele? Além do mais, ele não fazia questão de vê-lo, já que não ficava melhor quando ela bebia. Vic saiu de fininho. Agora o sofá estava completamente livre. Para seu desprazer, ouviu a introdução tosca e estridente de Melinda do "Assassinato na Décima Avenida", que ela tocava muito mal. Sua interpretação era floreada, imprecisa e poderia se dizer constrangedora, mas as pessoas ouviam e, depois de terem ouvido, não mudavam de opinião sobre ela por causa disso. Não era um demérito nem um crédito para ela socialmente. Quando Melinda sentiu dificuldade e desistiu da canção com uma risada e um agitar de mãos infantil e frustrado, seus admiradores do momento continuaram a admirá-la da mesma forma. Ela não ia se atrapalhar com "Assassinato na Décima Avenida" porque se o fizesse sempre poderia passar para o tema dos *Três ratos cegos* e se recompor. Vic se sentou num canto do sofá. Todo mundo estava em volta do piano, exceto a Sra. Podnansky, Evelyn Cowan e Horace. O ataque cheio de suingue de Melinda no tema principal gerou grunhidos de deleite dos ouvintes masculinos. Vic olhou para Joel Nash, debruçado sobre o piano, e fechou os olhos. De certo modo, também fechou os ouvidos e pensou nos seus percevejos.

Finalmente houve aplausos, que logo pararam quando Melinda começou "Dancing in the Dark", um de seus melhores números. Vic abriu os olhos e viu Joel Nash o observando de uma maneira distraída, mas também intensa e um tanto assustada. Vic voltou a fechar os olhos. Sua cabeça estava recostada como se ele estivesse ouvindo a música em transe. Na verdade, estava imaginando o que estaria se passando na mente alcoolizada de Joel Nash. Viu sua própria figura um tanto atarracada, as mãos pacificamente enlaçadas sobre o abdome, o rosto redondo com um sorriso relaxado que já teria se tornado enigmático para Joel, que estaria pensando: talvez ele tenha *matado*. Talvez por isso ele pareça tão indiferente sobre mim e Melinda. Talvez por isso ele é tão estranho. Ele é um *assassino*.

Melinda tocou por quase meia hora, até que teve de repetir "Dancing in the Dark". Quando se levantou do piano, as pessoas ainda a pressionavam para que tocasse mais, sendo Mary Meller e Joel Nash os mais ruidosos.

— Precisamos ir para casa. Já está tarde — argumentou Melinda. Ela costumava ir embora depois de uma sessão ao piano. Com uma aura de triunfo. — Vic? — chamou, estalando o dedo em sua direção.

Obediente, Vic se levantou do sofá. Viu Horace acenando. Ele ficou sabendo, supôs Vic. Então foi até o anfitrião.

— Que história é essa que você contou para o seu amigo, o Sr. Nash? — questionou Horace, com os olhos escuros brilhando de divertimento.

— Meu amigo?

Os ombros estreitos de Horace tremeram com o riso reprimido.

— Não o culpo nem um pouco. Só espero que ele não a espalhe por aí.

— Foi uma piada. Ele não percebeu isso? — perguntou Vic, fingindo seriedade.

Ele e Horace se conheciam bem. Muitas vezes, Horace o tinha aconselhado a ser mais firme com Melinda — e foi a única pessoa que ousara lhe dizer isso.

— Pelo visto ele levou muito a sério — comentou Horace.

— Problema dele. Que espalhe a história então.

Horace riu e deu um tapinha no ombro de Vic.

— Só não vá parar na cadeia, meu velho!

Melinda cambaleou de leve enquanto os dois caminhavam até o carro e Vic amparou seu cotovelo para mantê-la firme. Ela tinha quase a mesma altura que o marido e sempre usava sandálias baixas ou sapatilhas — menos por causa dele, pensava Vic, e mais porque eram confortáveis e deixavam a altura dela combinando melhor com a dos homens médios. Apesar de Melinda estar um tanto cambaleante, dava para sentir a firmeza amazona do seu corpo alto e firme, a vitalidade animal que o puxava. Ela se encaminhava até o carro com o impulso implacável de um cavalo voltando para o estábulo.

— O que você disse para Joel? — questionou Melinda quando já estavam no carro.

— Nada.

— Você deve ter dito alguma coisa.

— Quando?

— Ora, *vi* vocês dois conversando — insistiu, sonolenta. — Sobre o que estavam falando?

— Sobre percevejos, eu acho. Ou foi com Mary que falei sobre percevejos?

— Ah! — Melinda parecia impaciente e aconchegou a cabeça no ombro dele de uma forma tão impessoal, como se ele fosse uma almofada de sofá. — Você deve ter dito algo, porque ele ficou diferente.

— Que foi que ele disse?

— Não foi o que ele disse, mas o jeito como *a-a-agiu* — retrucou ela arrastadamente. E adormeceu.

Melinda só levantou a cabeça quando ele desligou o motor na garagem. Como uma sonâmbula, ela saiu do carro, disse "'noite, querido" e entrou na casa pela porta da garagem, que levava à sala de estar.

A garagem era grande o suficiente para cinco carros, apesar de eles só terem dois. Vic a havia construído desse tamanho para usar parte dela como uma oficina, guardando as ferramentas e as caixas de plantas, os aquários de lesmas ou o que mais lhe interessasse ou estivesse usando em experimentos que exigissem espaço, tudo na mais perfeita ordem e limpeza, e ainda ter espaço suficiente para circular. Ele dormia em um quarto do lado da garagem oposto à casa, um quarto cuja única porta dava para essa garagem. Antes de ir até essa porta, ele se debruçou sobre as caixas de ervas. As dedaleiras estavam crescendo — seis ou oito raminhos num tom verde-pálido já formando os cachos de folhas de tríade. Dois percevejos perambulavam no pedaço de colchão em busca de carne e sangue, mas Vic não estava a fim de oferecer a mão naquele momento, e os insetos arrastaram devagar seus corpos achatados na tentativa de se protegerem do facho da lanterna.

## 02

Joel Nash apareceu para um coquetel três dias depois da festa na casa dos Meller, mas não ficou para jantar, embora Vic o tivesse convidado e Melinda, pressionado. Falou que tinha um compromisso, mas estava na cara que era mentira. Anunciou sorridente que não ficaria mais duas semanas, que ia embora na próxima sexta-feira. Sorriu mais do que nunca naquela noite e assumiu a postura defensiva de se mostrar brincalhão em relação a tudo. Para Vic, isso era um indício de como o Sr. Nash o levara a sério.

Depois que ele foi embora, Melinda voltou a acusar Vic de ter dito algo que o ofendeu.

— O que eu poderia ter dito? — questionou Vic, inocentemente. — Já pensou que você pode ter dito algo que o ofendeu? Ou ter feito ou deixado de fazer algo?

— Sei que não fiz nada — argumentou Melinda, emburrada. Então preparou outro drinque para si, em vez de pedir para Vic, como de costume.

Ela não sentiria muito a falta de Joel Nash, pensou Vic, pois ele era algo recente e não ficaria mesmo por muito tempo, por ser um caixeiro-viajante. Já Ralph Gosden era outra história. Vic andara ponderando se Ralph se assustaria tão facilmente quanto Joel e decidira que valia a pena tentar. Ralph era um pintor de vinte e nove anos com uma habilidade razoável no ramo do retrato que recebia uma pequena renda de uma tia amorosa. Ele havia alugado uma casa perto de Millettville, a cerca de trinta e cinco quilômetros de distância, por um ano, do qual apenas seis meses haviam passado. Ao longo de quatro meses, Ralph ia jantar umas duas vezes por semana com o casal — ele dissera que a casa de Vic e Melinda era tão simpática, a comida, tão boa e o toca-discos, tão bom e que, no fundo, ninguém era tão hospitaleiro em Little Wesley ou em qualquer outro lugar quanto os Van Allen — e Melinda o visitava várias tardes por semana, embora nunca admitisse que estivera lá uma tarde sequer. Por fim, depois de dois meses assim, ela mostrou seu retrato pintado por Ralph, seu modo de justificar as muitas tardes e noites em que não estava em casa à uma hora ou às sete, quando Vic voltava do trabalho. A obra, um horror tracejado metido a bonitinho, estava pendurada no quarto de Melinda. Vic proibira sua presença na sala de estar.

Para Vic, a hipocrisia de Ralph era nauseante. Ele sempre tentava discutir coisas que acreditava interessar a Vic — mas o próprio Ralph só se interessava pelo que a mulher comum se interessava. Com essa fachada de amizade, ele tentava esconder o caso com Melinda. Não que Vic fosse contra os casos da esposa com outros homens *per se*, dizia a si mesmo toda vez que olhava para Ralph Gosden. O problema era que ela escolhia homens tão idiotas e covardes e deixava que toda a cidade soubesse ao convidar os amantes para festas na casa de amigos e ser vista com eles no bar do Lord Chesterfield, que na verdade era o único na cidade. Um dos princípios mais arraigados de Vic era o de que todo mundo — logo, uma esposa — deveria ter o direito de fazer o que quisesse, contanto que ninguém fosse magoado e que cumprisse com suas principais responsabilidades, que eram a organização da casa e o cuidado com os filhos — o que Melinda fazia, de vez em quando. Milhares de homens casados mantinham casos impunemente, embora Vic fosse obrigado a admitir que a maioria deles fosse mais discreta. Quando Horace tentara aconselhá-lo sobre Melinda, quando lhe perguntara por que "aguentava tal comportamento", Vic respondera questionando se ele esperava que agisse como um marido (ou esposa) da antiga, rejeitando o cônjuge como impuro, exigindo o divórcio, arruinando a existência de uma criança por nada mais do que a satisfação mesquinha do seu ego. Vic também dissera a Horace, ou a quem quer que insinuasse uma censura a Melinda, que considerava o comportamento dela uma aberração temporária e que, quanto menos alarde se fizesse a respeito, melhor.

O fato de Melinda vir se comportando daquele jeito havia mais de três anos deu a Vic a reputação em Little Wesley de ter a paciência e tolerância de um santo — o que, por sua vez, afagava o seu próprio ego. Ele sabia que Horace e Phil Cowan e todos os demais que sabiam da situação — ou seja, praticamente todo mundo — o consideravam esquisito por suportar aquilo, mas não se incomodava com isso. Na verdade, orgulhava-se disso num país em que a maioria das pessoas almejava ser exatamente como todos os demais.

Melinda também já tinha sido esquisita — do contrário Vic nunca teria se casado com ela. Cortejá-la e convencê-la a se casar com ele fora como domar um cavalo selvagem, só que o processo precisou ser muito mais sutil. Ela era teimosa e mimada, do tipo que é expulsa da escola de tempos em tempos por mera insubordinação. Melinda tinha sido expulsa de cinco escolas e, quando Vic a conheceu com vinte e dois anos, ela achava que a vida não passava da busca por diversão — o que ainda achava, embora aos vinte e dois anos houvesse certa iconoclastia e imaginação na sua rebelião que tinham atraído Vic por serem como as dele. Agora ela tinha perdido cada pedacinho dessa imaginação e sua iconoclastia consistia em quebrar vasos caros jogando-os contra a parede. O único vaso que sobrara na casa era de metal e seu esmalte estava cheio de mossas. Não queria ter filhos, depois quis, então não quis mais e por fim, após quatro anos, quis ter e acabou tendo. O parto não foi tão difícil como costuma ser o de um primogênito, Vic soube pelo médico, mas Melinda se queixara aos berros antes e depois da provação, apesar de ele ter providenciado os melhores cuidados médicos para ela e ter lhe dedicado todo o seu tempo durante semanas, com exceção do seu trabalho. Ele ficara radiante por ter uma criança que era sua e de Melinda, mas ela se recusara a dar à filha nada além do que o mínimo de atenção ou a demonstrar que se importava com a bebê mais do que se importaria com um filhote de cachorro vadio que alimentava em casa. Vic supôs que o convencionalismo de ter um filho e se tornar esposa fora demais para a rebeldia entranhada em sua natureza. A criança implicava responsabilidade e Melinda relutava em crescer. Ela acabara com seu ressentimento ao fingir que não ligava mais para ele da mesma maneira, "não de uma maneira romântica", como dizia. Vic fora muito paciente, mas a verdade é que ela também começou a entediá-lo um pouco. Ela não se interessava por nada que o interessasse e, de uma maneira casual, ele se interessava por um monte de coisas — impressão e encadernação, apicultura, fabricação de queijos, carpintaria, música e pintura (boa música e boa pintura), observação das estrelas, para a qual tinha um telescópio excelente, e jardinagem.

Quando Beatrice tinha uns dois anos, Melinda começou seu caso com Larry Osbourne, um jovem e não muito brilhante instrutor de uma academia de equitação não muito longe de Little Wesley. Antes disso, por meses ela havia andado num estado mental entre a irritação e a confusão, mas, sempre que Vic tentava arrancar dela o que a estava chateando, Melinda não falava nada. Depois que começou o caso com Larry, ela se tornou mais alegre e mais agradável com Vic, ainda mais ao ver a calma com que ele aceitou a situação. Ele fingiu aceitar com mais calma do que realmente sentia, apesar de ter perguntado a Melinda se queria o divórcio.

Vic investiu cinquenta dólares e duas horas da sua vida conversando com um psiquiatra em Nova York. Para o psiquiatra, já que Melinda desprezava o aconselhamento de um psiquiatra para si mesma, ela causaria a infelicidade de Vic e o divórcio, a não ser que Vic fosse firme com ela. Mas era contra os princípios de Vic, como adulto, ser firme com outro adulto. Apesar de percebê-la como não adulta, ele preferia tratá-la como tal. A única ideia nova que o psiquiatra incutiu em sua cabeça foi a de que Melinda, como muitas mulheres que se tornam mães, não iria querê-lo mais como homem e como marido uma vez que tivera um filho. Foi engraçado pensar nela com um instinto tão primitivamente maternal, por isso ele sorria sempre que se lembrava da afirmação do psiquiatra. A explicação de Vic era a de que a simples contrariedade a motivava a rejeitá-lo: Melinda sabia que ele ainda a amava, por isso decidiu não lhe dar nenhuma satisfação mostrando que sentia o mesmo. Talvez amor fosse a palavra errada. Eles eram dedicados um ao outro, dependentes um do outro e, se um saísse de casa, sua ausência seria sentida pelo outro, pensava Vic. Não havia uma palavra para o que ele sentia por Melinda, para essa combinação de desprezo e devoção. O resto do que o psiquiatra dissera sobre a "situação intolerável" e a sua tendência para o divórcio — tudo isso só serviu para motivar Vic a provar que ele estava errado. Mostraria ao psiquiatra e ao mundo que a situação não era intolerável e que não haveria divórcio. Nem ele seria infeliz. O mundo estava repleto de coisas interessantes.

Vic se mudou do quarto do casal para um quarto que começou a construir para si mesmo do outro lado da garagem nos dois primeiros meses do caso de Melinda com Larry Osbourne — que durou cinco meses. Mudou-se como um protesto contra a estupidez do caso dela (isso era tudo que criticara em Larry: a sua estupidez), mas, depois de algumas semanas com seu microscópio e os livros ao seu dispor, e ao perceber como era fácil se levantar no meio da noite sem se preocupar em incomodar Melinda e olhar as estrelas e observar suas lesmas, que eram mais ativas à noite do que durante o dia, Vic decidiu que preferia o quarto da garagem ao do casal. Quando Melinda terminou com Larry — ou, como Vic suspeitava, Larry terminou com ela —, Vic não voltou para o quarto do casal porque ela não demonstrou querê-lo de volta e porque àquela altura ele também não queria mais voltar. Ficou contente com o arranjo e, ao que parece, Melinda também. Ela não andava tão alegre como quando estava com Larry, mas em poucos meses arranjou outro amante: Jo-Jo Harris, um jovem hipertireoidiano que abriu uma loja de discos de vida curta em Wesley. Jo-Jo durou de outubro a janeiro. Melinda comprou centenas de dólares em discos dele, mas não o suficiente para mantê-lo no negócio.

Vic sabia que algumas pessoas achavam que Melinda mantinha o casamento por causa do seu dinheiro, e isso talvez fosse verdade até certo ponto, mas Vic não dava muita importância ao fato. Ele sempre fora indiferente em relação ao dinheiro. Não fora ele quem ganhara a sua renda, mas seu avô. O fato de o pai dele e ele terem dinheiro se devia apenas a um acaso de nascimento, então por que Melinda, como sua esposa, não podia ter o mesmo direito ao dinheiro? Desde que completara vinte e um anos, Vic recebia uma renda de quarenta mil dólares ao ano. Ele chegou a ouvir insinuações em Little Wesley de que as pessoas só toleravam Melinda porque gostavam muito dele, mas se recusava a acreditar nisso. Objetivamente, dava para ver que Melinda era agradável o suficiente, contanto que não se exigisse conversação. Era generosa, tinha jogo de cintura e era divertida nas festas. Todo mundo reprovava os casos extraconjugais, é claro, mas Little Wesley — a velha cidade-mãe residencial da cidade mais comercial, Wesley, a seis quilômetros de distância — era singularmente isenta de puritanismo, como se todo mundo tentasse fugir do estigma de puritanismo da Nova Inglaterra, e nem uma só alma, até então, havia discriminado Melinda por questões morais.

# 03

Ralph Gosden foi jantar na noite de sábado, uma semana depois da festa na casa dos Meller, com o ego confiante e alegre ainda mais alegre do que de costume já que, tendo passado cerca de dez dias na casa da tia em Nova York, talvez sentisse que a acolhida na casa dos Van Allen não foi tão insossa quanto à de pouco antes de sua partida. Depois da refeição, Ralph abandonou uma discussão com Vic sobre abrigos contra bombas de hidrogênio, dos quais tinha visto uma exposição em Nova York e é óbvio que continuava sem saber nada a respeito, e Melinda colocou uma pilha de discos para tocar. Ralph parecia em ótima forma, ao menos excelente para as quatro da manhã, pensou Vic, embora aquela manhã devesse ser sua última na casa dos Van Allen. Ralph era um dos piores transgressores do ficar até tarde, pois podia dormir por toda a manhã seguinte se quisesse, mas Vic costumava ser páreo para ele, ficando acordado até as quatro, cinco ou até mesmo sete da manhã, simplesmente porque Ralph teria preferido que ele se recolhesse e o deixasse sozinho com Melinda. Vic também podia dormir até tarde na manhã seguinte se quisesse e tinha a vantagem da resistência sobre Ralph porque duas ou três da manhã era a hora habitual em que se recolhia e porque nunca bebia o suficiente para ficar sonolento.

Vic estava sentado em sua poltrona favorita na sala de estar, olhando para o *New Wesleyan* e de vez em quando espiando por cima do jornal

Ralph e Melinda, que estavam dançando. Ralph vestia um terno branco de tergal que tinha comprado em Nova York e estava feliz como uma garota com a silhueta esguia e elegante que a roupa lhe dava. Havia uma nova agressividade na maneira como enlaçava Melinda pela cintura no início de cada dança, uma autoconfiança temerária que fazia Vic se lembrar de um inseto macho dançando descontraidamente ao longo de seus últimos momentos de prazer antes da morte súbita e terrível. E a música insana que Melinda havia colocado para tocar era tão apropriada. O disco era *The Teddybears*, uma de suas aquisições recentes. Por algum motivo, as palavras cantarolavam na cabeça de Vic toda vez que estava debaixo do chuveiro:

> Debaixo das árvores, onde ninguém vê,
> Eles brincam de esconde-esconde à vontade!
> Hoje é dia de os ursinhos de pelúcia fazerem piquenique!

— Ha! Ha! Ha! — soltou o Sr. Gosden, enquanto estendia a mão para pegar seu drinque na mesinha de canto.

Nada como meu lar no Velho Oeste, pensou Vic, onde nunca se ouve uma palavra inteligente.

— Onde está o meu Cugat? — reclamou Melinda, que estava de joelhos diante das prateleiras de discos fazendo uma busca aleatória. — Não consigo encontrá-lo em *lugar nenhum*.

— Acho que não está aí — respondeu Vic, porque Melinda tinha pegado um disco da prateleira dele. Ela olhou atordoada para o disco, fez uma careta e o recolocou no lugar. Vic tinha uma pequena parte da prateleira inferior onde guardava os próprios discos, um punhado de Bachs, alguns Segovia, alguns cantos gregorianos e motetos e os discursos de Churchill, e desencorajava Melinda de usá-los por causa da alta taxa de mortalidade dos discos manuseados por ela. Não que ela gostasse de algum dos seus discos. Vic se lembrou da vez em que colocou para tocar um canto gregoriano enquanto ela se vestia para sair com Ralph, mesmo sabendo que ela não gostava.

— Eles não me deixam num clima para nada além de *morrer*! — dissera ela sarcasticamente naquela ocasião.

Ralph foi até a cozinha preparar outro drinque.

— *Querido*, você vai ler esse jornal a noite inteira? — perguntou Melinda, que queria que ele fosse para a cama.

— Estou decorando o poema publicado no editorial de hoje — respondeu Vic depois de sorrir para ela. Então começou a recitá-lo: — "Empregados servem ao público *e* Eles precisam ficar em seu *devido lugar*. Mas ser humilde neste *mundo* Nunca é uma *desgraça*. E muitas vezes eu me pergunto..."

— Ah, pare com isso — pediu Melinda.

— É do seu amigo Reginald Dunlap. Você disse que ele não era um mau poeta, lembra?

— Não estou a fim de poesia.

— Reggie também não estava quando escreveu isso.

Em retaliação pela crítica ao seu amigo, ou talvez apenas por mero capricho, Melinda aumentou o volume do som de forma tão abrupta que Vic deu um pulo. Então ele deliberada e languidamente virou a página do jornal como que alheio ao barulho. Ralph começou a abaixar o volume, mas Melinda o interrompeu, agarrando seu pulso com violência. Então ergueu o pulso dele e o beijou. Os dois começaram a dançar. Ralph sucumbiu ao humor de Melinda e passou a combinar seus passos com requebrados dos quadris, soltando sua risada sonora que se perdia no caos avassalador de som. Vic não olhava para Ralph, mas sentia os olhares ocasionais dele, sentia a sua mistura de divertimento e beligerância — a cada drinque que tomava, a beligerância lenta e inexoravelmente ia tomando o lugar de qualquer decoro que pudera demonstrar no início da noite. Melinda o encorajava de forma deliberada e sistemática: jogue a isca para o velho urso, enfie bem dentro dele, chute o homem, ela conseguia transmitir isso a todo mundo pelo próprio exemplo, porque ele não vai retaliar, ele não vai ser desalojado de sua poltrona e não vai reagir de modo algum, então por que não o insultar?

Vic atravessou a sala e preguiçosamente puxou da estante *Os sete pilares da sabedoria*, de Lawrence, e o levou para a poltrona. Nesse exato momento, a forma de Trixie de pijama surgiu na porta.

— Mamãe! — gritou Trixie, mas Mamãe nem a ouviu nem a viu.

Vic se levantou e foi até a filha.

— O que foi, Trix? — perguntou, curvando-se na direção dela.

— Está muito alto para *dormir*! — gritou, indignada.

Melinda berrou algo e então foi até o toca-discos e abaixou o volume.

— O que foi agora? — perguntou a Trixie.

— Não consigo dormir.

— Diga a ela que é uma queixa das mais injustificáveis — disse Vic a Melinda.

— Está bem, vamos abaixar — retrucou Melinda.

Trixie fuzilou a mãe com o olhar, os olhos inchados de sono, e depois Ralph. Vic deu um tapinha em seus quadris estreitos e firmes.

— Por que não volta para a cama para estar bem acordada no piquenique de amanhã? — sugeriu Vic.

A lembrança do piquenique a fez sorrir. Trixie olhou para Ralph.

— Você trouxe o estojo de costura para mim de Nova York, Ralph?

— Desculpe, não trouxe — respondeu Ralph numa voz açucarada. — Mas garanto que vou encontrar um aqui em Little Wesley.

— Não, você não vai — disparou Melinda. — Ela não saberia o que fazer com um estojo de costura mais do que...

— Mais do que você. — Vic terminou a frase por ela.

— Você está sendo um tanto grosseiro hoje, Sr. Van Allen — disse Melinda num tom glacial.

— Desculpe.

Vic estava sendo rude de propósito como preparação para a história que ia contar para Ralph. Queria que o outro pensasse que sua paciência tinha chegado ao fim.

— Você vai ficar para o café da manhã, Ralph? — perguntou Trixie, balançando de um lado para o outro no braço do pai.

Ralph reprimiu uma risada.

— Espero que fique — disse Vic. — Não gostamos que nossos hóspedes vão para casa de estômago vazio, não é, Trixie?

— Nã-ão. Ralph é tão engraçado no café da manhã.

— O que é que ele faz? — perguntou Vic.

— Malabarices com ovos.

— Ela quis dizer malabarismos — corrigiu Ralph.

— Acho que vou ficar acordado para ver isso — comentou Vic. — Vamos, Trixie, já para a cama. Está quieto agora, é melhor aproveitar o momento. Sabe, *carpe diem* e *carpe noctem* também.

Trixie foi com ele sem titubear. Amava que o pai a colocasse na cama, procurasse o canguru com o qual ela dormia, o enfiasse debaixo das cobertas e lhe desse um beijo de boa noite em cada bochecha e no nariz. Vic sabia que a mimava demais, mas, em contrapartida, a menina recebia um tratamento muito frio da mãe e ele achava que deveria compensar. Enfiou o nariz no seu pescoço pequeno e macio e então ergueu a cabeça, sorrindo.

— Podemos fazer o piquenique na pedreira, papai?

— Não, a pedreira é muito perigosa.

— *Por quê?*

— Imagine que venha um vento muito forte. Seríamos todos jogados lá embaixo.

— Eu não ligo! Mamãe também vai ao piquenique?

— Não sei. Espero que sim.

— E o Ralph?

— Acho que não.

— Você gosta do Ralph?

À luz do abajur de carrossel na mesinha de cabeceira, Vic conseguiu distinguir as manchinhas castanhas nos olhos verdes dela, iguais aos da mãe.

— Um-hm. Você gosta?

— Mm-m — respondeu ela de forma ambígua. — Eu gostava mais do Jo-Jo.

Vic ficou um pouco impressionado por ela ainda se lembrar do nome de Jo-Jo.

— Sei por que você gostava dele. É porque ele dava uma porção de presentes de Natal. Isso não é motivo para gostar de alguém. Eu também não lhe dou um monte de presentes?

— Ah, papai, eu gosto mais de você. Claro que eu gosto mais de *você*.

Era fácil demais, pensou Vic. Ela estava ficando terrivelmente fácil. Vic sorriu, pensando em como Trixie ficaria feliz se lhe contasse que tinha matado Malcolm McRae. Trixie nunca tinha gostado de Malcolm porque ele não gostava dela e, por ser um unha de fome de primeira categoria, nunca havia lhe dado um presente. A menina daria urros de alegria se ele lhe contasse que o tinha matado. Suas ações subiriam duzentos por cento.

— É melhor você dormir — disse Vic, levantando-se da cama.

Beijou-a nas bochechas, na ponta do nariz e no topo da cabeça. O cabelo de Trixie era da cor do da mãe, mas provavelmente ficaria um pouco mais escuro, como o dele. Caía liso do alto da cabeça sem repartido e era como o cabelo de uma pirralha de seis anos deveria ser, pensou Vic, embora Melinda se queixasse de que era difícil de encaracolar.

— Está dormindo? — sussurrou.

Os cílios de Trixie estavam colados às bochechas. Ele apagou a luz do abajur e foi na ponta dos pés até a porta.

— *Não!* — gritou a menina, entre risinhos.

— Bem, é melhor você dormir! Agora mesmo, estou falando sério!

Silêncio. O silêncio o satisfez. Ele saiu e fechou a porta.

Melinda tinha apagado outra lâmpada e a sala de estar estava bem mais escura. Ela e Ralph estavam dançando devagar, arrastando os pés num canto da sala. Eram quase quatro horas da manhã.

— Aceita um drinque, Ralph? — ofereceu Vic.

— O quê? Oh, não, obrigado. Já bebi o bastante.

Não era possível que o Sr. Gosden estivesse pensando em ir embora, não às quatro da manhã. Melinda dançava com os braços enlaçados no pescoço dele. Por achar que ele tinha sido grosseiro com Joel Nash,

Melinda ia ser muito condescendente com Ralph naquela noite, pensou Vic. Ia encorajá-lo a ficar e a ficar, e ficar para o café da manhã também, sem dúvida, mesmo que Ralph estivesse branco de fadiga, como ele às vezes ficava. "Fique, querido, quero virar esta noite acordada", e ele ficaria, é óbvio. Todos ficavam. Até os que tinham de encarar o trabalho na manhã seguinte, sendo que o Sr. Gosden não tinha. E, é claro, quanto mais ficassem, maior era a chance de Vic ir para seu quarto e deixá-los sozinhos. Muitas vezes Vic deixara Ralph e Melinda sozinhos às seis da manhã, sob o argumento de que, se os dois tinham passado a tarde inteira juntos, por que não deixá-los passar mais duas horas e meia juntos até que ele descesse às oito e meia para tomar o café da manhã? Talvez fosse outra atitude mesquinha incomodar as visitas de Melinda ao ficar sentado a noite inteira na sala de estar com eles, mas de certo modo ele nunca conseguira ser tão prestativo a ponto de deixar a própria casa para agradá-los e, além do mais, sempre podia ler um livro ou outro para não ter seu tempo desperdiçado.

Naquela noite, Vic se deu conta de um antagonismo primitivo em relação ao Sr. Gosden que nunca havia sentido antes. Pensou nas várias garrafas de Bourbon que providenciara para ele. Pensou nas noites que lhe foram arruinadas por ele. Vic se levantou, devolveu o livro à estante e então caminhou em silêncio até a porta que dava para a garagem. Atrás dele, Melinda e Ralph estavam praticamente se agarrando. Sua saída à francesa podia ser explicada como (*a*) vontade de não constrangê-los enquanto estavam se beijando; (*b*) possibilidade de que voltasse a qualquer momento, ou (*c*) muito aborrecimento com aquele comportamento para lhes dar boa noite. A explicação (*b*) era a correta, mas só Melinda pensaria nela, já que o Sr. Gosden nunca o vira sair e depois voltar. Vic havia feito isso várias vezes com Jo-Jo.

Ele acendeu a luz fluorescente da garagem e a atravessou devagar, observando as caixas de ervas bem arrumadas e os aquários cheios de lesmas terrestres que deslizavam através da selva umedecida de brotos de aveia e grama-bermuda em que viviam, dando uma espiada no estojo aberto da furadeira elétrica na bancada de trabalho e notando que cada ferramenta estava presente e no seu devido lugar.

Seu quarto era tão austero e funcional quanto a garagem — uma cama de viúvo com uma colcha em um tom verde-escuro, uma cadeira reta e uma cadeira de mesa de couro, uma escrivaninha imensa de tampo reto na qual havia dicionários e manuais de carpintaria, frascos de tinta, canetas e lápis, livros contábeis, notas pagas e não pagas, tudo disposto de maneira organizada. Não havia nenhum quadro nas paredes, apenas um calendário simples de uma madeireira local sobre a mesa. Vic tinha a capacidade de dormir pelo tempo que quisesse sem a ajuda de nada ou de ninguém para acordá-lo; então olhou para o relógio de pulso e programou-se para acordar em meia hora, às 4h43. Deitou-se na cama e metodicamente relaxou da cabeça aos pés.

Em um minuto já estava dormindo. Sonhou que estava numa igreja e via os Meller lá. Horace Meller sorria e o parabenizava por ter assassinado Malcolm McRae para defender seu casamento. Little Wesley inteira estava na igreja e todo mundo sorria para ele. Vic acordou sorrindo para si mesmo, do absurdo do sonho. De todo modo, ele nunca ia à igreja. Assobiando, penteou o cabelo, ajeitou a camisa debaixo do suéter de caxemira azul-bebê e atravessou a garagem.

Ralph e Melinda estavam num canto do sofá, pelo visto reclinados, ou meio reclinados, pois os dois se endireitaram ao vê-lo. Com os olhos vermelhos, Ralph o observou de cima a baixo com descrença e ressentimento etílicos.

Vic foi até a estante de livros e se curvou, analisando os títulos.

— Vai ler de novo? — questionou Melinda.

— Um-hm — respondeu Vic. — Acabou a música?

— Eu já estava de saída — disse Ralph com a voz rouca, levantando-se. Parecia exausto, mas acendeu um cigarro e jogou o fósforo rudemente na direção da lareira.

— Não quero que vá embora.

Melinda tentou pegar sua mão, mas ele se esquivou e deu um passo para trás, cambaleando um pouco.

— Está mu-uito tarde — retrucou Ralph.

— Praticamente a hora do café da manhã — comentou Vic animadamente. — Alguém quer ovos mexidos?

Não houve resposta. Ele pegou a edição de bolso do *Almanaque mundial*, um livro que sempre podia folhear com prazer, e foi para a poltrona.

— Achei que *você* estaria com sono — disse Melinda, olhando para ele de forma tão ressentida quanto Ralph.

— Não estou. — Vic piscou os olhos, alerta. — Acabei de tirar uma soneca no meu quarto.

Ralph murchou visivelmente diante dessa informação e olhou para Vic com uma expressão espantada como se estivesse prestes a jogar a toalha, embora seus olhos, pequenos e vermelhos no rosto pálido, ardessem com ainda mais fúria. Olhou para Vic como se pudesse tê-lo matado. Vic vira o mesmo olhar no rosto de Jo-Jo e até mesmo no rosto estreito e inexpressivo de Larry Osbourne, um olhar instigado pelo bom humor demoníaco de Vic, por ser capaz de ficar de pé sóbrio e com os olhos despertos às cinco da manhã enquanto eles tinham murchado no sofá, cada vez mais afundados, apesar dos esforços para se erguerem e aprumarem a cada quinze minutos. Ralph pegou seu copo cheio e bebeu a metade de um só gole. Ele ficaria até o amargo fim, pensou Vic, por uma questão de princípios: já eram quase seis da manhã e de que valia ir para casa dormir agora que o dia já estava arruinado? Ele poderia até desmaiar, mas ficaria. Ralph estava bêbado demais para perceber, Vic imaginou, que poderia ter Melinda pela tarde inteira se a quisesse.

De repente, enquanto Vic o observava, Ralph cambaleou para trás, como se algo invisível o tivesse empurrado, e sentou-se pesadamente no sofá. Seu rosto estava reluzente de suor. Melinda o puxou para si, enlaçando o pescoço dele, e começou a resfriar suas têmporas com os dedos, que ela umedecia no copo. O corpo de Ralph estava mole e esparramado, embora a boca se mostrasse sinistramente firme e os olhos ainda atravessassem Vic, como se ele tentasse se agarrar à consciência olhando para algo com fixação.

Vic sorriu para Melinda.

— Talvez eu devesse fazer os ovos mexidos. Pelo visto, ele precisa comer alguma coisa.

— Ele está ótimo! — exclamou Melinda desafiadoramente.

Assobiando um canto gregoriano, Vic foi para a cozinha e colocou uma chaleira de água no fogo para o café. Pegou a garrafa de Bourbon e viu que Ralph tinha acabado com quatro quintos dela. Então voltou para a sala de estar.

— Como vai querer os ovos, Ralph, além de malabarizados?

— Como vai querer seus ovos, querido? — perguntou Melinda.

— Eu gosto deles... gosto deles bem malabarizados — resmungou Ralph.

— Saindo um pedido de ovos malabarizados — disse Vic. — E você, gatinha?

— Não me chame de "gatinha"!

Era um antigo apelido de Vic para ela que ele não usava havia anos. Ela o fuzilou com o olhar sob as marcantes sobrancelhas louras e Vic teve de admitir que Melinda não era mais a gatinha da época em que casou com ela ou mesmo mais cedo naquela noite. O batom estava borrado e a ponta arrebitada do nariz, brilhando e avermelhada, como se um pouco do batom tivesse se espalhado nela.

— Como você quer os ovos?

— Não quero ovo nenhum.

Vic mexeu quatro ovos com creme de leite para si mesmo e Melinda, já que Ralph não estava em condições de comer, mas fez uma torrada, porque sabia que Melinda não comeria torrada. Não esperou pelo café, que ainda estava coando, porque sabia que ela também não tomaria café àquela hora. Ele e o Sr. Gosden tomariam café depois. Trouxe os ovos mexidos, com um pouquinho de sal e pimenta salpicados, em dois pratos quentes. Melinda recusou de novo, mas ele se sentou ao lado dela no sofá e lhe deu pequenos bocados com o garfo. Toda vez que o garfo se aproximava, ela abria a boca obedientemente. Seus olhos o tempo todo fixados nele tinham o ar de um animal selvagem que só confia no humano provedor de alimento à distância do braço, o suficiente para aceitar a comida — isso se não houver nada à vista que pareça uma armadilha e se cada movimento do provedor de alimento for lento e suave. A cabeça ruiva do Sr. Gosden estava no colo dela. Ele estava roncando de uma maneira antiestética com a boca aberta. Melinda rejeitou a última garfada, como Vic sabia que faria.

— Vamos lá. Último pedaço — pediu Vic.

Ela comeu.

— Acho que é melhor o Sr. Gosden ficar aqui — comentou Vic, porque não havia nada mais a dizer sobre o Sr. Gosden.

— Tenho toda a intenção de que ele fique — retrucou Melinda.

— Então vamos esticá-lo.

Melinda se levantou para estendê-lo no sofá, mas os ombros dele eram muito pesados para ela, alcoolizada como estava. Vic puxou Ralph pelos braços, posicionando a cabeça dele quase que no braço do sofá.

— Sapatos? — perguntou Vic.

— Não toque nos sapatos dele! — Melinda debruçou-se vacilante sobre os pés de Ralph e começou a desamarrar os cadarços dos sapatos.

Os ombros de Ralph tremiam. Vic ouviu o leve ranger dos dentes dele.

— Ele está gelado. É melhor pegar um cobertor — sugeriu Vic.

— *Eu* pego o cobertor — disparou Melinda, partindo trôpega para seu quarto, mas, pelo visto, no caminho esqueceu o seu propósito, pois foi para o banheiro.

Vic tirou o outro sapato de Ralph e então foi ao quarto de Melinda pegar a manta xadrez que ficava sempre por ali, em algum lugar. Estava no chão, ao pé da cama desarrumada. A manta xadrez fora um dos presentes de aniversário que Vic dera a Melinda sete anos antes. Ao vê-la, ele se lembrou de piqueniques, de um verão feliz que tinham passado no Maine, de uma noite de inverno em que, por algum motivo, não houve calefação e eles se deitaram debaixo dela no chão diante da lareira. Parou por um instante, ponderando se levaria o cobertor verde de lã da cama em vez da manta, mas decidiu que isso não fazia sentido e pegou logo a manta xadrez. Como de costume, o quarto de Melinda estava naquele estado de desordem que ao mesmo tempo o repelia e o instigava. Vic gostaria de ter ficado ali por alguns minutos observando — pois quase nunca entrava no quarto dela —, mas não se permitiu sequer olhá-lo por completo. Saiu e fechou a porta atrás de si. Ouviu a água correndo no banheiro ao passar pela porta. Esperou que ela não passasse mal.

Encontrou Ralph sentado, com os olhos desfocados e o corpo tremendo como se sentisse calafrios.

— Você quer um pouco de café? — ofereceu Vic.

Ralph não respondeu. Vic colocou a manta xadrez ao redor dos seus ombros trêmulos e Ralph se recostou fragilmente e tentou colocar os pés no sofá. Vic ergueu os pés dele e os enfiou debaixo da manta.

— Você é um cara bacana — resmungou Ralph.

Vic riu um pouco e se sentou na extremidade do sofá. Teve a impressão de ouvir Melinda vomitando no banheiro.

— Você devia ter me jogado na rua há muito tempo — murmurou Ralph. — Quem não conhece o próprio limite com a bebida...

Ele mexeu as pernas como que para sair do sofá, mas Vic apoiou o braço em seus tornozelos.

— Não ligue para isso — disse Vic, consolador.

— Eu devia passar mal... devia morrer.

As lágrimas nos olhos de Ralph lhe davam a impressão de eles estarem ainda mais aquosos. Suas sobrancelhas finas tremiam. Ele parecia estar em meio a um transe de autoflagelação em que poderia de fato ter gostado de ser jogado na rua pelos fundilhos da calça e pelo colarinho.

Vic pigarreou e sorriu.

— Ora, eu não me dou ao trabalho de jogar as pessoas para fora de casa quando me incomodam. — Inclinou-se um pouco mais perto de Ralph. — Quando me incomodam dessa maneira... com Melinda — completou, indicando o banheiro com a cabeça de forma significativa —, eu as mato.

— Sim — retrucou Ralph sério, como se estivesse entendendo. — Sim, você deve fazer isso. Porque quero manter você e Melinda como amigos. Gosto de vocês dois. De verdade.

— Eu mato mesmo as pessoas quando não gosto delas — disse Vic, ainda mais suavemente, inclinando-se para Ralph e sorrindo.

Ralph sorriu também de forma estúpida.

— Como Malcolm McRae, por exemplo. Eu o matei.

— Malcolm? — questionou Ralph, intrigado.

Vic sabia que Ralph sabia tudo sobre Malcolm.

— Sim. Melinda lhe contou sobre McRae. Eu o matei com um martelo em seu apartamento. Você deve ter visto algo sobre isso nos jornais no inverno passado. Ele estava ficando cheio de intimidade com Melinda.

Vic não conseguiu perceber se o que dizia estava sendo assimilado ou não. As sobrancelhas de Ralph se aproximaram lentamente.

— Eu lembro... Você matou McRae?

— Sim, matei. Ele começou a flertar com Melinda. Em público.

Vic jogou o isqueiro de Melinda para o alto e o pegou uma, duas, três, quatro vezes. Estava sendo assimilado. Ralph ergueu-se um pouco, apoiado num cotovelo.

— Melinda sabe que você o matou?

— Não. Ninguém sabe — sussurrou. — Você não vai contar para ela, não é?

O vinco na testa de Ralph se acentuou. Aquilo foi um pouco demais para o cérebro de Ralph absorver, pensou Vic, mas ele havia apreendido a ameaça e hostilidade. Ralph cerrou os dentes e desvencilhou os pés do braço de Vic. Estava indo embora.

Vic lhe passou os sapatos. Depois perguntou:

— Quer que eu dirija até sua casa?

— Posso dirigir eu mesmo.

Ralph cambaleou, tentando calçar os sapatos, e por fim teve de se sentar para fazer isso. Então se levantou e partiu aos tropeços em direção à porta.

Vic o seguiu e lhe entregou o chapéu de cinta magenta.

— Boa noite, me diverti muito essa noite — disse Ralph, atropelando as palavras.

— Fico feliz com isso. Não se esqueça: não diga nada a Melinda sobre o que lhe contei. Boa noite, Ralph.

Vic o observou se arrastar para dentro do conversível aberto e zarpar a toda, derrapando com a traseira do carro para fora da rua e depois endireitando e seguindo pela pista. Vic não ligava se ele afundasse com o carro em Bear Lake. O sol estava se levantando com um brilho alaranjado luminoso acima das árvores bem à sua frente.

Vic não ouviu nenhum ruído do banheiro, o que significava que provavelmente Melinda estava sentada no chão à espera de outro acesso de náusea. Ela fazia isso sempre que passava mal e era impossível convencê-la a se levantar do chão até que estivesse segura de que o acesso tinha acabado. Por fim, Vic se levantou da poltrona, foi até o banheiro e gritou:

— Você está bem, querida?

Ouviu em resposta um murmúrio razoavelmente claro e positivo. Ele foi à cozinha e se serviu de uma xícara de café. Adorava café e a bebida quase nunca o mantinha acordado quando queria dormir.

Melinda saiu do banheiro de robe, parecendo melhor do que estava meia hora antes.

— Onde está Ralph?

— Ele decidiu ir para casa. Pediu que lhe desejasse boa noite e disse que se divertiu muito.

— Oh — soltou Melinda, parecendo desapontada.

— Eu o enrolei na manta e ele melhorou depois de um tempo — acrescentou Vic.

Melinda se aproximou e colocou as mãos nos ombros do marido.

— Acho que você foi muito atencioso com ele essa noite.

— Que bom. Você disse antes que tinha me achado rude.

— Você nunca é rude. — Melinda lhe deu um beijo na bochecha. — Boa noite, Vic.

Ele a observou caminhar até o seu quarto. Perguntou-se o que Ralph ia dizer a Melinda na próxima vez que se falassem. Contaria para ela, é claro. Era desse tipo. Melinda telefonaria para ele em poucos minutos, como sempre fazia quando ele ia embora, caso não pegasse no sono antes. Mas Vic não achava que Ralph fosse contar para ela pelo telefone.

# 04

Vic ficou impressionado com a velocidade com que a história se espalhou e interessou às pessoas — sobretudo as que não o conheciam bem — e como ninguém moveu um dedo ou o telefone para informar a polícia. Havia, é claro, aqueles que conheciam ele e Melinda muito bem, ou razoavelmente bem, sabiam por que ele havia contado a história e achavam a coisa toda apenas divertida. Até gente como o velho Sr. Hansen, do mercadinho, achava graça. Mas havia aqueles que não conheciam Vic ou Melinda, não sabiam nada a respeito deles a não ser pelos rumores, e que ficaram consternados ao ouvir a história e achavam que ele deveria ser levado pela polícia, fosse ela verdade ou não. Vic chegou a essa conclusão por causa de alguns olhares que recebera ao caminhar pela rua principal da cidade.

Quatro dias depois que contara a história para Ralph, gente que ele nunca vira ou pelo menos nunca notara antes passou a observá-lo passando em seu carro — uma Oldsmobile velha bem conservada que já chamava a atenção numa comunidade em que a maioria das pessoas tinha carros muito mais novos — e o apontava com sussurros para outras pessoas. Raramente via um sorriso em rostos estranhos, mas era tudo o que via entre seus amigos.

Durante aqueles quatro dias, Ralph Gosden não deu sinal de vida. Depois de partir no domingo de madrugada, ele havia telefonado para

Melinda e insistido em se encontrar com ela, dissera Melinda, que saiu de casa para vê-lo em algum lugar. Vic e Trixie fizeram um piquenique sozinhos naquele dia na margem do Bear Lake, e Vic conversou com o guardador de barcos para combinar o aluguel de uma canoa para Trixie durante todo o verão. Quando chegaram em casa, Melinda estava lá e a bomba estourou. Ralph tinha contado. Melinda berrou para Vic:

— É a coisa mais *estúpida... vulgar... idiota* que já ouvi!

Vic recebeu a desmoralização de Melinda com calma. Sabia que ela estava furiosa porque Ralph se mostrara um covarde. Vic achava até que podia escrever a conversa entre os dois. Ralph: "Eu sei que não é verdade, querida, mas é óbvio que ele não me quer mais por aqui, por isso achei..." Melinda: "Estou me lixando para o que ele quer! Tudo bem, se você é um covarde e não tem coragem de encarar..." E Melinda deve ter percebido, durante a conversa, que Vic tinha contado a mesma história para Joel Nash.

— Ralph acredita mesmo que matei McRae? — questionou Vic.

— Claro que não. Ele só acha que você é um babaca. Ou então um maluco.

— Mas não acha engraçado. — Vic fez que não com a cabeça, lamentando-se. — Isso é muito ruim.

— Qual é a graça?

Melinda estava de pé na sala de estar, com as mãos nos quadris e os pés em mocassins bem afastados um do outro.

— Bem... para achar engraçado você teria que ter ouvido do jeito como eu contei.

— Ah, entendi. Joel achou a história engraçada?

— Aparentemente não. Pelo visto o assustou a ponto de fugir da cidade.

— Era isso o que você queria, não era?

— Para ser franco, era sim.

— E Ralph também. Você queria meter medo nele, não?

— Creio que achei os dois uns tremendos chatos e muito inferiores a você. Então, Ralph também está apavorado?

— Ele não está apavorado. Não seja bobo. Você acha que alguém vai acreditar numa história dessas?

Vic colocou as mãos atrás da cabeça e se recostou na poltrona.

— Joel Nash deve ter acreditado em alguma coisa. Ele desapareceu, não é? Não acho que foi muito inteligente da parte dele, mas nunca o considerei inteligente.

— Não, ninguém é inteligente, só você.

Vic sorriu amavelmente para ela.

— O que Joel disse a você? — perguntou. Na mesma hora percebeu, pela mudança de posição dela, a maneira como se jogou no sofá, que Joel não tinha dito nada. — E o que foi que Ralph disse?

— Que achou você abertamente hostil e pensou...

— Abertamente hostil. Que estranho. Eu estava abertamente entediado, Melinda, abertamente cansado de servir vinho e jantares para uns chatos várias vezes por semana e ficar sentado a noite inteira com eles, abertamente cansado de ouvir baboseiras, abertamente cansado de acharem que não sei ou não ligo para o que querem fazer com você. Isso é abertamente maçante.

Melinda o encarou com um ar de espanto por um longo tempo, o cenho franzido, a boca teimosamente recaída nos cantos. Então de repente abaixou a cabeça, cobrindo o rosto com as mãos, e deixou as lágrimas rolarem.

Vic se aproximou dela e tocou seu ombro.

— Querida, vale a pena chorar por isso? Vale a pena chorar por Joel Nash e Ralph?

Ela ergueu a cabeça.

— Não estou chorando por causa deles. Estou chorando por causa da injustiça.

— *Sic* — murmurou Vic sem querer.

— O quê?

Ele suspirou, tentando pensar em algumas palavras de consolo. Não adiantava dizer "*Eu* ainda *estou* aqui. Eu te amo". Ela não o desejaria agora, talvez nunca o desejasse. E ele não queria dar uma de filhotinho carente. Não se importava que ela tivesse como amante um homem de certa estatura e respeito próprio, um homem com alguma inteligência. Mas receava que Melinda jamais escolhesse esse tipo de homem ou que esse tipo de homem jamais a escolhesse. Vic conseguia vislumbrar um arranjo benéfico, justo e civilizado, em que os três fossem felizes e aproveitassem a companhia uns dos outros. Dostoievski teria sabido o que ele queria. E Goethe também teria entendido.

— Sabe, outro dia li no jornal — começou Vic como quem não quer nada — um artigo sobre um *ménage à trois* em Milão. Obviamente, não sei o tipo de pessoas que eram, mas o marido e o amante, que eram muito amigos, morreram num acidente de moto e a mulher os enterrou lado a lado num nicho na mesma sepultura reservada a ela quando vier a morrer. Na sepultura, ela colocou a inscrição: "Eles viveram felizes juntos." Como vê, é possível. Eu só queria que você escolhesse um homem... ou até vários homens, se preferir... com alguma inteligência. Você não acha isso possível?

— Sim — respondeu Melinda em lágrimas, e então Vic percebeu que ela não estava sequer refletindo sobre o que ele dissera.

Isso foi no domingo. Quatro dias depois, Melinda ainda estava aborrecida, mas Vic achou que ela superaria o episódio em poucos dias se a tratasse com jeito. Ela era cheia de energia e gostava demais de se divertir para ficar na fossa por muito tempo. Ele comprou ingressos para duas comédias musicais em Nova York, embora preferisse ver duas outras peças que estavam em cartaz. Haveria tempo para as outras peças depois, pensou. Havia todo o tempo do mundo agora que Melinda não estava ocupada ou exausta à noite. No dia em que foi a Nova York para comprar os ingressos, deu uma passada na seção de jornais da Biblioteca Pública e releu a história de McRae, porque já havia esquecido muitos detalhes. Descobriu que o ascensorista do prédio de McRae fora a única pessoa que vira o assassino e o descrevera muito vagamente como troncudo e não muito alto. Vic também se encaixava nessa descrição e comentou isso com Horace.

Horace deu um leve sorriso. Ele trabalhava como químico num laboratório de análises médicas, um homem cauteloso acostumado a falar por meio de subentendidos. Achava a história de Vic fantasiosa e até um pouco perigosa, mas era a favor de qualquer coisa que "colocasse Melinda na linha".

— Sempre falei que tudo o que Melinda precisava para entrar na linha era um pouco de firmeza da sua parte, Vic — disse Horace. — Ela vem pedindo por isso há anos... apenas um pequeno sinal de que você se importa com o que ela faz. Não perca o terreno que acabou de ganhar. Quero ver vocês dois felizes de novo.

Horace os vira felizes por três ou quatro anos, mas isso parecia ter ocorrido tanto tempo atrás que Vic se surpreendeu por ele se lembrar. O terreno que ele havia conquistado. Bem, Melinda estava ficando em casa e, bem ou mal, tinha mais tempo para ele e para Trixie. Mas ela não se sentia feliz com isso. Vic a levou para coquetéis no bar do hotel Lord Chesterfield, achando que, já que Sam, o barman, sabia da história de McRae, Melinda não teria gostado de ir lá sozinha — ela tinha ido ao bar do Lord Chesterfield diversas vezes com Ralph, Larry e Jo-Jo. Vic tentou fazer Melinda se interessar por dois designs que trouxera certa tarde, ambos de Blair Peabody, para a capa de *A vida no campo e economia*, de Xenofonte. Blair Peabody, o artífice em couro cuja oficina ficava num celeiro em Connecticut, fez todo o acabamento dos livros encadernados em couro que Vic havia publicado. Esses dois projetos de capa de Blair se baseavam em motivos arquitetônicos gregos, um deles um tanto mais floreado e menos masculino do que o outro, ambos bonitos, na opinião de Vic, e ele achou que Melinda teria prazer em escolher um dos dois, mas mal conseguira que olhasse para os dois por mais de cinco segundos. Por educação, ela demonstrou preferência por um dos dois — e esse pouco caso dela o insultava, na verdade. Vic ficou arrasado e sem palavras por vários minutos. Surpreendia-se às vezes ao se dar conta de como Melinda conseguia magoá-lo quando queria. Naquela tarde, ela estava mais interessada no pianista que o Lord Chesterfield tinha contratado para o verão.

Havia um cartaz com uma fotografia dele num canto do bar. Ele começaria em uma semana. Melinda disse que se tocasse no estilo de Duchin, como o pianista do ano anterior, ela morreria.

As noites em Nova York em que viram as comédias musicais foram mais do que um sucesso. Os dois espetáculos caíram em noites de sábado e Trixie passou a primeira na casa dos Peterson, os pais de sua melhor amiga, Janey. No segundo sábado, a Sra. Peterson foi com Janey à casa dos Van Allen para fazer companhia a Trixie na primeira parte da noite. Trixie já tinha dormido profundamente às dez, no máximo, e a Sra. Peterson ficou até a meia-noite na casa. Nas duas ocasiões, depois do teatro, Vic e Melinda foram cear num restaurante onde havia uma orquestra, embora Vic não tivesse a intenção de dançar, por acreditar que Melinda o rejeitaria. Apesar de todo o seu bom humor naquelas noites, ele sentia o ressentimento latente de Melinda por ele ter afugentado Joel e Ralph. Na segunda noitada, quando chegaram em casa às quatro da manhã, Melinda estava com o tipo de euforia que às vezes a inspirava a atravessar a pé o riacho no bosque a alguns metros da casa ou a ir de carro até a casa dos Cowan e dar um mergulho na piscina, mas ela só fazia essas coisas com pessoas como Ralph e Jo-Jo. Ela não se dispôs a molhar os pés no riacho quando chegaram em casa e Vic sabia que era porque era *ele* quem estava ali, o marido enfadonho, e não um dos jovens exuberantes. Quase sugeriu o riacho, mas se conteve. Não se sentia tão tolo assim, não queria cortar os pés nas pedras que não veriam no escuro e, na verdade, não achava que Melinda ia gostar da sugestão partindo dele.

Sentaram-se na cama de Melinda, ainda vestidos, folheando alguns jornais de domingo que Vic comprara em Manhattan, todos os jornais exceto o *The New York Times*, que recebiam em casa nas manhãs de domingo. Melinda estava rindo de algo que lera no *News*. Tinha dormido com a cabeça apoiada no ombro dele a maior parte da viagem de volta para casa. Vic se sentia bem desperto e teria ficado acordado pelo restante da noite. Talvez, pensou, o estado de vigília se devesse à circunstância incomum de estar sentado na cama de Melinda — havia anos desde a última vez que fizera isso — e, embora estivesse interessado no que lia sobre desertores americanos na China, outra parte de sua mente analisava as sensações que o ato de sentar na cama dela lhe causavam. Intimidade, empatia não figuravam entre elas, pensou, ou sua antecipação. Sentiu-se um pouco constrangido. No entanto, sentia que algo o cutucava, insistindo para que perguntasse a ela se se importava que dormisse no seu quarto naquela noite. Apenas dormisse na sua cama com os braços em volta dela ou até sem sequer tocá-la — Melinda sabia que ele não faria nada que a aborrecesse. Então pensou no que ela lhe dissera sobre os Cowan naquela noite no carro a caminho de Nova York, que o comportamento dos Cowan em relação a eles tinha mudado por causa da história "de péssimo gosto" sobre McRae que ele contara e que os Meller também estavam mais frios com eles. As pessoas os estavam evitando, insistia Melinda, embora Vic, insistindo o contrário, tenha citado episódios provando que as pessoas não os estavam de modo algum evitando. Ele lembrou ainda que os Cowan andavam mais recolhidos porque Phil estava trabalhando arduamente no seu livro de economia, tentando terminá-lo antes que as aulas voltassem em setembro. Vic se questionou se deveria arriscar e pedir para ficar no quarto dela naquela noite, mas temia que ela aproveitasse a oportunidade para mostrar o quanto se ressentia dele com uma recusa indignada. Ou que, mesmo sem uma recusa indignada, ela se mostrasse tão espantada com aquilo que estragaria o clima agradável da noite. E, afinal, ele queria *mesmo* ficar? Não, não queria.

Melinda bocejou.

— O que você está lendo com tanta atenção? — quis saber.

— É sobre desertores. Quando os americanos fogem para o lado dos vermelhos, são chamados de "vira-casacas". Quando os vermelhos vêm para o nosso lado, são chamados "amantes da liberdade". Tudo depende do lado em que você está — explicou, sorrindo para ela.

Melinda não fez nenhum comentário. Ele não esperava que fizesse. Levantou-se devagar da cama e disse:

— Boa noite, querida. Durma bem. — Então inclinou-se e beijou-a no rosto. — Você gostou da noite de hoje?

— Umm-m, gostei — disse Melinda com a mesma expressão que uma garotinha assumiria em resposta ao avô depois de um dia no circo. — Boa noite, Vic. Não acorde Trixie quando passar pelo quarto dela.

Vic sorriu para si mesmo ao sair. Três semanas antes, ela não teria pensado em Trixie. Teria pensado em telefonar para Ralph assim que ele saísse do quarto.

# 05

Junho foi um mês delicioso, nem muito quente, nem muito seco, com dois ou três aguaceiros semanais que começavam por volta das seis da tarde, duravam cerca de meia hora e deixavam as framboesas e os morangos do bosque nos fundos da casa perfeitos: encorpados e suculentos. Vic se aventurou com Trixie e Janey Peterson em várias tardes de sábado pelo bosque e os três juntavam o suficiente para abastecer as duas famílias com frutas para o cereal, tortas e sorvete durante toda a semana. Trixie decidira não ir para a colônia de férias naquele verão porque Janey não ia. Ela e Janey foram matriculadas na Highland School, a seis quilômetros de Little Wesley, uma escola primária semiparticular que no verão oferecia cursos de esportes, artes e artesanato cinco dias por semana das nove às quatro. Foi o primeiro verão em que Trixie tomou gosto pela natação, e ela nadava tão bem que ganhou o primeiro lugar numa competição para sua faixa etária. Vic ficou contente por Trixie não ter ido para a colônia de férias porque gostava de tê-la ao seu lado. Achava que devia agradecer à relativa falta de dinheiro dos Peterson por ter Trixie consigo. Charles Peterson, engenheiro elétrico de uma fábrica de couro em Wesley, ganhava menos do que a maioria dos habitantes de Little Wesley. Isto é, ele sustentava a família com aquilo que ganhava, enquanto muita gente em Little Wesley, e o próprio Vic e Phil Cowan eram exemplos disso, possuíam rendas que complementavam seus ganhos. Para o pesar de Vic, Melinda fazia pouco caso dos Peterson, considerando-os grosseiros, sendo incapaz de ver que não eram mais grosseiros do que os McPherson, por exemplo, e que talvez o que a incomodava fosse sua casa com fachada de tábuas. Vic se sentia feliz por isso não incomodar Trixie.

Num renomado anuário britânico sobre editores que saía em junho, a Greenspur Press de Little Wesley foi citada por "tipografia, ótimo acabamento e excelência geral", um tributo que Vic valorizava mais do que qualquer sucesso material. Ele se gabava de que, nos vinte e seis livros que tinha publicado, só havia dois erros tipográficos. *Vida no campo e economia*, de Xenofonte, era seu vigésimo sétimo livro e ele e seu tipógrafo meticuloso, Stephen Hines, ainda não tinham encontrado erros, embora corressem perigo por as páginas do lado esquerdo estarem em grego. Ele pensava em escrever um ensaio sobre a probabilidade de erros tipográficos, apesar da leitura rigorosa das provas. Havia algo demoníaco e insuperável neles, como se fossem parte da maldade natural que permeava a existência do homem, como se tivessem vida própria e estivessem dispostos a se manifestar não importa o que acontecesse, com tanta determinação quanto a das ervas daninhas nos jardins mais bem cuidados.

Longe de notar qualquer frieza da parte dos amigos — coisa que Melinda ainda insistia existir —, Vic julgou suas relações muito mais fáceis. Os Meller e os Cowan não se retraíam mais em seus convites, por medo de que Melinda marcasse um encontro com Ralph ou outro qualquer no último minuto, como costumava fazer. Todo mundo os tratava como um casal, e como um casal supostamente feliz que se dava bem. Vic havia detestado, nos últimos anos, ser mimado por anfitriãs compreensivas, ser forçado a aceitar comida em excesso e a repetir fatias enormes de bolo como se fosse uma criança carente ou um aleijado. Talvez seu casamento com Melinda estivesse longe de ser ideal, mas com certeza havia casamentos muito piores no mundo — casamentos com alcoolismo, com pobreza, com doença ou insanidade, com sogras, com infidelidade que não era perdoada. Vic tratava Melinda com tanto respeito e afeto quanto no início do casamento, talvez até mais agora, porque percebera que ela sentia falta de Ralph. Não queria vê-la entediada ou solitária, ou que ela achasse que não se importava com seu ânimo. Levou-a para mais dois ou três espetáculos em Nova York, um ou dois concertos em Tanglewood e num fim de semana foram de carro a Kennebunkport com Trixie para ver uma peça estrelada por Judith Anderson e passaram a noite num hotel. Quase toda noite Vic voltava para casa com um presente para Melinda — flores, um frasco de perfume, uma echarpe que vira na Bandana, a única loja feminina chique em Wesley, ou uma simples revista de que ela gostava, como a *Holiday*, que eles não assinavam porque Melinda dissera que era cara e que a casa já estava atulhada de revistas que chegavam todo mês, embora a *Holiday*, na opinião de Vic, fosse melhor do que várias revistas cuja assinatura eles sempre renovavam. A noção de economia de Melinda era meio estranha.

Ela nunca quisera uma empregada doméstica, por exemplo, mas nunca fizera muito esforço para manter a casa arrumada. Quando as estantes chegavam a ser espanadas, era Vic quem fazia isso a cada quatro meses. De vez em quando Melinda empunhava o aspirador de pó, mas desistia depois de um ou dois cômodos. Quando iam receber visitas, a sala de estar, a cozinha e o banheiro eram "verificados" — um termo indefinido de Melinda. Mas ela era confiável na manutenção do suprimento de carne no refrigerador, verduras e legumes, batatas e uma grande quantidade de laranjas. Além disso, uma das coisas que Vic apreciava era que ela sempre aparecia para jantar com ele, não importava o que tivesse feito à tarde. Talvez achasse que lhe devia essa pequena gentileza, Vic não sabia, mas levava isso tão a sério quanto às vezes levava a sério os encontros marcados com os amantes. E cerca de uma vez por semana ela preparava um dos pratos favoritos dele: pernas de rã à provençal, ou chili com carne, ou sopa de batata, ou faisão assado, que ela comprava em Wesley. Também providenciava para que nunca lhe faltasse fumo de cachimbo, que precisava ser encomendado de Nova York e era difícil de manter sob controle, já que Vic fumava cachimbo esporadicamente e às vezes o umidificador de tabaco estava na sala de estar, outras vezes na garagem ou no seu próprio quarto, onde Melinda raramente entrava. Vic achava que seus amigos, até mesmo Horace, nem sempre se lembravam das coisas boas que Melinda fazia e se dava ao trabalho de apontá-las.

Na noite de sábado do fim de semana do Quatro de Julho, Vic e Melinda foram ao baile anual do clube, o maior evento do verão. Todos os seus amigos estavam lá, até os Peterson e os Wilson, que não pertenciam ao clube, mas tinham sido convidados por sócios. Vic olhou ao redor à procura de Ralph Gosden, esperando vê-lo, mas ele não estava lá. Ralph estava se encontrando muito com os Wilson, segundo Evelyn Cowan, que vinha ajudando June Wilson com o canteiro de flores do seu jardim — Evelyn era uma jardineira entusiasta. Os Wilson estavam em Little Wesley havia apenas quatro meses e moravam numa casa modesta no lado norte da cidade. Evelyn Cowan revelara a Vic, quando os dois se esbarraram certo dia na farmácia, que Don Wilson estava levando muito a sério a história que ele contara a Ralph sobre Malcolm McRae — confirmando-lhe que Ralph estava espalhando a história para se fazer de vítima do seu ciúme, da sua má vontade e do seu "péssimo gosto" generalizado. Ralph teria dito, é claro, que Melinda não passava de uma amiga querida e, como não pertenciam ao grupo que os conhecia bem, os Wilson teriam engolido essa versão. Os moradores de Little Wesley não foram amistosos com os Wilson desde sua chegada e Vic achava que isso se devia a Don. Nos eventos sociais, ele era reservado e não demostrava ter humor, talvez por considerar que sorrisos e convívio não fossem inteligentes ou compatíveis com um escritor. E ele era um escritor de romances baratos — bangue-bangues, policiais, novelas açucaradas, com a colaboração da mulher em algumas delas, embora Vic tivesse ouvido falar que a especialidade dela eram livros infantis. Os Wilson não tinham filhos.

Don Wilson e sua mulher estavam encostados à parede, Don com um ar distante e infeliz e ela, que era mignon e loura, e em geral animada, parecendo um tanto contida. Vic achou que estavam assim porque não conheciam muita gente, então os cumprimentou com um aceno de cabeça e um sorriso e ia se aproximar deles para conversar, mas a reação inequivocamente fria de Don o refreou. Talvez Wilson estivesse surpreso com a sua presença ali, Vic pensou, saudado pelos velhos amigos como se nada tivesse acontecido.

Vic circulou em volta da pista de dança, conversando com os McPherson, com os Cowan e com a inevitável Sra. Podnansky, cujos dois netos estavam presentes. O mais novo, Walter, acabara de se formar em direito em Harvard. Naquela noite, Vic percebeu que Melinda não estava de todo errada sobre as pessoas o estarem evitando — pessoas que ele sequer conhecia. Viu o apontarem para seus parceiros de dança e discutirem acaloradamente sobre ele, mas sem que pudessem ser ouvidos. Outros, completos estranhos, se afastavam com sorrisinhos constrangidos ao passar por ele, quando, em condições normais, teriam se apresentado e iniciado uma conversa. Em geral, desconhecidos o abordavam para falar de sua gráfica. Mas ele não se importava com a frieza e os cochichos. Estranhamente, ele ficava mais à vontade e seguro, na verdade, do que costumava se sentir nas festas, porque os cochichos e dedos apontados para ele e Melinda garantiam que ela se comportaria. Dava para ver que ela estava se divertindo, embora, mais tarde, lhe dissesse que não tinha se divertido nada. Ficara bonita num vestido novo de tafetá âmbar sem cinto que cobria sua cintura fina e robusta e caía nos quadris como que feito sob medida. À meia-noite já tinha dançado com uns quinze parceiros, incluindo dois rapazes bem jovens que Vic não conhecia. Sob circunstâncias normais, qualquer um deles poderia ter se tornado o sucessor de Ralph Gosden, mas Melinda foi agradável e graciosa com eles sem tentar parecer dengosa, maliciosa ou *femme fatale*, ou fingir que se sentira arrebatada por eles — táticas que Vic a vira usar em outras ocasiões. Nem chegou a beber demais. Vic se sentiu extremamente orgulhoso de Melinda naquela noite. Muitas vezes se orgulhara da sua aparência, mas, até onde lembrava, raras vezes do seu comportamento.

Quando Melinda veio até ele depois de uma dança, Vic ouviu uma mulher dizer:

— Essa é a esposa dele.

— Ah, é? Ela é linda!

Uma risada perto deles se sobrepôs a parte da conversa.

— Ninguém sabe. Mas alguns acham... Não, ele com certeza não parece, não é?

— Oi — disse Melinda a Vic. — Você não está cansado de ficar de pé?

Seus grandes olhos castanho-esverdeados o fixaram com aquele seu olhar de neblina que reservava para os homens, embora em geral acompanhado de um sorriso. Ela não estava sorrindo.

— Não fiquei de pé o tempo todo. Fiquei sentado um tempo com a Sra. Podnansky.

— Ela é a sua parceira de festas favorita, não?

Vic riu.

— Quer que eu pegue uma bebida para você?

— Um uísque quádruplo.

Antes que pudesse pegar a bebida, um dos jovens que havia dançado com ela antes apareceu e disse a Vic, um tanto solene:

— Eu poderia?

— Sim, poderia — retrucou Vic sem sorrir. Não achava que o enfático "Eu poderia" fosse consequência da história de McRae, embora houvesse essa possibilidade.

Vic deu uma olhada em Don Wilson e viu que ele o observava de novo. Ele se serviu pela terceira vez de sorvete de limão — a bebida não tinha nenhum charme para ele naquela noite — e, ao ver Mary Meller meio deslocada, pegou outra porção de sorvete para ela. Mary aceitou com um sorriso cálido e amistoso.

— Evelyn e Phil querem que a gente vá se refrescar com um mergulho na piscina deles depois que o baile terminar. Você e Melinda podem vir? — perguntou Mary.

— Não trouxemos nossas roupas de banho — explicou Vic, embora isso não o tivesse impedido em outras ocasiões, quando pularam na piscina dos Cowan nus. Melinda pulou, na verdade. Vic era um pouco acanhado em relação a essas coisas.

— Passem em casa para pegar as roupas... ou não — sugeriu Mary em tom de brincadeira. — A noite está tão escura, quem vai ligar?

— Vou perguntar a Melinda.

— Ela está linda esta noite. Não está, Vic? — Mary tocou seu braço e ele se inclinou para mais perto dela. — Vic, você não está chateado, está? Queria que soubesse que todos os seus amigos de verdade ainda são seus amigos, como sempre. Não sei o que você ouviu aqui, mas espero que não tenha ouvido nada desagradável.

— Não ouvi absolutamente nada! — garantiu Vic, sorrindo.

— Falei com Evelyn. Ela e Phil pensam como nós. Sabemos que você só contou aquilo como uma... como uma piada, apesar do que gente como os Wilson estão tentando dizer.

— O que eles estão tentando dizer?

— Ela não, ele. Ele acha você esquisito. Mas todos nós somos esquisitos, não? — argumentou Mary com uma risada. — Deve estar atrás de um enredo para um livro. Acho ele *muito* esquisito!

Vic conhecia Mary bem o suficiente para saber que estava muito mais preocupada do que tentava disfarçar.

— O que ele anda dizendo? — quis saber.

— Ah, está dizendo que você não reage de modo normal. Posso imaginar o que Ralph Gosden andou falando, a lenha que botou na fogueira. Ah, Don Wilson anda dizendo que você deveria ser vigiado e que é muito misterioso. — Mary sussurrou a última palavra, sorrindo. — Eu lhe disse que todos nós tivemos a oportunidade de observá-lo durante os últimos nove ou dez anos e que você é um dos homens mais doces e menos misteriosos que já conheci!

— Sra. Meller, posso ter a honra da próxima dança? — perguntou Vic. — Acha que seu marido se incomodaria?

— Ora, Vic. Não posso acreditar!

Ele pegou a cumbuca de sorvete dela e a deixou com a sua no balcão dos refrigerantes a poucos metros dali, voltou e conduziu Mary pela pista ao som de uma valsa. Valsa era seu ritmo de dança favorito. Ele valsava muito bem. Viu quando Melinda reparou nos dois e estacou, surpresa. Horace e Evelyn também o observavam. Vic encurtou os passos para não parecer idiota, porque ficara tomado por uma alegria exultante, como se um desejo havia muito tempo reprimido tivesse sido liberado. Sentiu que poderia ter voado com Mary, não fossem os outros pares que atravancavam a pista de dança ao seu redor.

— Nossa, você é um dançarino incrível! — elogiou Mary. — Por que ficou escondido todos esses anos?

Vic não tentou responder.

Muito depois que a dança terminou, Vic experimentou uma sensação de euforia, como se tivesse alcançado um triunfo. Quando Melinda terminou uma dança, aproximou-se dela, curvou-se um pouco e perguntou:

— Me permite, Melinda?

Melinda na mesma hora dissimulou o seu espanto fechando os olhos e virando o rosto.

— Ai, querido, estou cansada.

A caminho de casa, quando Melinda perguntou o que o havia inspirado a dançar naquela noite, ele se esquivou de qualquer gracejo dela respondendo:

— Decidi que seria bom confundir as pessoas mostrando-me inconsistente, além de esquisito. Sou aquele que nunca dança, você sabe.

Melinda não estava a fim de ir à piscina dos Cowan, mas declinou do convite muito graciosamente.

— Achei você encantadora essa noite — disse Vic a ela quando chegaram em casa.

— Tenho de me esforçar para contrabalançar um pouco do estrago que você fez. Dei um duro danado hoje.

Vic deu de ombros involuntariamente, seguido de um leve sorriso, e não disse nada. Melinda tinha se divertido tanto quanto em outros bailes do clube em que se embriagara, flertara ou passara mal, ou criara outro tipo de inconveniente que também não ajudara na popularidade do casal.

Deitado na cama, Vic reviveu os momentos na pista de dança com Mary Meller. O rosto carrancudo de Don Wilson. As pessoas cochichando. Vic achou que alguns dos presentes acreditavam de fato que ele tinha matado Malcolm McRae — aqueles que o conheciam pouco. Foi o que Mary tentara lhe contar. Se não o conhecesse tão bem, ou achasse que o conhecia tão bem, Mary poderia ser uma das pessoas que suspeitavam dele, pensou. Ela praticamente dissera isso na festa. *Você parece ser alguém muito paciente e que um dia... faz alguma coisa.* Lembrou-se das palavras exatas e de como sorrira da sua delicadeza. Sim, todos aqueles anos ele mantivera o jogo de parecer calmo e indiferente diante de tudo o que Melinda fizesse. Havia ocultado tudo o que sentia de propósito — e durante o primeiro caso dela Vic sentira algo, ainda que fosse apenas o choque, mas conseguira esconder. Ele sabia que era isso que intrigava as pessoas. Tinha visto nos seus rostos, até no de Horace. Não reagia com o ciúme normal e algo iria irromper. Era a conclusão a que as pessoas chegavam. E era isso que tornava sua história tão boa: algo irrompera e ele tinha assassinado um dos amantes de Melinda. Isso era mais plausível do que tudo que suportara ao longo de quatro anos sem fazer nada. Enfim ter explodido era humano. As pessoas entendiam aquilo. Ele pensou: ninguém no planeta poderia provar que ele matara Malcolm McRae, mas também ninguém poderia provar que ele não matara.

Um pouco mais de duas semanas depois do baile do Quatro de Julho, ao tomar café da manhã com Trixie, Vic viu a notícia no *The New York Times*:

**DESCOBERTO ASSASSINO**
**DO PUBLICITÁRIO DE NOVA YORK**
Solucionado mistério de 8 meses da
morte de Malcolm McRae

Com uma colherada de toranja suspensa no ar, Vic leu a matéria avidamente. A polícia tinha detido um homem que trabalhava como balconista num armarinho no estado de Washington que havia confessado o crime e "não havia dúvida" de que ele era o assassino, embora ainda estivessem verificando os fatos. O nome do homem era Howard Olney. Tinha trinta e um anos e era irmão de Phyllis Olney, uma atriz que tivera "intimidade" com Malcolm McRae. Segundo o jornal, Olney culpava McRae por acabar com a parceria profissional entre ele e a irmã. Os dois eram artistas de clubes noturnos, especializados em truques de mágica. Phyllis Olney conhecera McRae em Chicago e rompera seu contrato para acompanha-lo até Nova York um ano e meio atrás. Olney ficara sem dinheiro e sua irmã nunca lhe mandara nada, apesar de ter prometido que o faria (quem já conseguira arrancar um centavo sequer de Malcolm?) e, de acordo com Olney, McRae abandonara sua irmã, deixando-a na miséria. Quase um ano depois, Olney partira de carona para Nova York com o propósito de vingar a si e a irmã matando McRae. Psiquiatras que o haviam examinado disseram que ele demonstrara tendências maníaco-depressivas, o que provavelmente seria levado em conta por ocasião do seu julgamento.

— *Papai!* — Trixie enfim conseguira chamar sua atenção. — Eu disse que vou terminar seu cinto hoje!

Vic teve a sensação de que ela gritara três vezes.

— Que bacana. O cinto trançado?

— O único cinto que estou fazendo este verão — respondeu Trixie num tom que mostrava seu aborrecimento com ele. Colocou um pouco do trigo tufado do pacotinho à sua frente no seu cereal, mexeu a mistura e então pegou a garrafa de ketchup. Trixie estava na fase do ketchup. Colocava ketchup em tudo, dos ovos mexidos ao pudim de arroz.

— Estou louco para ver — comentou Vic. — Espero que tenha feito comprido o bastante.

— Ficou enorme.

— Que bom.

Vic observou seus pequenos ombros morenos lisos atravessados pelas alças da jardineira de brim, pensou vagamente em mandar que pegasse um suéter, mas voltou sua atenção para o jornal em suas mãos.

> O caráter remoto da relação do assassino com a vítima e o fato de ele não ter deixado pistas [dizia o jornal] faziam deste um crime quase "perfeito". Foi somente após meses de investigação junto a cada amigo e conhecido da vítima que a polícia encontrou o rastro de Olney.

Mesmo que a notícia não saísse no *Little Wesleyan* daquela tarde, pensou Vic, muitos moradores de Little Wesley recebiam o *The New York Times* todas as manhãs. À noite, todos os interessados no caso já estariam sabendo da novidade.

— Não vai comer bacon com ovo? — perguntou Trixie.

Trixie costumava pedir um pedaço do seu bacon. Vic não queria mais saber de bacon com ovo. Viu a poça de ketchup na tigela dela e que o cereal estava incomestível até mesmo para Trixie. Levantou-se devagar, foi para a cozinha e mecanicamente acendeu o fogo debaixo de uma frigideira. Colocou duas tiras de bacon. Estava se sentindo um pouco enjoado.

— Papai? Só tenho ci-inco min-n-nutos! — gritou Trixie num tom ameaçador.

— Está saindo, gatinha — gritou Vic.

— Ei! Desde quando você me chama de gatinha?

Vic não respondeu. Contaria a Melinda naquela manhã, pensou, antes que ela tivesse a oportunidade de saber por outra pessoa.

Mal tinha colocado o bacon diante da filha quando ouviu o ronco suave do ônibus escolar, que se aproximava. Trixie se apressou, pegando a raquete de badminton e o grande lenço vermelho que adorava e usava a maior parte do tempo enrolado no pescoço, com um pedaço de bacon entre os dedos. Virou-se na porta, enfiou o bacon na boca e Vic ouviu o ruído crocante dos dentes de leite mastigando.

— Tchau, papai! — disse a menina antes de ir embora.

Vic olhou para o sofá da sala de estar, lembrando-se da vez em que Ralph desmaiara nele e tivera de passar a noite ali, embora estivesse acordado o suficiente para pedir que o colocassem no quarto de hóspedes. Vic pensou em Ralph deitado ali, naquela última noite, com a cabeça no mesmo local onde a cabeça de Malcolm havia repousado. Ralph iria se divertir com a história, pensou Vic. Ele não demoraria a voltar.

Vic foi para a cozinha, esquentou o café e serviu uma xícara para Melinda, acrescentando uma colher rasa de açúcar. Levou o café à porta do quarto dela e bateu.

— Umm-m?

— Sou eu. Trouxe café para você.

— En-n-tre — retrucou ela com a voz arrastada, meio sonolenta, meio emburrada.

Vic entrou. Ela estava deitada de costas, com os braços sob a cabeça. Estava de pijama, dormia sem travesseiro e havia algo de espartano nela, achava Vic, nas raras ocasiões em que ia ao seu quarto para acordá-la e a via deitada sozinha na cama. Haveria ainda o vento varrendo o quarto, enfunando as cortinas, quando ele abria a porta nas manhãs mais frias de inverno. Haveria um cobertor chutado ao chão porque, mesmo com a temperatura próxima do congelamento, Melinda era capaz de se aquecer com praticamente nada. Havia um cobertor no chão nesse momento. Melinda estava coberta com um lençol. Vic lhe passou a grande xícara de café, era sua xícara azul e branca, com seu nome gravado.

Ela estremeceu ao primeiro gole quente.

— Ah-h-h-ah-h — gemeu, caindo de volta na cama, com a xícara dançando perigosamente na mão.

Vic se sentou na banqueta dura diante da penteadeira.

— Li algumas notícias agora de manhã — começou.

— Leu? E daí?

— Acharam o homem que matou Malcolm.

Ela se ergueu apoiando-se no cotovelo, totalmente desperta.

— Acharam? Quem foi?

Vic estava com o jornal debaixo do braço. Passou-o para Melinda.

Ela leu a matéria avidamente com tamanho prazer que manteve Vic fixado nela.

— Veja só, quem diria — comentou.

— Imagino que tenha ficado contente — disse Vic num tom agradável.

Ela lhe lançou um olhar duro e rápido como uma bala.

— *Você* não ficou?

— Duvido que tenha ficado tão contente quanto você.

Ela saltou da cama e por um instante ficou parada ao lado dele, de pijama branco, pés descalços com unhas vermelhas, olhando-se no espelho, tirando o cabelo do rosto.

— Está certo, você não está. Não poderia ficar — disse antes de sair correndo para o banheiro com uma agilidade que Trixie teria.

O telefone tocou ao lado da cama de Melinda e na mesma hora Vic suspeitou que fosse Horace. Horace também era assinante do *The New York Times*. Vic atravessou a sala de estar até a extensão do vestíbulo e atendeu ao telefone.

— Alô?

— Alô, Vic. Você viu o jornal de hoje?

Havia um sorriso na voz de Horace, mas um sorriso amigável, nada malicioso.

— Sim, vi.

— Você conhecia o sujeito?

— Não, nunca ouvi falar dele.

— Bem... — Horace esperou que Vic falasse. — Isso vai acabar com todo o falatório.

— Não ouvi muito desse falatório — comentou Vic um tanto seco.

— Ah... eu ouvi, Vic. E não foi um falatório bom.

— Bem, Melinda está muito feliz, é claro.

— Você sabe qual é a minha opinião sobre isso, Vic. — Horace hesitou de novo, mas dessa vez estava escolhendo as palavras. — Acho que vocês... acho que ela melhorou muito nesses últimos meses. Espero que continue assim.

Vic ouviu a água do chuveiro no banheiro. Melinda estava no banheiro, não tinha atendido o telefone, mas mesmo assim Vic se sentiu tolhido. Não podia discutir seus problemas pessoais com Horace.

— Obrigado, Horace — disse finalmente.

Vic costumava estar na gráfica às 9h15 ou 9h30, mas naquela manhã estava sentado na sala de estar, às 9h10, esperando que Melinda acabasse de se arrumar, esperando que ela dissesse algo mais que pretendia lhe dizer, esperando para descobrir aonde ela iria. Dava para sentir, pela pressa de seus preparativos, que ela tinha planos. Vic a ouvira discar um número no telefone do quarto, mas não conseguiu ouvir sua voz através da porta fechada e, de qualquer maneira, não teria desejado escutar a conversa.

Ele não a imaginava voltando para Ralph depois de este ter se revelado tamanho covarde. Joel estava em Nova York, mas não era uma distância impossível se Melinda estivesse determinada a se encontrar com ele. Vic pegou um cigarro da caixa na mesa de canto de pau-rosa. Tinha acabado de fazer a mesa. Havia polido seu tampo levemente côncavo com extremo cuidado como se fosse uma lente. Ele a fizera para substituir a antiga mesinha que também tinha feito e era do tempo de Larry Osbourne — ela ficara tão manchada por queimaduras de cigarro e álcool, apesar das ceras protetoras com que a revestia, que não viu sentido em restaurá-la. Perguntou-se quanto tempo levaria para que a mesa de pau-rosa ficasse manchada por círculos de copos de bebida e queimaduras de cigarros esquecidos. Quando ouviu a porta do quarto de Melinda se abrir, sentou no sofá para fingir que estava entretido na leitura do seu jornal quando ela entrasse.

— Você está decorando a matéria? — questionou ela.

— Estava lendo outra coisa. Saiu um novo livro sobre alpinismo que quero comprar.

— Taí um esporte ótimo e seguro para você. Por que não tenta?

Ela pegou um cigarro da caixa e o acendeu. Estava de camisa branca, com a glamorosa saia de veludo cotelê marrom e os mocassins marrons. Apertava o chaveiro na palma da mão indócil. Parecia ansiosa e agitada, no estado em que Vic a vira muitas vezes no início de um caso. Era o tipo de inquietação que sempre lhe rendia multas por excesso de velocidade.

— Aonde vai? — perguntou ele.

— Ah... acabei de marcar um almoço com Evelyn. Então não vou almoçar em casa hoje.

Vic ficou na dúvida se ela estava mentindo. Sua resposta não lhe indicara onde estava indo. Ele se levantou, se espreguiçou e endireitou o pulôver sobre a calça.

— Que tal um drinque à tarde? Consegue se encontrar comigo no Chesterfield por volta das seis?

Ela abaixou as sobrancelhas e girou a perna para o lado apoiada no dedão, como uma adolescente.

— Acho que não, Vic. Sei que você não curte. Obrigada pelo convite, mesmo assim.

— Que pena. — Ele sorriu. — Bem, já vou indo.

Seguiram juntos para a garagem e entraram em seus respectivos carros. Vic levou alguns minutos para esquentar o seu, mas Melinda, em seu conversível verde-claro, desapareceu na primeira curva em questão de segundos.

# 07

Dois ou três dias depois do desfecho do caso McRae, Vic recebeu um telefonema em seu escritório de um tal Sr. Cassell. O Sr. Cassell explicou que era agente da Imobiliária Binkley, de East Lyme, e que o nome de Vic fora dado como referência pelo Sr. Charles De Lisle, que queria alugar uma de suas casas.

— Charles De Lisle? — perguntou Vic, intrigado. Nunca ouvira falar do homem.

— Lamentamos incomodá-lo no seu trabalho, Sr. Van Allen, mas não conseguimos contatar sua esposa em casa. Na verdade, o que consta na minha ficha é *Sra.* Victor Van Allen, mas achei que o senhor também poderia recomendar o Sr. De Lisle. Poderia nos dizer o que sabe sobre ele em termos de confiabilidade? O senhor sabe, só para que eu passe alguma informação para o proprietário.

Vic de repente reconheceu o nome: era o pianista do bar do Lord Chesterfield.

— Não sei ao certo... suponho que ele seja correto. Vou falar com minha esposa ao meio-dia e pedir que telefone para vocês de tarde.

— Certo, Sr. Van Allen, agradeceríamos se o senhor pudesse fazer isso. Até logo.

— Até logo.

Vic desligou.

Stephen o esperava com algumas amostras de papel. Começaram a examiná-las juntos, erguendo-as diante de uma lâmpada de duzentos watts para avaliar a consistência e a espessura. O papel era para o próximo livro da Greenspur Press, um livro de poemas de um jovem professor do Bard College chamado Brian Ryder. Stephen era melhor do que Vic para analisar as delicadas texturas marmóreas que surgiam sob a luz forte, mas Vic confiava mais no próprio julgamento quando se tratava da qualidade geral do papel e de como ele receberia a tinta. Examinaram seis tipos de papel, eliminaram quatro depois de poucos minutos e por fim chegaram a uma decisão sobre um dos dois restantes.

— Faço o pedido agora? — perguntou Stephen.

— Melhor. Eles levaram um tempão para entregar da última vez.

Vic voltou à sua mesa, onde estava escrevendo cartas de rejeição para três poetas e um romancista que lhe haviam mandado manuscritos no mês anterior. Sempre escrevia essas cartas ele mesmo, e à mão, porque detestava escrevê-las e não teria delegado a tarefa a Stephen por considerar uma carta escrita a mão pelo próprio editor a única maneira civilizada de se dirigir àqueles cujo trabalho tivera de rejeitar. A maioria dos manuscritos que recebia era boa. Alguns eram muito bons e ele gostaria de publicá-los, mas não podia publicar tudo de que gostava. Aos autores dos manuscritos que considerava muito bons, dava aconselhamento criterioso sobre editoras às quais poderiam recorrer. A maioria de suas cartas era mais ou menos assim: "...Como provavelmente deve saber, a Greenspur é uma editora pequena. Temos apenas duas prensas manuais e, devido a nossos métodos operacionais lentos, é impossível publicarmos mais do que quatro livros ao ano..." Seu tom era modesto, em consonância com o espírito da Greenspur Press, mas Vic se orgulhava muitíssimo de seus métodos lentos e do fato de a Greenspur em geral levar cinco dias para compor dez páginas.

Vic orgulhava-se especialmente de Stephen Hines e agradecia a Providência por tê-lo encontrado. Stephen tinha trinta e dois anos, era casado, com um filho pequeno. Era um cara quieto, de temperamento calmo, com uma paciência infinita para todas as correções e ajustes que a impressão demandava. Era tão meticuloso quanto Vic, sendo que Vic nunca achou em seus primeiros e difíceis dois anos que encontraria alguém tão detalhista quanto ele. Mas Stephen se apresentou certo dia, seis anos antes, e lhe pedira um emprego. Trabalhava numa pequena gráfica comercial no Brooklyn e disse que queria viver no campo. Achou que ia gostar de trabalhar na Greenspur Press. Vic o contratou com um salário da tabela sindical, mas depois de duas semanas lhe deu um aumento de vinte por cento. Stephen não quisera aceitar. Amava a gráfica, amava a paisagem verde e montanhosa do interior — contou que era do Arizona e que a fazenda do pai desaparecera numa tempestade de areia — e na época não era casado. Cinco anos antes trouxe a namorada, Georgianne, de Nova York, e então se casaram, tendo Vic como padrinho. Georgianne era a garota certa para ele. Quieta, modesta e tão apaixonada pela região quanto Stephen. Compraram a casa de hóspedes de uma grande propriedade entre Little Wesley e Wesley, uma casa no meio de um bosque numa estrada que Stephen teve de alargar com as próprias mãos para que desse passagem a um carro. Vic os ajudara a financiar a casa e Stephen já havia restituído três quartos da soma. Era devotado a Vic, embora nunca demonstrasse isso abertamente. Mostrava sua devoção sobretudo por seu respeito. Chamava-o de "senhor" até que Vic, depois de uns dois meses, brincara sobre o assunto. Agora não era nem "Sr. Van Allen" nem "Vic" — Stephen não o chamava de nada.

O outro membro da equipe da Greenspur Press era o velho Carlyle, um homem pequeno e encurvado de aproximadamente sessenta anos que Vic salvara do abandono nas ruas de Wesley. Carlyle era um pedinte, pedia uns trocados para beber. Vic pagou-lhe a bebida e puxou conversa com ele. Ofereceu-lhe um emprego como faz-tudo e varredor na gráfica. Carlyle aceitou. Agora a bebida estava restrita a duas vezes ao ano: no Natal e no seu aniversário. Não tinha família. Vic lhe pagava o suficiente para viver confortavelmente num quarto que alugava de uma velha senhora que morava na região norte de Little Wesley. Nos quatro anos em que trabalhava com Vic, as incumbências de Carlyle tinham sido ampliadas para organizar a correspondência, lubrificar as máquinas, ajudar Stephen a fixar as ramas na prensa e transportar pacotes entre a gráfica e a estação ferroviária em Wesley. Tornara-se um motorista razoável ao volante da pequena caminhonete Dodge que ficava sempre à porta dos fundos da gráfica. Era discutível se Carlyle merecia o salário de sessenta dólares semanais, mas a Greenspur Press também não era financeiramente rentável, pensava Vic, e ele acreditava que era responsável por tornar os últimos anos de vida de Carlyle felizes ao dar-lhe um emprego quando ninguém mais o faria. Até aquele momento, o pior que Carlyle fizera fora sair da estrada na ponte de drenagem no final da pista, embriagar-se duas vezes por ano e mascar fumo — Carlyle era um mascador inveterado e mantinha num canto da sala de impressão uma escarradeira que esvaziava com frequência razoável. Ele poderia ficar ali até morrer de velhice.

A gráfica em si era uma estrutura de um andar pintada de verde-escuro, o que a deixava praticamente camuflada contra as árvores cerradas e frondosas que a cercavam. Tinha uma forma estranha, pois originalmente fora um pequeno celeiro usado para armazenar ferramentas. Essa área passou a ser a sala das prensas e das mesas de composição. Vic tinha construído numa extremidade uma salinha quadrada, onde ficava seu escritório, e, na outra extremidade, um depósito de papel e de tipos. Para tornar a construção à prova de umidade, ele revestiu o lado de fora com isolante de telhado, cobriu tudo com folha de flandres e então mandou pintar toda a superfície externa. Uma estrada um tanto esburacada e sinuosa ligava a gráfica a uma estrada maior de terra batida, a cerca de duzentos metros. A gráfica ficava a dez minutos de carro da casa de Vic.

No dia em que ele recebeu o telefonema sobre Charles De Lisle, Melinda não estava em casa à uma hora. Vic almoçou sozinho e leu um livro à mesa. Sentia-se estranhamente incomodado, como se houvesse alguém atrás dele observando-o enquanto circulava pela casa vazia. Colocou no toca-discos os cantos gregorianos com o volume bem alto para que os ouvisse quando fosse botar as caixas de ervas de volta na garagem pouco antes das três. Não encontrou nenhum bilhete de Melinda na casa. Vic procurou até no quarto dela, apesar de Melinda nunca ter deixado bilhetes ali. Quando deixava um, ela costumava colocá-lo no meio do chão da sala de estar.

Estaria com Charles De Lisle? A questão viera à tona em sua mente como uma bolha, fazendo um pequeno e desagradável barulho de explosão quando as palavras surgiram. Por que achar isso? Lembrava-se do rosto de Charles De Lisle, mas muito vagamente, como um tipo moreno — magro, sombrio e com cabelo carregado de brilhantina. Lembrava-se de tê-lo achado parecido com um bandido italiano. Só o vira uma vez, pensou, numa tarde cerca de três semanas antes quando fora com Melinda ao bar do Lord Chesterfield. Melinda não fizera um comentário sequer sobre sua maneira de tocar piano, o que ele achou inusitado.

Tirou Charles De Lisle de seus pensamentos. Uma coisa da qual não gostaria de ser culpado era de suspeitar por antecipação. Melinda seria sempre inocente até que ela mesma se provasse culpada.

Ela ainda não estava em casa quando Vic chegou às 18h45 naquela noite. Trixie estava em casa desde as quatro e meia e Vic lhe perguntou se sabia da mãe.

— Não sei — respondeu Trixie com indiferença. Estava deitada de barriga para baixo, lendo a página de quadrinhos do *New Wesleyan*.

Trixie já estava acostumada com a ausência da mãe em horários estranhos. Afinal, fora assim a maior parte de sua vida.

— Que tal um jogo de tabuleiro de palavras cruzadas? — sugeriu Vic.

Trixie ergueu a cabeça e olhou para ele, pensando. Seu rostinho oval e bronzeado de repente lembrou Vic de uma bolota de carvalho, uma bolota novinha e reluzente que acabou de cair da árvore, com uma ponta afilada, que era o queixo de Trixie, e uma copa que era sua franja reta e o cabelo liso, recém-cortado, que caía até o meio das orelhas.

— Vamos lá! — disse Trixie, levantando-se num pulo e indo pegar a caixa do jogo na estante.

O telefone tocou e Vic atendeu. Era Melinda.

— Vou chegar lá pelas oito, Vic. Pode ir comendo, se quiser, mas vou levar uma pessoa para um drinque... se você não se importar — acrescentou com a fala arrastada, e Vic percebeu que ela já tinha tomado umas doses. — Ok?

— Ok — respondeu ele. Já sabia quem ela traria.

— Certo. Então, até já.

— Até já. — Ele desligou. — Mamãe só chega daqui a uma hora, querida. Você já está com fome?

— Não, não estou — respondeu Trixie.

Trixie adorava comer com eles. Era capaz de esperar horas, embora o limite de Vic para ela fosse nove horas, para poder jantar com os dois. Em geral, jantavam às oito e meia. Não jantariam às oito e meia naquela noite, pensou Vic. Obrigou-se a se concentrar no jogo. Ele e Trixie jogavam com ela fazendo dois lances para cada lance dele, a fim de equilibrar um pouco o placar. Trixie já soletrava melhor do que a mãe, pensou Vic, apesar de não achar diplomático contar isso para a menina. Ele a ensinara a ler quando tinha três anos. Estavam no meio da segunda partida, Trixie tinha comido um donut de chocolate com ketchup e já estava bem escuro quando ele ouviu o som de dois carros chegando na entrada da casa.

Trixie também ouviu e levantou a cabeça.

— Duas pessoas estão chegando — comentou.

— Sua mãe está trazendo um convidado.

— Quem?

— Não sei. Ela só disse que ia trazer uma pessoa. Sua vez, Trix.

Ouviu a voz indistinta e grave de Melinda, seu passo no caminho de pedras. Então ela abriu a porta.

— Oi — saudou Melinda. — Entre, Charley. Vic, gostaria de lhe apresentar Charley De Lisle. Charley, meu marido. — Ela o indicou casualmente.

Vic se levantou.

— Como vai?

Charley resmungou algo e assentiu. Parecia constrangido. Tinha cerca de trinta e cinco anos, era magro e não muito alto, com olhos muito juntos e um tanto furtivos, sobre os quais as sobrancelhas quase se tocavam.

— Charley é o pianista do Lord Chesterfield — explicou Melinda.

— Sim, eu sei. Então, está gostando da nossa cidade? — perguntou Vic em tom amável.

— Sim, bastante — respondeu Charley.

— Sente-se, Charley. Não vai preparar um drinque para nós, Vic? O que você quer tomar?

Charley murmurou que queria um uísque de centeio com água. Vic foi à cozinha para preparar os drinques. Fez o de Charley e dois uísques para si e Melinda. Também pegou um copo de suco de laranja para Trixie. Quando voltou à sala de estar, a filha ainda estava de pé no meio da sala observando Charley De Lisle com uma curiosidade neutra e fixa. Vic passou a bandeja com as bebidas.

— Recebi um telefonema a seu respeito hoje — revelou Vic para Charley.

Charley olhou para ele perplexo e surpreso.

— Um agente imobiliário queria saber se eu o conhecia. Lamento por não ter dado muita referência. — O sorriso de Vic foi amistoso.

— Meu Deus, eles ligaram para *você*? — Melinda riu. — Desculpe, Vic, *vou* ligar para eles amanhã — disse ela entediada. — Mas Charley já arranjou uma casa. É um chalé maravilhoso no meio do bosque. Lembra aquela casinha uns quatro quilômetros ao sul de East Lyme? Acho que um tempo atrás levei você até lá para dar uma olhada. Reparei que estava vazia desde a primavera e achei que Charley iria preferir a casinha ao hotel, já que vai ficar aqui mais seis semanas, por isso descobri a agência que cuida do aluguel da casa e... *finalmente*... eu a reservei para ele. Charley adora a casa.

Melinda estava escolhendo discos para colocar para tocar.

— Parece excelente — comentou Vic.

Melinda devia ter levado outro para ver a casa. Quatro quilômetros ao sul de East Lyme era quase quatro quilômetros mais perto de Little Wesley do que ele imaginara. Então tentou neutralizar seus pensamentos, e tentou com muito empenho. Não tinha razão para ser hostil com o Sr. De Lisle. O Sr. De Lisle parecia ter medo da própria sombra.

Melinda havia escolhido discos de piano e os colocara para tocar um pouco alto. Quando o segundo disco caiu no prato, perguntou a Charley se conhecia o pianista. Charley conhecia.

Vic preparou outro drinque para si e Melinda. Charley simplesmente bebericava o dele. Quando voltou para a sala, Melinda estava dizendo a Trixie:

— Por que você não joga no seu quarto, meu bem? Está fazendo uma tremenda bagunça aqui.

Trixie estava distraída, empilhando as pecinhas do jogo diante da lareira. A menina soltou um suspiro e começou a colocar lentamente as peças de volta na caixa, em um ritmo que a manteria ali no cômodo por uns vinte minutos.

— A sua bebida não está envenenada, sabe — disse Melinda a Charley.

— Eu sei. — Ele sorriu. — Tenho que tomar cuidado com a úlcera. E também vou trabalhar hoje à noite.

— Espero que fique para jantar. Você só pega no trabalho às onze. Daqui a Ballinger são só seis minutos.

— Só se for de foguete — disse Vic, sorrindo. — É melhor ele calcular uns vinte minutos se quiser chegar vivo.

— Charley trabalha no Hotel Lincoln em Ballinger das onze à meia-noite — anunciou Melinda. Seu nariz ficaria melhor se passasse um pouco de pó de arroz, mas ela parecia muito bem com o cabelo louro-escuro solto e jogado para trás pelo vento e o rosto delicado e levemente sardento corado pelo sol. Naquele momento, estava tomada agora por um bom humor animal. Não bebera o suficiente para começar a murchar. Vic entendia por que os homens a achavam encantadora, até irresistível, em momentos como aquele. Melinda se debruçou sobre Charley, tocando a manga do seu paletó.

— Charley... Fica para o jantar? — E, sem esperar a resposta, ela levantou num pulo. — Meu Deus, esqueci a carne no carro! Trouxe uns bifes divinos, escolhidos a dedo no Hansen's! — Então correu para fora de casa.

No entanto, Charley se recusou com firmeza a ficar para o jantar na casa deles.

— Tenho que ir andando — disse assim que terminou o primeiro drinque.

— Certo, mas você não vai embora sem tocar alguma coisa! — pediu Melinda.

Charley se levantou docilmente como se soubesse que não adiantava discutir com ela e se sentou ao piano.

— Algo específico? — perguntou.

— O que você quiser — respondeu Melinda, apoiada na tampa do piano.

Charley tocou "Old Buttermilk Sky". Vic sabia que era uma das músicas favoritas de Melinda e Charley devia saber também, porque tinha piscado para ela ao tocar as primeiras notas.

— Gostaria de poder tocar assim — disse ela quando Charley terminou. — Eu sei tocá-la, mas não assim.

— Mostre para mim como você toca — pediu Charley, levantando-se da banqueta.

Ela fez que não com a cabeça.

— Agora não — disse ela. — Acha que pode me ensinar a tocar assim?

— Se você sabe tocar... claro — respondeu Charley com franqueza. — Estou indo.

— Foi um prazer conhecê-lo — disse Vic, ao se levantar.

— Obrigado. Igualmente.

Charley pegou sua capa de chuva.

Melinda acompanhou o pianista até o carro. Ficou lá fora uns cinco minutos. Quando voltou para dentro da casa, os dois permaneceram calados por alguns minutos.

— Você tem alguma novidade? — perguntou Melinda.

— Nenhuma — respondeu Vic. Ela não o teria escutado caso lhe contasse alguma novidade. — Acho que já é hora de a gente comer, não?

Melinda se mostrou mais agradável do que de costume no restante da noite. Mas, no dia seguinte, não estava de novo em casa à uma da tarde e de novo só chegou em casa quase às oito da noite. Contou que Charley De Lisle estava lhe dando aulas de piano.

Vic sabia o que estava acontecendo e tentou fazer Melinda admitir e parar com aquilo antes que toda a cidade descobrisse. Ele lhe disse, com calma, que achava que ela estava se encontrando demais com Charley De Lisle.

— Você está imaginando coisas — argumentou ela. — A primeira pessoa com quem pude conversar em semanas sem ser tratada como uma pária e você o detesta. Não quer que eu aproveite a vida, essa é a verdade!

Melinda era capaz de dizer coisas desse tipo para ele como se realmente acreditasse nelas. Conseguia bloqueá-lo e fazê-lo se questionar se ela acreditava mesmo no que dizia. Num esforço para ser justo com ela, tentava ver a situação do modo como ela havia contado, tentava imaginar que era impossível que ela se deixasse atrair por um pianista de clube noturno com aspecto doentio e cabelo oleoso. Mas não conseguia ver as coisas daquela maneira. Ela também negara ter algo com Jo-Jo. Jo-Jo era igualmente repulsivo do ponto de vista de Vic e, mesmo assim, aconteceu *aquilo*. Jo-Jo era tão divertido, uma risada por minuto. Tinha sido tão bom para Trixie. Já Charley De Lisle era um pianista incrível. Estava ajudando Melinda a melhorar sua interpretação ao piano. Vinha duas vezes por semana às três da tarde, depois que Vic tinha voltado para a gráfica, e dava aula para Melinda até as cinco, quando tinha de ir trabalhar no Lord Chesterfield. Em geral Trixie estava em casa à tarde, então que mal havia nas visitas dele? Mas às vezes Melinda não estava em casa para o almoço e às vezes eles não tocavam o piano de tarde porque um cinzeiro que Vic vira no teclado às duas da tarde ainda estava ali quando ele voltava para casa às sete. Às vezes ficavam na casa de Charley De Lisle, onde não havia piano.

— O que você espera que eu pense disso? — questionava Vic.

— Nada! Não sei por que você se incomoda tanto!

Seria inútil argumentar que havia duas semanas ela não via ou não falava sobre outra pessoa que não Charley De Lisle. Inútil e constrangedor dizer que até Trixie estava a par da situação e a aceitava como fato consumado. Na segunda semana do Sr. De Lisle, Vic tinha voltado para casa certa noite quando Melinda estava fora e Trixie dissera, muito casualmente:

— Acho que ela está na casa do Charley. Não estava aqui quando cheguei.

Aquilo o magoara — até mais do que a maneira como Trixie tinha olhado para Charley naquela primeira noite. Vic se lembrava de voltar para a sala de estar com os drinques e ver a filha sentada no braço da poltrona observando Charley com olhos arregalados e uma curiosidade apreensiva, mas completamente desamparada, como se soubesse que estava olhando para o homem que ocuparia o lugar de Ralph, que ia vê-lo com frequência a partir daquele momento, gostasse ou não dele, fosse ele bom para ela ou não. A lembrança de Trixie olhando para Charley do braço da poltrona assombrava Vic. Sentiu que aquele foi o primeiro instante em que sua suspeita se tornou certeza absoluta. Sentiu que, na sua inocência, Trixie soubera intuitivamente aquilo que ele apenas suspeitava na ocasião.

— Pena que eu seja casado com você, não é? — disse Vic em tom de leve brincadeira. — Eu poderia ter uma chance com você se fosse um completo estranho e a encontrasse do nada. Eu teria dinheiro, uma aparência passável, com uma porção de coisas interessantes para conversar...

— Tipo o quê? Lesmas e percevejos?

Ela estava se arrumando para sair com Charley naquela tarde, apertando na cintura um cinto que Vic lhe dera, colocando no pescoço um cachecol roxo e amarelo que Vic escolhera cuidadosamente e comprara para ela.

— Você costumava achar lesmas interessantes, além de uma porção de outras coisas, até que seu cérebro começou a atrofiar.

— Obrigada. Estou feliz com o meu cérebro. Você pode ficar com o seu.

Era domingo. Vic queria ir de carro até Bear Lake com Melinda e Trixie e remar um pouco — ele e Melinda num barco a remo e Trixie na canoa. Os fins de semana eram a única ocasião em que Trixie podia ir ao lago, e ela adorava. Melinda também gostava do programa até duas ou três semanas atrás. Mas ela estava saindo com Charley, iam dar uma volta pelo campo, contara Melinda, mas não iam levar Trixie.

— Eu talvez não esteja aqui quando você voltar — anunciou Vic.

— Ah é? Para onde pretende ir?

— Pensei em fazer uma visita a Blair Peabody com Trixie.

— Ah — disse ela e Vic percebeu que sequer o ouvira. — Bem, até logo, Vic — despediu-se ao passar por ele no corredor. — Divirta-se com Blair.

Vic ficou parado na sala de estar ouvindo o motor do carro dela sumir estrada abaixo. Não devia ter dito aquilo sobre o cérebro dela estar atrofiando, pensou. Não adiantava nada insultá-la. Arrependeu-se. Era melhor encarar a situação com leveza e casualidade, como se não se ressentisse de nada, e ela poderia se cansar de Charley em uma ou duas semanas. Se ele demonstrasse que não gostava de Charley, com certeza Melinda correria atrás dele só para contrariá-lo. Deveria reverter sua tática, ser um boa-praça e tudo o mais. Do ponto de vista de Melinda, Vic sabia que De Lisle não era nem bonito, nem divertido, exceto ao piano. Mas era obrigado a admitir que o fato de ter sido boa-praça com Jo-Jo e com Ralph Gosden não o levara a lugar algum. E a ideia de ver Melinda arrastando Charley para festas na casa dos Cowan e dos Meller — ela ainda não fizera isso, mas ia fazer, ele sabia —, a vergonha de endossar socialmente um indigente como Charley De Lisle parecia estar além do que poderia suportar. E todo mundo saberia que Melinda catara o primeiro homem que apareceu depois que a história de McRae foi solucionada. Todo mundo saberia que ele se sentia enojado e incapaz de combater aquilo, por mais indiferente que fingisse ser, porque obviamente havia se esforçado para afastar os amantes de Melinda ao inventar a história sobre McRae.

Tentou se recompor. Qual seria a alternativa a tratar o Sr. De Lisle de forma cortês e amistosa? Rebaixar-se demonstrando que o Sr. De Lisle era digno da sua irritação. Rebaixar-se na tentativa de obter satisfação ao acabar com o caso. Esses não eram e nunca haviam sido seus métodos. Não, a atitude correta era ser cortês e civilizado, não importa o que acontecesse. Com essa atitude, poderia perder, ser alvo de chacota, mas se agisse da outra maneira com certeza perderia o respeito de Melinda e o respeito próprio, acabasse ou não com o caso.

Não foi visitar Blair Peabody. Janey Peterson telefonou para Trixie e veio visitá-la. Trixie pareceu feliz em ficar em casa brincando com Janey, por isso Vic decidiu passar a tarde lendo sobre Tibério.

O pai de Janey a trouxe de carro e Vic conversou com ele no gramado por alguns minutos. Era um homem robusto de cabelo claro com um ar agradável de franqueza e simplicidade. Trouxera um saco de donuts caseiros fresquinhos, e Janey e Trixie pegaram um punhado e saíram correndo. Vic e Peterson ficaram por ali mordiscando e conversando sobre os canteiros de hortênsias no jardim, que estavam em plena floração. Peterson disse que as suas ainda eram plantas novas e que por isso evidentemente não floresceriam naquele ano.

— Leve duas das nossas — ofereceu Vic. — Temos além da conta.

Peterson protestou, mas Vic foi à garagem, pegou o forcado e dois sacos de aniagem e desencavou dois pés de hortênsia. Havia quatro pés, espalhados de forma aleatória pelo gramado, e Vic as detestava. Pelo menos as detestava naquela tarde. Seus grandes pompons de flores em tom pastel pareciam espalhafatosos e insípidos. Ele deu as duas arvorezinhas para Peterson, com suas raízes embaladas no saco de aniagem, com saudações a Sra. Peterson.

— Ela vai ficar enlouquecida — disse Peterson. — Com certeza vai incrementar o jardim. Dê meus cumprimentos à sua esposa também. Ela está em casa?

— Não, foi visitar uma amiga — respondeu Vic.

Peterson assentiu.

Vic não teve certeza, mas achou que o outro ficou um pouco constrangido ao perguntar por Melinda. Vic acenou para ele quando o carro partiu e então voltou para casa. Parecia que duas bombas pequenas tinham atingido o gramado. Deixou-o como estava.

Melinda voltou às 18h45. Vic ouviu o carro dela e depois de alguns minutos saiu do quarto, atravessou a garagem e foi para a sala de estar, para pegar alguns cadernos do *The New York Times*. Ele meio que esperava encontrar De Lisle com ela, mas Melinda estava sozinha.

— Sem dúvida você estava me imaginando nas profundezas da iniquidade hoje à tarde — disse ela —, mas só fomos às corridas de trote. Ganhei oito pratas, que acha disso?

— Não imaginei nada — retrucou Vic com um sorriso e ligou o rádio. Queria ouvir um comentarista político às sete horas.

Janey Peterson ficou para jantar com eles e Vic a levou de carro para casa. Sabia que Melinda ia telefonar para Charley enquanto ele estava fora. Charley tivera um telefone instalado em casa quase imediatamente porque Melinda usara toda a influência que tinha — ou melhor, que o sobrenome Van Allen tinha — para que a companhia instalasse o aparelho sem a costumeira espera de duas ou três semanas. Vic queria que ela não tivesse dito aquilo sobre "profundezas da iniquidade". Queria que ela não fosse tão crua. Nem sempre fora crua assim. Com certeza era culpa das companhias que mantinha. Por que levantara a lebre se não fizera nada com De Lisle ou não tencionara fazer? Quando uma mulher atraente como Melinda se entregava a alguém de bandeja, por que um homem como De Lisle resistiria? A moral da resistência não andava mais muito em voga. Isso era para gente como o rei Henrique III de França, depois que a mulher, a princesa de Condé, morreu. Havia devoção, com Henrique III sentado em sua biblioteca o resto da vida com suas memórias da princesa, criando desenhos de caveiras e ossos cruzados para Nicholas Ève colocar em capas de livros e folhas de rosto para ele. Henrique III provavelmente seria chamado de psicótico pelos psiquiatras modernos.

Charley De Lisle apareceu duas vezes para jantar na semana seguinte e certa noite os três foram a um concerto em Tanglewood, embora Charley tivesse de ir embora antes para estar no Hotel Lincoln às onze horas. Uma das noites em que jantou com eles foi uma segunda-feira, dia em que podia ficar depois das onze, e Vic obsequiosamente deu boa noite por volta das dez, foi para seu quarto e não voltou mais. Charley e Melinda estavam sentados ao piano, mas o instrumento parou, Vic notou, assim que ele saiu. Vic enfim foi para a cama dormir, mas o barulho do carro de Charley ao ir embora o acordou. Olhou para o relógio de pulso: eram 3h45.

Na manhã seguinte, Vic bateu à porta do quarto de Melinda por volta das nove, levando uma xícara de café para ela. Tinha recebido um telefonema de Stephen poucos minutos antes dizendo que a esposa estava passando mal e não queria deixá-la sozinha. Stephen perguntou se Melinda não poderia ficar com sua esposa porque as duas mulheres que poderiam fazê-lo estavam fora da cidade em férias com os maridos. Melinda não respondeu a sua batida e Vic empurrou a porta devagarinho. O quarto estava vazio. A colcha bege da cama parecia incomumente esticada e lisa. Vic levou o café de volta à cozinha e o despejou na pia.

Então foi para a gráfica. Ligou para Stephen e disse que Melinda tinha um encontro marcado com uma amiga para ir às compras em Wesley, mas deveria estar de volta ao meio-dia e ligaria para ele. Vic ligou para casa às onze e ao meio-dia. Melinda estava em casa ao meio-dia e ele perguntou, numa voz perfeitamente normal, como ela estava e lhe contou sobre Georgianne. Georgianne estava grávida, de seis ou sete meses, achava. Stephen chamou um médico para examiná-la e não achavam que houvesse risco de aborto espontâneo, mas Georgianne precisava de alguém que lhe fizesse companhia.

— Claro, fico feliz em ajudar — concordou Melinda. — Diga a Stephen que chego em mais ou menos meia hora.

Ela parecia muito disposta a ir, tanto para expiar os pecados da noite anterior, Vic supôs, como também porque gostava de ajudar as pessoas e prestar favores de caridade. Isso era uma das coisas boas em Melinda, talvez uma coisa curiosa, porque ela gostava de tomar conta de pessoas doentes, não importava quem fosse, amava ajudar um estranho em dificuldade — alguém com um pneu furado, um cheque que não podia descontar ou nariz sangrando. Era o único terreno em que demonstrava seu instinto materno: para com um desconhecido em apuros.

A noite de Melinda fora de casa não seria mencionada, pensou Vic, mas Charley De Lisle estaria um pouco diferente da próxima vez que Vic o visse, porque De Lisle não tinha a estrutura para voltar a ser o mesmo. Se mostraria mais servil e furtivo. Mas o que enfurecia Vic era o fato de que De Lisle ousaria encará-lo.

A noite em Tanglewood acontecera dois dias depois e Vic se comportou de forma muita calma e amigável, até pagou as bebidas no intervalo, embora a família Van Allen tivesse arcado com os ingressos também. O Sr. De Lisle parecia estar se sentindo muito bem consigo mesmo. Um trabalho de verão nas refrescantes montanhas Berkshires, uma amante sob medida pela qual não precisava pagar — ao contrário, era ela quem lhe pagava, comprava sua bebida e levava comida para ele — nem assumir nenhuma responsabilidade, porque ela era casada. E a cereja do bolo: o marido não se importava! O mundo do Sr. De Lisle devia ser mesmo muito cor-de-rosa, pensava Vic.

Na sexta-feira daquela semana, Vic topou com Horace Meller na farmácia e Horace insistiu para que tomassem um drinque rápido antes de voltarem para casa. Queria ir ao bar do Lord Chesterfield, mas Vic propôs uma cervejaria pequena conhecida como Mac's a duas quadras dali. Horace argumentou que a cervejaria ficava a duas quadras de distância enquanto que o Chesterfield estava logo ali, do outro lado da rua. Então Vic concordou, achando que seria esquisito entrar numa discussão por causa daquilo.

O Sr. De Lisle estava ao piano quando entraram no bar, mas Vic não olhou na sua direção. Havia quatro ou cinco mesas ocupadas, mas Melinda, Vic notou num rápido vislumbre ao entrar, não estava entre elas. Os dois ficaram de pé no bar e pediram uísque e soda.

— Sentimos sua falta no clube na semana passada — disse Horace. — Mary e eu ficamos dando tacadas leves nos dois primeiros buracos a tarde inteira. Achamos que você iria.

— Eu estava lendo — justificou Vic.

— Como vai Melinda? Também não a tenho visto ultimamente.

— Ela está ótima. Anda fazendo natação no clube com Trixie. E não só aos domingos, acho.

Ela havia levado Trixie uma vez à piscina do clube e isso só depois de a menina implorar muito.

O Sr. De Lisle parou de tocar e algumas pessoas aplaudiram. Vic percebeu que De Lisle se levantou, se curvou e desceu do estrado, atravessando a porta que levava ao saguão.

— Fico feliz que ela esteja melhorando — disse Horace. — Você sabe... espero que me perdoe por falar às vezes no passado... sobre Melinda, quer dizer. Nunca tive a intenção de me intrometer. Espero que saiba disso, Vic.

— Claro que sei, Horace!

Horace tinha se aproximado dele e Vic olhou bem dentro de seus olhos castanhos sérios, emoldurados pelas sobrancelhas cerradas e pelas olheiras. Horace estava com uns cinquenta anos, Vic se deu conta. Devia saber muito mais da vida do que ele, com seus trinta e seis. Horace se empertigou e ficou perceptível que estava constrangido, que tinha ensaiado o discurso. Vic tentava pensar numa resposta adequada.

— Só queria que você soubesse, e Mary se sente da mesma maneira, que nós sabíamos que as coisas entrariam de novo nos eixos e ficamos muito felizes por isso ter acontecido.

Vic assentiu e sorriu.

— Obrigado, Horace.

Sentiu uma depressão súbita e assustadora, como se sua alma tivesse rolado montanha abaixo até a escuridão.

— Pelo menos suponho que as coisas estejam se endireitando — comentou Horace.

— Sim, claro, acho que estão.

— Achei Melinda com uma cara muito boa na noite em que visitamos vocês e no baile do clube também.

A noite da visita dos Meller fora dois dias depois do baile, lembrou Vic. Houve outra noite depois disso em que os Meller os convidaram para ouvir uns discos que Horace tinha comprado, mas Melinda estava cansada demais da tarde que passara com Charley De Lisle para ir. Os Meller ainda não tinham visto Melinda e Charley juntos. Se os vissem juntos, em dois minutos perceberiam o que estava acontecendo. Melinda fora bem mais agradável com as pessoas na época em que a cidade vinha discutindo o caso McRae. Foi isso o que Horace quis dizer com ela estar "melhorando".

— Você está muito pensativo hoje — observou Horace. — Qual vai ser o próximo livro?

— Um livro de poemas — respondeu Vic. — De um jovem chamado Brian Ryder. Acho que lhe mostrei um ou dois em meu escritório.

— Sim, eu lembro! Um pouco metafísicos para o meu gosto, mas... — Horace sorriu. Houve um silêncio e então ele continuou: — Soube que os Cowan vão dar uma grande festa ao ar livre muito em breve. Querem comemorar o novo livro do Phil. Ele está terminando o segundo rascunho. Evelyn acha que ficaram muito tempo trancafiados e deixaram os amigos de lado, por isso quer uma grande reunião ao ar livre com lamparinas e, desconfio, fantasias. — Horace deu uma risadinha. — Imagino que vamos todos acabar esfriando a cabeça na piscina.

O Sr. De Lisle agora tocava "The Song of Moulin Rouge". Leve, suave e sentimental. Melinda a vinha tocando ultimamente, tentando imitar o estilo de Charley. "Já conhece Charley De Lisle?", Vic tinha vontade de perguntar a Horace. "Vai conhecê-lo. Provavelmente antes da festa dos Cowan."

— O que acha do novo pianista? — perguntou Horace. — Ele coloca nossa velha hotelaria praticamente à altura de Nova York.

— Muito bom, não é? — comentou Vic.

— Eu preferiria o silêncio. O negócio de Lesley deve estar indo bem este ano. Ouvi dizer que os quartos estão todos ocupados e há muita gente aqui hoje.

Horace tinha se virado e observava De Lisle, que estava de perfil para eles.

"O cara teve um encontro com minha mulher essa tarde", Vic teve vontade de dizer com voz firme. "Não quero olhar para ele nem ouvi-lo."

— Você sabe o nome dele? — perguntou Horace.

— Não faço a menor ideia — respondeu Vic.

— Parece um italiano — comentou Horace antes de voltar para o seu drinque.

Parecia um italiano do pior tipo, pensou Vic, embora não achasse que fosse, além de considerar um insulto à raça italiana presumir aquilo. Ele não parecia pertencer a nenhuma raça específica, era apenas uma amálgama dos piores elementos de vários povos latinos. Parecia ter passado a vida se esquivando de golpes que o miravam por um motivo justo.

— Tempo para a outra metade? — sugeriu Horace.

Vic despertou.

— Acho que não, Horace. Eu disse a Melinda que estaria em casa às seis e meia.

— Tudo bem, você vai chegar a tempo — disse Horace, sorrindo.

Vic insistiu em pagar a conta. Então os dois saíram juntos para o ar fresco.

# 09

A festa dos Cowan era à fantasia. Os convidados deveriam ir como seu herói ou heroína favorito, ficcional ou factual. Melinda estava com dificuldade para decidir quem encarnaria. Não estava muito satisfeita como Mary, Rainha da Escócia, ou Greta Garbo, ou Annie Oakley ou Cleópatra e achava que já teriam escolhido Scarlett O'Hara, embora Vic dissesse que duvidava disso. Melinda repassou todas na sua cabeça, imaginando em detalhes a fantasia de cada uma. Achava que deveria existir uma personagem mais adequada a ela, mas não conseguia atinar qual seria.

— Madame Bovary? — sugeriu Vic.

Ela acabou se decidindo por Cleópatra.

Charley De Lisle ia tocar piano na festa dos Cowan. Melinda havia feito o arranjo. Contou a Vic com um ar ingênuo de triunfo que convencera Charley a cobrar cinquenta dólares em vez dos cem que queria e que Evelyn Cowan não achara o preço salgado.

Algo em Vic reagiu com repulsa.

— Pensei que ele fosse como convidado.

— Sim, mas aí ele não tocaria. Tem muito orgulho do seu trabalho. Diz que nenhum artista deveria atuar de graça. E que ele não tocaria no piano numa sala cheia de estranhos. Não seria profissional. Entendo sua postura.

Ela sempre entendia as posturas de De Lisle.

Vic não tinha feito comentários sobre De Lisle ultimamente ou sobre o tempo que ela passava fora de casa. A situação não havia mudado, mas De Lisle não tinha mais jantado com eles e Melinda não tinha passado a noite inteira fora uma segunda vez. Vic e Melinda também não haviam comparecido a nenhum evento social ao qual ela pudesse ter arrastado Charley, talvez por isso nenhum de seus amigos suspeitasse de nada ainda, pensou Vic, embora Evelyn Cowan já estivesse desconfiada. E todo mundo saberia depois da festa dos Cowan, por isso Vic temia o evento. Ele queria muito não ir, implorar que ela o dispensasse, mas sabia que sua presença teria uma influência restritiva sobre Melinda e que, logicamente, seria melhor que fosse. Na vida, havia muitos momentos em que a lógica não trazia conforto algum.

Xenofonte estava na impressão, Stephen ficava diante da prensa, tirando cada página num intervalo de quinze segundos. Vic o rendia três ou quatro vezes por dia enquanto ele descansava indo fazer outra coisa. A mulher de Stephen, Georgianne, tinha dado à luz o segundo filho depois de sete meses de gravidez. Ela e a criança passavam bem e Stephen parecia mais feliz do que nunca, e sua felicidade parecia contagiar a gráfica no mês de agosto. Vic ativou a outra prensa para que ele pudesse imprimir ao lado de Stephen. Só podiam compor cinco páginas de cada vez, porque não dispunham de mais tipos em grego, mas apenas vinte páginas teriam exigido de Stephen mais de um mês sem a ajuda de Vic. Iam imprimir cem exemplares. Vic era páreo para Stephen na prensa e amava ficar de pé em silêncio, hora após hora, com o único som sendo o choque da platina contra o papel e o sol do verão jorrando através das janelas abertas e atingindo as provas ainda frescas da impressão. Tudo era ordem e progresso na gráfica no mês de agosto. Toda tarde, às seis e meia ou sete, Vic saía daquele mundo pacífico para um caos. Desde que abrira a gráfica, sempre saíra dela para a noite como algo menos pacífico, mas os dois mundos nunca haviam contrastado de forma tão profunda como agora. O contraste nunca o fizera se sentir como que partido ao meio.

Vic só foi pensar na fantasia que usaria na festa dos Cowan na véspera e então se decidiu por Tibério. O traje era simples: uma toga feita com uma velha cortina parda da janela da sala de estar, chinelos com duas tiras de couro cruzadas sobre os dedos, duas presilhas para manter a toga presa nos ombros — que preferiu comprar a usar as de Melinda — e só. Por uma questão de decência, em vez de cueca decidiu usar camiseta e short.

A festa foi numa noite de sábado de um fim de semana quente, mas, como nunca fazia calor de verdade à noite nas Berkshires, as lanternas ao redor do gramado e da piscina dos Cowan davam um ar de festa e não de um caloraço insuportável. Vic e Melinda chegaram cedo, às 20h45, para que Melinda pudesse estar a postos e dar as boas-vindas a Charley, que chegaria às nove, e apresentá-lo aos Cowan. Apenas os Meller já estavam lá, sentados com os Cowan na varanda lateral, onde havia mais lanternas e uma vasilha imensa de ponche numa mesa baixa cercada de copos.

— Olá, pessoal! — saudou Evelyn. — Vejam só a Cleópatra!

— *Boa* noite — cumprimentou Melinda, ao subir com cuidado os degraus da varanda, arrastando a cauda do seu vestido verde e fumando com sua piteira serpentina anelada ao indicador. Tinha até passado hena no cabelo.

— E Cícero? — perguntou Horace a Vic.

— Até podia ser — admitiu Vic. — Mas essa não foi minha intenção.

— Ah, Tibério — disse Horace.

— Obrigado, Horace. — Vic havia comentado com Horace que andava muito interessado em Tibério e lendo tudo o que encontrava sobre ele. — E você? — Vic espiou intrigado a cintura de Horace, avolumada com um travesseiro. — Um Papai Noel veneziano?

Horace riu.

— Errou feio! Tente mais uma vez.

Mas Vic foi distraído por Evelyn, que enfiou um copo de ponche na sua mão.

— É o último que vai *ter* que beber, Vic querido, se não gostar. Mas precisa tomar pelo menos um para dar sorte! — disse Evelyn.

Vic ergueu o copo num brinde a Phil Cowan:

— A *Tesouros enterrados*. Que sejam desenterrados.

*Tesouros enterrados* era o título do livro de Phil, que se curvou em agradecimento.

Os MacPherson chegaram, vestidos como um casal de vikings, uma fantasia muito adequada à figura alta e robusta da Sra. MacPherson e ao seu rosto largo, rechonchudo e levemente corado. Os MacPherson estavam na casa dos cinquenta, mas não tinham o menor constrangimento em usar saia na altura dos joelhos e sandálias com tiras cruzadas sobre as pernas respectivamente gordas e magrelas e pareceram satisfeitíssimos com as risadas que provocaram ao entrar na varanda.

Evelyn ligou o toca-discos e Phil e Melinda começaram a dançar na sala de estar. Mais dois carros chegaram. Dois casais atravessaram o gramado seguidos pelo Sr. De Lisle em seu smoking branco. Ele se manteve distante do grupo, procurando Melinda. Vic fingiu que não o viu. Mas Melinda, ao ouvir o som dos cumprimentos, saiu da varanda, viu Charley e correu até ele, levando-o pela mão.

— Você pelo menos podia ter vindo como Chopin! — ralhou Melinda. Ela devia ter ensaiado essa fala dias antes. — Gostaria de apresentá-los o Sr. De Lisle! — anunciou a todo mundo. — Estes são o Sr. e a Sra. Cowan, nossos anfitriões, e o Sr. e a Sra. MacPherson... — Esperou que De Lisle resmungasse "Como vão?". — O Sr. e a Sra. Meller... os Wilson, Don e June... a Sra. Podnansky e o Sr....

— Kenny — disse o jovem, que foi um dos que dançaram com Melinda no baile de Quatro de Julho no clube.

— O Sr. De Lisle vai tocar para nós esta noite — disse Melinda.

Houve um murmúrio de interesse e uma pequena salva de palmas. Charley parecia constrangido e nervoso. Melinda pegou um copo de ponche para ele e o levou para dentro, apontando o piano nos fundos da sala como se a casa fosse sua. Os Wilson também pareciam um pouco deslocados, de pé perto da tigela de ponche. Wilson devia estar sentindo calor dentro da capa de chuva com o cinto bem apertado e a gola para cima, além do chapéu com a aba arriada. Um escritor de histórias de detetive, imaginou Vic. Não caprichara muito na fantasia, mas segurava constrangedoramente um cachimbo e sua carranca combinava com qualquer personagem que tentasse encarnar. A esposa, loura e magra, estava descalça e vestia algo fino como uma camisola azul-clara. Ou Trilby ou uma camponesa, pensou Vic.

Vic se sentiu estranho e entediado desde que chegou e estava totalmente sóbrio ao final do primeiro copo de ponche, embora tivesse acompanhado Melinda, por insistência dela, tomando uma dose de uísque puro antes de saírem de casa. Seria uma daquelas noites em que ficaria sóbrio o tempo todo, ainda que tomasse outros drinques. A cada minuto entre a meia-noite e meia, quando De Lisle voltasse de Ballinger, e as cinco ou à hora que Melinda escolhesse ir para casa se arrastaria e seria penoso também por ter de ouvir o piano cintilante de De Lisle a partir da meia-noite e meia.

O Sr. De Lisle já estava ao piano e Melinda, inclinada sobre ele, parecia uma mãe radiante exibindo seu prodígio. Vic podia vê-los da varanda através das altas janelas panorâmicas da casa. Foi até os degraus da varanda, passando pelos Wilson, que conversavam com Phil diante da poncheira.

— Como estão? — perguntou aos Wilson, forçando um sorriso. — Fico feliz em vê-los.

Os Wilson retribuíram de forma acanhada. Talvez seu principal problema fosse a timidez, pensou Vic. De qualquer modo, o casal era infinitamente melhor do ponto de vista social do que Charley De Lisle, que, Vic acabava de se dar conta, nem sequer olhara para ele enquanto Melinda o apresentava na varanda, apesar de Vic ter olhado para ele. O que o lembrou de que aquilo era uma retaliação dos dois por ele não ter falado com o pianista no dia em que fora ao Chesterfield com Horace. Melinda havia repreendido Vic no dia seguinte.

— Soube que você esteve no Chesterfield e nem falou com Charley!

Vic ergueu a cabeça e respirou fundo o ar fresco ao caminhar mais adiante no gramado. O ar estava adocicado com o cheiro da madressilva que crescia no muro baixo de pedras dos Cowan que margeava o gramado, mas, ao passar por um canteiro de gardênias, o odor dessa flor predominou. Vic se virou e foi até a casa. Eram apenas nove e meia. Ainda havia uma hora inteira antes que De Lisle desse um descanso. Vic subiu os degraus da varanda em direção à porta da sala de estar, preparado para encarar o que estivesse acontecendo lá dentro.

Mas Melinda estava dançando com o Sr. Kenny.

— Sr. Van Allen — chamou uma voz feminina ao seu lado. Era a Sra. MacPherson. — O senhor é um estudioso. Então, poderia me dizer o que as pessoas usavam debaixo das togas, se é que usavam alguma coisa?

— Sim — respondeu Vic. — Ouvi dizer que usavam roupas de baixo. — Não valia a pena dizer a ela o nome em latim, pensou. Ela o acharia pedante. Acrescentou: — Descobri que, quando os oradores discursavam e queriam mostrar ao populacho suas honradas cicatrizes, não usavam nada além da toga, para que pudessem erguê-la e ver a parte do corpo que desejassem.

— Que engraçado! — guinchou a Sra. MacPherson.

Ela era filha de um rico fabricante de carne enlatada de Chicago, lembrou Vic.

— Não creio que serei muito engraçado hoje: estou de short e camiseta por baixo da toga.

— Ha-ha-ha. — Ela riu. — Horace me contou que você vai publicar um livro muito bonito este verão.

— Xenofonte?

— Si-sim! É esse!

Sem se dar conta, Vic de repente se viu num sofá com ela, conversando sobre Stephen Hines, que ela conhecia superficialmente, porque frequentavam a mesma igreja, e sobre o telhado da garagem dos MacPherson, que não sabiam se consertavam ou arrancavam e refaziam. George MacPherson, Mac, era um sujeito incompetente, Vic sabia disso por outras conversas parecidas com Jennie MacPherson. Vic os havia aconselhado sobre a ampliação do seu porão havia uns dois anos. Mac se aposentara, com o dinheiro da mulher, e não fazia nada em casa — exceto beber, diziam algumas pessoas. Vic discutiu o problema do telhado em detalhes, fornecendo preços e nomes de empresas especializadas. Era mais interessante para ele do que a maioria das conversas de festas e fazia o tempo passar. Viu que Melinda foi até Charley exatamente às 22h32, tocou seu ombro e lhe disse — Vic tinha certeza — que era hora de ir embora, e Charley assentiu. Encerrou a canção que estava tocando, levantou-se e enxugou a testa chata e reluzente em meio aos aplausos breves, porém entusiásticos.

— Charley está indo, mas avisa que estará de volta à meia-noite e meia e continuará de onde parou! — anunciou Melinda em voz alta, acenando.

Ela o acompanhou até a varanda, fato observado por Horace, como Vic reparou. Então o homem olhou para Vic, fez um movimento de cabeça casual e deu um sorriso, mas Vic leu seus pensamentos em seus olhos. Passou pela cabeça de Vic que muitas das mulheres presentes, mais sagazes nesse tipo de coisa, já tinham percebido que De Lisle era a nova conquista de Melinda e só não demonstravam que haviam percebido por uma questão de educação. Mas, claro, nem todas as mulheres eram tão educadas assim. Vic não sabia. Viu-se observando todo mundo na sala, examinando cada rosto. Não chegou a lugar algum.

Evelyn reuniu os presentes na sala de estar num círculo, para o concurso de fantasias. Não haveria júri, o que contava era o aplauso que cada concorrente recebesse.

Martha Washington (Sra. Peter Jauch) apresentou-se primeiro como primeira-dama, de traje completo com gorro e avental com babados, caixa de bombons e a piteira projetando-se da boca num ângulo gaiato. Fez uma mesura um tanto trêmula. Depois veio Lady Macbeth, com uma vela, acompanhada pelo marido, que era Hamlet, com um ar de louco segurando um espelho de mão.

Vic manteve o olhar longe da porta da varanda, já resignado com a ideia de Melinda ter ido a Ballinger com De Lisle, mas depois de uns cinco minutos ela voltou, sozinha, e colocou um cigarro na piteira, preparando-se para a avaliação.

Ernest Kay, um sujeito tímido e magricelo que só comparecia a festas uma vez por ano, foi quem recebeu mais aplausos, com sua fantasia de Dr. Livingstone — calções de equitação, tornozeleiras antigas de bandagem, capacete de safári, um monóculo, por algum motivo, e uma jaqueta de equitação de algodão, de ombros estreitos e absurdamente longa, chegando aos joelhos. Quando chegou a sua vez, Vic obteve uma quantidade surpreendente de aplausos e gritos de "Tira! Tira!". Ele afrouxou uma das presilhas de ombro, revelou o short e a camiseta com um giro completo e uma mesura e recolocou a toga como um romano cheio de prática. Melinda recebeu aplausos e gritinhos e se mostrou fiel à personagem jogando cinzas de cigarro no cabelo de Phil Cowan.

A pequena Martha Washington ganhou o prêmio feminino: uma sacola de celofane cheia de miudezas, incluindo uma caixinha de bombons, batom e perfume. Ela olhou desconfiada a caixinha de bombons e perguntou:

— De que marca é *isso*?

O Dr. Livingstone ganhou o prêmio masculino: um pacote embrulhado numa quantidade de folhas de papel superpostas que o deixou nervoso. Ao se ver observado por tanta gente, ele deixou o embrulho cair e despertou ainda mais risadas. Por fim, exibiu uma garrafa de conhaque em formato de quadril e disse:

— O Sr. Stanley, eu presumo...

A piada provocou uma nova onda de risadas e aplausos.

O fonógrafo voltou a tocar, mais bandejas de drinques circularam e duas garçonetes colocaram presunto assado e muitos outros aperitivos na mesa comprida encostada às janelas. Vic saiu para a varanda. As pessoas estavam entretidas em um tipo de jogo, engatinhando com os olhos vendados e carregando copos plásticos de água entre as omoplatas. O jogo se chamava "Llama". O objetivo era apostar corrida de olhos vendados até o final da varanda, sempre movendo mãos e joelhos alternadamente como fazem os animais de quatro patas e sem derramar a água, embora muito dela acabasse derramado. Vic não podia imaginar algo que tivesse menos vontade de fazer, mas ficou um bom tempo de pé observando e ainda estava envolvido nisso quando De Lisle voltou, à meia-noite e meia.

Melinda foi encontrá-lo na porta da sala de estar, pegou seu braço e roçou o rosto de leve na bochecha azulada dele, no que Charley sorriu, parecendo mais à vontade do que antes. Até virou a cabeça na direção de Vic e lhe deu um sorrisinho rápido. Vic o interpretou como "E o que é que você vai fazer a respeito?". Sentiu uma pontada de raiva. Arrependeu-se do seu sorriso automático em resposta a De Lisle, que parecia um criminoso. Era do tipo para o qual as pessoas não gostavam de virar as costas em casa por medo de que roubasse alguma coisa. Vic pensou em dizer a Evelyn ou Phil que seria uma boa ideia guardar os objetos de valor, pois era sabido que artistas costumavam surrupiar coisas das casas em que se apresentavam, mas concluiu que aquilo poderia afetar Melinda, que obviamente agia como patrona de De Lisle naquela noite, então não podia fazer aquilo. Estava de mãos atadas.

— Vic, vamos lá! — disse Evelyn, pegando a sua mão. — Você ainda não participou do jogo!

Vic ficou de mãos e joelhos no chão, enfiando a toga para dentro do short. Seu adversário era Horace, Galileu. Os copos plásticos com água foram colocados em suas costas, então deram a partida. Da sala de estar ouvia-se um arranjo a quatro mãos de "My Melancholy Baby", um arranjo intrincado que levara um tempo para ser coordenado, uma prova audível de que De Lisle e Melinda tinham passado muito tempo juntos.

Horace deixou seu copo cair.

Vic tinha vencido. Foi à semifinal com Ernest Kay e o derrotou. E então para a decisão do campeonato com Hamlet. Hamlet, Dick Hewlett, era maior do que Vic e podia cobrir o terreno mais depressa, mas a coordenação de Vic era melhor. Executava os movimentos mão-esquerda-joelho-direito e joelho-esquerdo-mão-direita tão rapidamente quanto um cãozinho trotador. Fazia todo mundo gritar e gargalhar. Don Wilson estava de pé num canto da varanda observando com um leve sorriso. Uma coroa de louros foi colocada na cabeça de Vic e então alguém colocou gardênias dentro da coroa. O aroma pungente em sua cabeça o fez lembrar do cheiro enjoativo da brilhantina de Charley. Enquanto ajeitava a toga, Vic viu, por entre meia dúzia de convidados, Evelyn junto à porta da sala de estar indicando com a cabeça o piano e cochichando algo para o marido, que se aproximou mais dela. Viu as sobrancelhas de Evelyn se erguerem e abaixarem com uma espécie de tristeza resignada e Phil colocar a mão no ombro da mulher e apertá-lo de leve. Vic foi em direção à porta quase contra sua vontade. O piano tinha parado.

Melinda e De Lisle estavam sentados na banqueta do piano conversando. Mas o rosto de Melinda tinha aquela animação calorosa que havia muitos anos Vic não via direcionada para si mesmo.

— Vic! — chamou Phil. — Venha comer alguma coisa!

Era o anfitrião o forçando a comer de novo porque a própria mulher o abandonava e humilhava. Coma outro pedaço de bolo, Vic.

— Acho que vou aceitar, obrigado — retrucou Vic jovialmente e pegou uma fatia de presunto, uma porção de salada de batata, um talo de aipo, apesar de não ter apetite algum.

— Trouxe o calção de banho? — perguntou Phil.

— Sim, e Melinda também trouxe o maiô. Estão no quarto com os casacos.

Quando Vic olhou para o piano de novo, Melinda e De Lisle tinham sumido. Phil continuou falando e ele falou também, tentando ser agradável e festivo, embora fosse perceptível que Phil também notara o sumiço de Melinda e De Lisle.

Da varanda, Vic ouviu a voz de Evelyn chamar:

— Alguém está a fim de um mergulho?

Não mais do que dois ou três minutos depois, uma voz feminina que ele não reconheceu gritou do fundo do corredor:

— Mas como? A porta está fechada... *Trancaram* a porta?

E Phil, em vias de correr para lá, se conteve e olhou para Vic.

— Temos todo o tempo do mundo. Não tem por que se apressar.

— Sim, com certeza — concordou Vic, esfregando o lábio superior. — Temos tempo para outro drinque.

Mas ele não queria outro drinque e, ao se virar para pegar seu prato na mesa do bufê, viu sua bebida inacabada ao lado.

— Com licença, Vic — disse Phil Cowan por cima do ombro, enquanto caminhava na direção da varanda, e desapareceu.

Ele ia consultar a esposa sobre o quarto dos casacos ou o quarto, fosse qual fosse, que estava trancado? Vic sentiu um arrepio de medo — ou nojo, ou pânico, o que seria? — subindo pelas pernas nuas sob a toga. Então ouviu uma mulher dizer do corredor "Oh, Melinda!" numa voz sem expressão, de modo que não teve certeza se era dirigida a Melinda ou não e, como se isso fosse um sinal para partir em retirada, Vic saiu para a varanda e caminhou pelo seu lado mais escuro. Don Wilson ainda estava lá conversando com uma mulher. A mulher era Jennie MacPherson. Vic ficou olhando através do gramado para a piscina. Algumas das lanternas tinham se apagado, mas ainda dava para ver sua forma lânguida de L, o L de ângulo largo, e seus cantos arredondados, à luz de duas ou três lanternas. Não havia luar naquela noite. Duas pessoas pularam na piscina ao mesmo tempo nos diferentes braços do L. A piscina na verdade tinha a forma de um bumerangue, pensou Vic.

— O que está fazendo aqui sozinho? — perguntou Evelyn Cowan, surgindo de repente ao seu lado, enxugando os ombros com uma toalha. Seu maiô preto tinha um saiote de babados como o de uma bailarina.

— Ah, estou me divertindo — respondeu Vic.

— Não vai cair na piscina?

— Talvez, quando Melinda cair.

Alguém chamou Evelyn da piscina e ela disse a Vic antes de subir correndo os degraus da varanda:

— Não demore!

Melinda e De Lisle apareceram na varanda, em roupas de banho, com duas ou três pessoas também paramentadas. Uma delas era Horace, que, ao ver Vic, deixou o grupo e se aproximou.

— Tibério já se aposentou? — perguntou Horace.

Emudecido, Vic observou Melinda em seu maiô verde dando tchau a dois casais que iam embora atravessando o gramado em direção aos carros diante da casa.

— Não vai dar um mergulho? — perguntou Horace.

— Não, acho que não — respondeu Vic. — Mas vou dar uma chegada à piscina — acrescentou, sem saber ao certo por que, pois não queria ir até a piscina.

Ele e Horace caminharam em silêncio. Por fim, Horace disse:

— Parece que a festa já está se esvaziando.

Vic ficou distante do brilho das lanternas. De Lisle estava à beira da piscina com uma lata de cerveja em cada mão, observando Melinda, que dava braçadas rápidas em nado livre até um dos braços do L na extremidade da piscina. De Lisle foi ao encontro dela na beirada da piscina. Ainda não tinha entrado na água, reparou Vic ao ver seu calção de banho azul seco. O corpo de De Lisle era magricelo e pálido e aqui e ali chumaços de pelo cobriam não só o peito afundado como as omoplatas. Ele se curvou e passou uma lata para Melinda, enquanto ela saltava para fora da piscina e dizia na sua voz alta e distinta:

— Estou com uma dor de cabeça *desgraçada*! Isso aqui vai me matar ou curar!

Então ela viu Vic.

Vic se virou e se afastou na direção de um canteiro de gardênias com a intenção de examinar um exemplar, embora estivesse tão escuro que ele mal enxergava as flores brancas.

— Ei, você aí! — gritou ela, jogando nele seu calção de banho, que Vic pegou no ar. — Não vai entrar?

Do outro lado da piscina, De Lisle sorria na direção deles. A luz das lanternas deixou seu rosto cadavérico.

Melinda caiu na água com um *splaft* de barriga que não pareceu afetá-la, porque deu algumas braçadas firmes e depois rolou para o nado de costas.

— Está divina! — gritou ela, justo quando Vic sabia que ela faria isso, e ele então soube que àquela altura Melinda tinha bebido demais e não tinha noção nem se importava com o que dizia.

Era bem capaz de soltar um "Charley, eu adoro você!", como na época em que saía com Jo-Jo e disparara um "Jo-Jo, adoro você!", e seus amigos que tinham ouvido aquilo — os Cowan, Vic se lembrava — haviam discretamente ignorado.

Ouviram a batida distante da porta de um carro na rua.

Então De Lisle desceu titubeante a escada de metal na extremidade da piscina. Vic levou o calção de banho até o canteiro mais distante de gardênias para vesti-lo, porque esperavam que caísse na água, mas sentia repulsa em entrar na piscina enquanto Melinda e De Lisle estivessem lá, e sentia isso só de se aproximar da piscina porque De Lisle havia estado em suas águas. O canteiro de gardênias ficava a trinta metros da piscina, no canto mais escuro do gramado. Vic teve o cuidado de usá-lo como anteparo contra a visão de quem estava na piscina, como se fosse dia claro. Deixou a toga, o short, a cueca e a camiseta atrás do canteiro e saiu de lá descalço em seu calção de banho marrom.

Vic reparou que Horace não estava mais lá, provavelmente entrara na casa. Melinda estava galgando a escadinha quando Vic chegou à piscina.

— Está fria? — perguntou Vic.

— Não, não está fria — respondeu Melinda. — Estou com uma baita dor de cabeça!

Ela arrancou a touca de borracha branca e sacudiu o cabelo molhado. De Lisle estava agarrado à canaleta da piscina, com uma aparência pouco atlética.

— Para mim está bem fria — comentou.

— Você teria uma aspirina, Evelyn? — perguntou Melinda.

— Claro! — Evelyn estava ali perto, de pé no gramado. — Mas não estão no banheiro... acho que não. Devem estar no meu quarto. Venha comigo. Só vou fazer um pequeno desvio para dar uma olhada no café.

— Dá para sentir o cheiro do café daqui — observou Phil, levantando-se da beirada da piscina. — Alguém quer café?

— Agora não, obrigado — respondeu Vic.

Foi o único que respondeu. Foi quando percebeu que estava sozinho com Charley De Lisle.

— Não vai entrar? — perguntou ele a Vic, saltando da beirada da piscina e nadando num vago crawl até o lado mais raso.

A água parecia preta e nada convidativa. Não fria, apenas nada convidativa. Ele queria ir embora, deixar De Lisle ali sozinho, mas sentiu que isso seria uma espécie de fuga, como uma mudança boba de ânimo depois que se dera ao trabalho de colocar o calção de banho.

— Acho que vou — disse Vic, pulando imediatamente da borda para as águas profundas.

Ele era um nadador vibrante, forte, mas não estava a fim de nadar e a súbita frieza da água e a bagunça do seu cabelo molhado lhe deram um choque desagradável e acionaram um pequeno dínamo de raiva dentro dele.

— Bela piscina — elogiou De Lisle.

— É — retrucou Vic em tom frio e esnobe de um sócio do clube para um penetra. Em pé sem alcançar o fundo da piscina, Vic olhou para a varanda, onde duas lanternas ainda queimavam. Não havia ninguém na varanda, pensou Vic.

De Lisle boiava de costas. Um de seus braços subiu e fustigou a água desajeitada e freneticamente, apesar de estar no raso, onde Vic sabia que a profundidade não passava da sua cabeça. Vic teria adorado agarrá-lo pelos ombros e segurá-lo debaixo d'água e, enquanto pensava nisso, nadou na sua direção. De Lisle nadava como podia para chegar à borda da piscina, mas Vic o alcançou em um segundo, agarrou seu pescoço e o puxou para trás. Não houve sequer uma bolha enquanto a cabeça de De Lisle afundou. Vic o prendeu por baixo do queixo e por um ombro e inconscientemente o puxou para onde a água cobria sua própria cabeça, embora fosse fácil manter-se acima da superfície por causa dos esforços agitados de De

Lisle para subir. Vic fez um movimento de tesoura com as pernas e prendeu as coxas de De Lisle entre os tornozelos. A cabeça de Vic mergulhou na água quando ele se jogou para trás, mas suas mãos mantiveram sua presa firme e ele se projetou para a frente e subiu de novo. De Lisle ainda estava debaixo d'água.

É uma brincadeira, Vic pensou consigo mesmo. Se ele o deixasse subir agora, seria só uma brincadeira, embora meio bruta, mas bem nesse momento os esforços de De Lisle se tornaram violentos e Vic concentrou a própria energia, com a mão na nuca de De Lisle e a outra mão mantendo o pulso de De Lisle longe dele debaixo d'água. A mão livre de De Lisle nada podia contra a imobilização do seu pescoço por Vic. Um dos pés do pianista irrompeu a superfície da água e depois desapareceu.

De repente, Vic se deu conta da placidez da água ao seu redor, da total ausência de som. Era como se seus ouvidos tivessem apagado. Vic relaxou a imobilização um pouco, mas ainda mantinha De Lisle debaixo d'água. Olhou para o gramado, para a casa, a varanda. Não viu ninguém, mas percebeu — quase objetivamente, sem nenhuma sensação de choque — que não tinha total certeza de que não havia ninguém na varanda, ou no gramado, antes de ter puxado De Lisle para baixo d'água. Ainda mantinha os ombros levemente agitados debaixo d'água, incapaz de acreditar que ele estava morto ou inconsciente.

É uma brincadeira, Vic pensou de novo. Mas agora era tarde demais para ser uma brincadeira e, quando isso lhe ocorreu como uma notícia, se deu conta de que teria de dizer que De Lisle devia ter sofrido um ataque de cãibras enquanto ele trocava de roupa no gramado e que não vira nem ouvira nada. Vic tentou soltar um pouco os ombros. A parte de trás da cabeça de De Lisle veio um pouco à tona, mas seu rosto permaneceu submerso.

Vic saiu da piscina. Foi direto para o canteiro de gardênias e começou a trocar a roupa. Ouviu vozes e risadas na cozinha na extremidade da casa. Enfiou-se na toga, com o movimento circular que praticara em casa, depois partiu para a porta dos fundos da cozinha, que dava para o gramado.

Estavam todos na cozinha: Melinda, Evelyn e Phil, Horace e Mary. Mas apenas Evelyn o cumprimentou ao entrar.

— Que tal um sanduíche e um café, Vic? — ofereceu Evelyn.

— Acho que vou aceitar um pouco de café — respondeu Vic.

Phil estava servindo café numa xícara e Melinda estava ao seu lado, meio grogue, tentando preparar um sanduíche de presunto e murmurando algo sobre ainda estar com dor de cabeça. Encostado na bancada, Vic sentia a atmosfera quase opressiva como a de dezenas de outros fins de festa que vivenciara: os anfitriões na cozinha com o punhado de convidados que se haviam deixado ficar, um punhado de pessoas à vontade porque se conheciam muito bem e porque todo mundo estava relaxado e tranquilo devido ao adiantado da hora e à bebida consumida. Ao mesmo tempo, Vic tinha a certeza de que tudo o que fosse dito ou feito naquele momento seria discutido e rediscutido depois, e haveria controvérsias: Evelyn tentando concluir uma história que evidentemente começara a contar antes de sua chegada sobre ter encontrado alguém, uma velha amiga, no Goat-and-Candle, cujo filho pequeno fizera uma cirurgia cardíaca peculiar, Horace se esforçando para ouvir. E Phil lhe entregando uma xicara de café e dizendo:

— Aqui está, Vic. Quer açúcar?

E Evelyn interrompendo, dando a entender que também queria café:

— E *eu*?

E Melinda dizendo, já tomada pelo desespero da manhã seguinte:

— Meu Deus, que foi que eu fiz para merecer uma dor de cabeça tão *forte*?

Isso direcionado a ninguém específico, mas numa voz tão forte que Evelyn se levantou e foi até ela.

— Querida, ainda está doendo? Por que não experimenta um dos meus maravilhosos comprimidos amarelos? Vão funcionar, tenho certeza.

Melinda caminhou até a metade da cozinha quando Evelyn saiu para pegar os comprimidos e Vic achou que ela a seguiria, mas Melinda se virou e perguntou:

— Onde está Charley?

No que Vic respondeu:

— Ainda está nadando.

— *Nadando?* — repetiu Melinda em um tom incrédulo.

— Olha, ele ainda estava na piscina quando eu saí — explicou Vic.

Melinda se dirigiu ao gramado, mas parou no umbral, segurando o batente da porta, e gritou:

— Charley! Venha para cá!

Ela mesma entrou sem esperar uma resposta.

Então, mais do que depressa, Evelyn estava de volta. Melinda engoliu o comprimido, foi de novo até a porta e gritou por Charley. Então saiu ao seu encontro.

Vic viu Evelyn e Phil trocarem um olhar e sorrirem, porque naquela noite Melinda estava muito preocupada com Charley. Phil pegou um sanduíche e deu uma mordida.

Então ouviram um grito.

— *Vic!* — berrou Melinda. — *Phil!*

Todos correram para fora, com Phil à frente, seguido por Vic e Horace. Melinda estava de pé, desesperada, à beira da piscina.

— *Ele se afogou!* — disse Melinda.

Phil tirou o paletó e pulou na piscina. Vic viu o rosto sombrio e pálido de Phil ao se virar para eles, puxando Charley. Vic pegou um braço, Horace o outro e os dois puxaram Charley para fora.

— Vocês... — começou Phil, suspirando. — Sabem alguma coisa de respiração artificial?

— Um pouco — respondeu Vic, já virando Charley de rosto para baixo, colocando a mão direita debaixo de sua bochecha, esticando o outro braço para cima. Melinda estava atrapalhando, tentando sentir o coração, depois procurando o pulso.

— Não consigo achar o pulso! — gritou Melinda histericamente. — Chamem o Dr. Franklin!

—Vou chamar! — Evelyn correu para a casa.

— Isso pode não significar nada — disse Phil. — Continue — pediu, enquanto tentava o pulso esquerdo de Charley.

Vic estava de joelhos de frente para Charley, forçando a ossuda caixa torácica, relaxando, erguendo-o pela axila.

— A posição está certa, Horace?

— Sim, parece certa — disse Horace, tenso. Ajoelhou-se ao lado de Vic, observando o rosto de Charley. — Você tem que manter a boca dele aberta — explicou, enfiando sem hesitar, como um médico, a mão na boca de Charley e puxando a língua para fora.

— Vocês acham que é melhor erguê-lo de cabeça para baixo para que a água saia? — perguntou Phil.

— Não, isso não se faz — retrucou Horace. — Não se deve perder tempo com isso.

Vic ergueu mais a caixa torácica. Nunca tinha tentado fazer respiração artificial, mas lera a respeito havia pouquíssimo tempo no *Almanaque mundial* uma noite em que Charley estava na sua casa — Vic se lembrou disso de repente. Mas lembrou também que o livro recomendava a respiração artificial se a respiração tivesse parado e o coração ainda batesse, mas o coração de Charley não estava batendo.

— Vocês acham — sugeriu Vic, entre as compressões no peito de Charley — que não deveríamos virá-lo e tentar massagear seu coração? — Apesar de acreditar que estava calmo, sentiu que fizera uma pergunta boba e irracional, o tipo de pergunta que esperariam que fizesse.

— Não — respondeu Horace.

— Você não está fazendo *direito*! — gritou Melinda, de joelhos ao lado de Vic.

— Por quê? Qual é o problema? — questionou Phil.

— Acham que eu devia pegar um cobertor? — perguntou a voz estridente de Mary.

— Você não está fazendo *direito*! — Melinda começou a chorar e a gemer em meio a soluços entrecortados.

— Deixa que eu assumo quando você ficar cansado, Vic — ofereceu Phil, que ainda procurava algum sinal no pulso esquerdo, mas Vic sabia, por sua cara assustada, que não achara nada.

Evelyn voltou correndo.

— O Dr. Franklin já está vindo. Ligou para o hospital, que mandou uma ambulância.

— Não acham que devíamos pegar um cobertor para ele? — perguntou Mary de novo.

— Certo, vou pegar um — disse Evelyn e partiu para a casa de novo.

— O que acham que aconteceu? — perguntou Phil. — Cãibra?

Ninguém respondeu.

Melinda gemeu, balançando de um lado para o outro, com os olhos fechados.

— Será que ele bateu com a cabeça? Ele estava mergulhando, Vic? — perguntou Phil.

— Não, estava só boiando e batendo os braços — Vic soltou as costelas rígidas — na parte mais rasa.

— Parecia bem? — quis saber Mary.

— Sim, parecia — respondeu Vic.

Phil empurrou Vic.

— Deixa que eu assumo.

Uma sirene uivou com seus sons alternados e lamuriosos, aproximou-se e uivou ainda mais chorosa e então parou. Phil continuou focado na pressão das costelas e dos ombros. Dois médicos residentes de branco correram pelo gramado na direção deles com um tanque de oxigênio.

A luz na cena era medonha, a luz melancólica e pálida do amanhecer. Ninguém poderia voltar à vida numa luz daquelas, pensou Vic. Era uma luz para morrer. Ao observar a movimentação dos médicos residentes, fazendo perguntas, recomeçando a respiração artificial, Vic se deu conta do próprio cansaço. Pareceu acordar de um transe. Pela primeira vez percebeu que, se De Lisle fosse reanimado, ele estaria perdido. Isso nem lhe passara pela cabeça enquanto estava fazendo respiração artificial nele. Simplesmente fizera o melhor que podia, tinha certeza disso, fizera os mesmos movimentos que teria feito se Horace estivesse aos seus cuidados. Executara os movimentos certos, mas não *queria* que De Lisle voltasse à vida. Então, por um instante, pareceu irreal que tivesse afogado De Lisle, parecia algo que tinha imaginado em vez de feito. Vic ficou observando o rosto do homem com atenção, como todos os outros estavam fazendo, todos exceto Melinda, que ainda uivava e choramingava ou olhava para o espaço à sua frente como se estivesse fora de si.

Um dos médicos residentes fez que não com a cabeça, desanimado.

Vic ouviu uma porta bater. Então o Dr. Franklin, um homenzinho ágil e sério de cabelo grisalho — o médico que trouxera Trixie ao mundo e que consertara braços quebrados, tratara indigestões agudas, lancetara furúnculos, prescrevera dietas e tinha aferido a pressão sanguínea de todos eles —, apressou-se através do gramado com sua malinha preta.

— Vocês fizeram a respiração artificial desde que me ligaram? — perguntou, tomando o pulso de De Lisle e levantando uma de suas pálpebras.

— Desde antes — explicou Evelyn. — Desde poucos minutos antes.

O Dr. Franklin também fez que não com a cabeça com ar de desagrado.

— Não há esperança? — perguntou Evelyn.

Melinda gemeu ainda mais alto.

— Ao que parece não — replicou o Dr. Franklin com uma voz desolada. Estava preparando uma injeção.

— Uuuuuuuh-huuu-uu-huuuuu! — Melinda cobriu o rosto.

O Dr. Franklin, pelo visto acostumado a chamadas de emergência noturnas e ao que encontrava nelas, não deu nenhuma atenção a Melinda, embora o tivesse feito, pensou Vic, caso fosse ele o afogado. O Dr. Franklin sempre tinha tempo para uma palavra de consolo a uma esposa. Enfiou a agulha no braço de De Lisle.

— Vamos descobrir dentro de alguns minutos — disse o Dr. Franklin. — Caso contrário... — Ele estava segurando o pulso esquerdo de De Lisle.

Phil levantou-se, afastou-se alguns passos e Evelyn se aproximou dele. Horace e Mary juntaram-se a eles. Como se se sentissem compelidos a aliviar a tensão tomando distância do morto. Vic curvou-se e pegou Melinda delicadamente pelo braço, mas ela o repeliu. Ele juntou-se aos outros.

Phil parecia cinza, como se fosse desmaiar.

— Acho que um café nos faria bem — comentou, mas ninguém se mexeu.

Todo mundo estava olhando para o grupo dos médicos residentes, o médico e o corpo semiprotegido pelo cobertor.

— Lamento, mas não há nada que possamos fazer — revelou o Dr. Franklin, levantando-se. — Vamos levá-lo para o hospital.

— Ele está *morto*! — gritou Melinda para eles e deitou-se no gramado com as mãos apoiando a cabeça numa posição curiosamente relaxada.

Então, quando colocaram De Lisle numa maca, ela ficou de pé num pulo. Queria ir para o hospital, Vic e Phil tiveram que contê-la. Um de seus punhos acertou a orelha de Vic. Na briga, rasgou a frente do seu vestido e Vic viu um de seus seios, nu, tremendo como o seio de uma bacante em sua fúria. Ele a tinha agarrado pelos cotovelos, por trás. Soltou-a, de repente constrangido, e ela arremeteu para a frente e trombou com Phil, soltou um grito de dor e pôs a mão no nariz. Eles a conduziram até a casa.

Quando chegaram à cozinha, Evelyn veio na direção deles com uma xícara de café.

— Tem um pouco de sedativo nele — disse baixinho para Vic.

Melinda aceitou o café com uma avidez insana e o bebeu todo, embora, pela xícara fumegante, devesse estar muito quente. Seu nariz sangrava e o seio ainda estava nu. Vic tirou a toga e envolveu Melinda com ela, colocando parte do pano contra o nariz, mas ela tentou golpeá-lo e derrubou vários copos e xícaras do escorredor. Ela caiu numa cadeira, puxando consigo Vic, que tentava ampará-la. Ele caiu com o joelho num caco de vidro. Então Melinda ficou quieta, a cabeça jogada para trás e os olhos fixados no teto. O sangue escorria para o lábio superior e Vic o limpou com a toga até que Evelyn surgiu com alguns lenços de papel e um cubo de gelo para sua nuca. Melinda não deu nenhum sinal de sentir o cubo de gelo contra sua pele quente.

Vic olhou atrás de si: viu que Horace e Mary estavam juntos perto do fogão, já Phil estava no meio da cozinha com um ar perplexo e apavorado. Então passou pela cabeça de Vic que Phil poderia se sentir mais culpado do que qualquer outro presente naquele cômodo se alguém suspeitasse que De Lisle fora assassinado e um deles cometera o crime.

— Você acha que ele poderia querer se matar? — perguntou Phil a Vic.

Melinda levantou a cabeça e disparou:

— Claro que ele não queria se matar! Por que ia querer isso com o *mundo* inteiro a seus pés e toda... toda arte e talento que um homem poderia querer?

— O que ele estava fazendo quando você saiu da piscina, Vic? — quis saber Phil.

— Ele estava dando braçadas. Boiando de costas, acho.

— Ele falou alguma coisa sobre a água estar fria? — perguntou Evelyn.

— Não. Acho que comentou mais cedo que estava muito gelada, mas...

— Foi *você* — cortou Melinda, encarando Vic. — Aposto que bateu na cabeça dele e o segurou debaixo d'água.

— Melinda! — disse Evelyn, aproximando-se dela. — Melinda, você está transtornada!

— *Aposto que você bateu nele e o afogou!* — gritou Melinda, afastando as mãos de Evelyn. — Vou ligar para o hospital — completou, ficando de pé num pulo.

Phil agarrou seu braço, mas, no embalo, acabou jogando-a contra a geladeira.

— Melinda, não faça isso! Não agora!

— *Vic o matou. Sei que matou!* — gritou Melinda alto o suficiente para que toda a vizinhança ouvisse, embora não houvesse nenhuma casa em um raio de quatrocentos metros. — Você o *matou*! Me deixem sair! — Tentou acertar um golpe curto em Vic quando ele se aproximou dela, e então Horace entrou em cena, tentando pegar o pulso dela no ar. — Vou pedir que examinem bem a cabeça dele! — De repente, com um dos braços agarrado por Phil, o outro por Horace, Melinda ficou rígida e quieta, a cabeça erguida com o cabelo revolto de hena e os olhos úmidos fechados.

— É melhor que ela durma aqui, Vic — aconselhou Evelyn. — E Trixie? Como ela vai ficar?

— Está na casa dos Peterson. Ela vai ficar bem — respondeu Vic.

Horace tinha soltado o braço de Melinda. Aproximou-se de Evelyn com um sorriso cansado nos lábios e disse:

— Vamos embora, Evelyn... a não ser que haja algo mais que possamos fazer.

— Não creio que haja, Horace. Acho que ela aguenta mais dois destes, não? — perguntou baixinho, mostrando os sedativos na palma da mão e a xícara de café. — É uma dosagem fraca.

— Com certeza ela aguenta — concordou Horace. Virou-se para Vic. — Boa noite, Vic. Ligue para nós, sim? Não permita... não permita que nada o bote para baixo — completou, dando um tapinha no braço do amigo.

Apesar de Horace ter falado baixo, Melinda ouviu e rompeu a rigidez do estado de transe, gritando:

— Não deixá-lo para baixo? Ele é quem deveria estar lá em baixo! Ele é quem deveria estar no fundo daquela piscina!

— Melinda!

— Melinda, pare já com isso! — ralhou Phil. — Tome isto aqui.

Melinda não gritou novamente, no entanto, demorou quase uma hora até que a levassem para a cama no quarto dos hóspedes no andar de cima.

Phil ligou para o Hospital St. Joseph em Wesley assim que Melinda se aquietou para saber notícias. Informaram-lhe que Charles De Lisle estava morto.

# 10

Vic levou Melinda de carro para casa por volta do meio-dia. Ela não disse uma palavra no carro. Mal tinha falado desde que descera do quarto às onze horas. Os olhos estavam inchados e ainda parecia grogue dos comprimidos para dormir. Não passara batom e a boca parecia mais fina, disposta numa linha reta enquanto olhava pelo para-brisa. Vic a deixou em casa, colocou uma calça e uma camisa limpa e seguiu de carro até a casa dos Peterson para pegar Trixie. Achava que devia contar aos Peterson o que tinha acontecido. Seria considerado estranho se não contasse.

De pé na entrada de carros com o casal, as crianças fora do alcance de sua voz, Vic disse:

— Houve um acidente ontem na casa dos Cowan. Um homem se afogou na piscina deles.

— *O quê?* — soltou Katherine Peterson, com os olhos se arregalando.

— Quem? — quis saber Peterson.

Vic contou a ele. Nunca tinham visto De Lisle, mas precisavam saber de todos os detalhes, que idade tinha, se comera algo antes — Vic não sabia — e por quanto tempo ficara na água antes que o encontrassem. Vic respondeu que não sabia ao certo porque De Lisle estava nadando quando ele saiu da piscina, talvez sete minutos antes. Tudo levava a crer que fora um ataque de cãibra. Os Peterson concordaram que devia mesmo ter sido um ataque de cãibra.

Vic levou Trixie de volta para casa. Ela estava arrumada porque tinha ido à escola dominical com Janey Peterson. Contou a Vic que queria um planador de plástico que era lançado com um elástico preso a uma vareta que alguns meninos da escola dominical tinham. Vic parou na loja de jornais da cidade e comprou para ela um planador que estava na vitrine, mas ele estava pensando em outra coisa. Havia duas coisas que não saíam da sua cabeça: a questão dos Wilson e algo que Phil Cowan lhe perguntara naquela manhã. A pergunta de Phil o incomodava mais. Ele havia perguntado de um jeito curioso naquela manhã:

— Melinda está *apaixonada* por De Lisle?

No que Vic respondera:

— Não sei nada sobre isso, Phil.

Era uma pergunta que teria ocorrido a qualquer um. Sem dúvida, Melinda estava se comportando como se estivesse apaixonada por De Lisle e Vic tinha certeza de que as pessoas iriam lembrar e comentar sobre a maneira como ela se comportara a noite inteira com Charley, sobre o dueto que haviam tocado ao piano e sobre o histórico de suas relações amorosas. Não era culpa nem medo de ser apanhado que o incomodavam, Vic sentia, era mais a dolorosa pontada de vergonha que a pergunta direta de Phil lhe causara. A questão dos Wilson era mais vaga. Naquela manhã, Evelyn havia dito durante seu café e suco de laranja:

— Curioso que os Wilson não tenham notado nada quando foram embora. Don deixou nossa casa exatamente no momento em que o acidente deve ter acontecido. Você lembra, Phil?

(Mas Phil não lembrava.)

Evelyn contou que os Wilson saíram bem na hora que ela e Melinda tinham entrado na casa para pegar o remédio para dor de cabeça, mas Don voltara um minuto depois para buscar algo — ela não lembrava o que — que sua mulher tinha esquecido. O questionamento de Vic era: se Wilson tivesse passado pelo gramado e visto sua luta na piscina, teria voltado para o carro sem dizer nada? Aquilo não era muito provável. Mas Wilson era um cara tão estranho e misterioso que essa possibilidade passou pela cabeça de Vic.

Melinda estava bebendo uísque quando Vic chegou com Trixie. Ela nem sequer cumprimentou a filha. Apesar de já ter visto a mãe desgrenhada e mal-humorada em manhãs anteriores, a menina percebeu que algo pior do que o de costume tinha acontecido. Mas, depois de observar Melinda por muito tempo, Trixie foi para o seu quarto trocar de roupa sem fazer qualquer pergunta.

Vic foi à cozinha e fez um ovo mexido com creme de leite para Melinda. Colocou um pouco de curry porque às vezes ela gostava disso nas manhãs ruins. Levou para ela e se sentou no sofá ao seu lado.

— Que tal um pouquinho de ovo? — ofereceu.

Nenhuma resposta. Ela tomou outro gole de uísque.

— Botei um pouco de curry.

Ele segurava um bocado num garfo para ela.

— Vá para o inferno — resmungou ela.

Trixie voltou para a sala de macacão com seu planador.

— Qual é o problema? — perguntou a Vic.

— Charley morreu, esse é o problema! Afogado! — gritou Melinda, levantando-se do sofá. — E foi seu pai quem o matou!

Trixie ficou boquiaberta. Olhou para Vic.

— Você fez *mesmo* isso, papai?

— Não, Trixie — respondeu Vic.

— Mas ele está *morto*? — perguntou Trixie.

Vic fez cara feia para Melinda.

— Precisava dizer isso? — perguntou a ela. Seu coração disparou de raiva. — Tinha de dizer o que disse?

— Sempre devemos dizer a verdade a uma criança — retrucou Melinda.

— Ele está morto, papai? — perguntou Trixie de novo.

— Sim, ele se afogou.

Trixie arregalou os olhos diante da notícia, mas não parecia nem um pouco triste, pensou Vic.

— Ele bateu com a cabeça, papai?

— Não sei.

— *Não*, ele não bateu com a cabeça — disse Melinda.

Por um instante, Trixie olhou de um para o outro. E então saiu pela porta da frente, quieta, para brincar.

Melinda foi à cozinha encher o copo de novo — Vic a ouviu bater a porta da despensa —, voltou, atravessou a sala e foi para o seu quarto.

Logo depois, Vic se levantou e derramou o ovo mexido lentamente na pia com água quente. Pensou que se sentia muito como Trixie. Deu-se conta de que deveria estar retardando suas reações de culpa e horror diante do que fizera. Era muito estranho. Deitado insone no sofá dos Cowan, ele esperou que o medo chegasse, o pânico, a culpa, o arrependimento, pelo menos. Pegou-se pensando num dia agradável da sua infância, quando ganhou o prêmio da aula de geografia por ter feito a melhor maquete de uma aldeia esquimó usando cascas de ovo cortadas pela metade como iglus e fibra de vidro como neve. Sem perceber isso de forma consciente, ele se sentia seguro. Seguro de que não seria apanhado. Ou será que acreditava que não teria medo caso fosse apanhado? Tinha essas reações lentas em relação a tudo. Perigo físico. Golpes emocionais. Às vezes, as reações só ocorriam semanas depois, o que tornava difícil relacioná-las às suas causas.

O telefone tocou. Vic foi ao corredor atender.

— Alô.

— Alô, Vic. É Evelyn. Espero não tê-lo acordado de um cochilo...

— Não acordou.

— Como está Melinda?

— Umm... não muito bem. Está bebendo no quarto.

— Lamento, Vic... pela noite passada.

Vic não soube muito bem o que ela quis dizer.

— Todos nós lamentamos.

— O Dr. Franklin ligou para nós. Vai haver um inquérito amanhã em Ballinger às duas e meia e todos nós temos que comparecer. Acho que alguém vai notificá-los, de qualquer forma. Será no tribunal.

— Certo. Obrigado, Evelyn. Vou me lembrar.

— Vic... você recebeu algum telefonema... sobre isso?

— Não.

— Nós recebemos. Eu... Phil acha que eu não deveria dizer nada a você, Vic, mas acho melhor que fique sabendo. Uma ou duas pessoas... bem, pelo menos uma... disse que era possível que você tivesse algo a ver com o afogamento de Charley. Quer dizer, não falaram com todas as letras, mas insinuaram. Você pode imaginar o que *eu* disse. Mas achei que devia lhe contar que deve haver algum cochicho, Vic. É péssimo que muita gente tenha visto Charley e Melinda se comportando, sabe... como se tivessem uma queda um pelo outro. Muita gente reparou.

— Sim, eu sei — disse Vic num tom meio cansado. — Quem foi que disse isso para você?

— Não acho que devo contar. Não é justo e realmente não importa, você sabe disso.

— Foi Don Wilson?

Uma leve hesitação.

— Sim. Você sabe, nós não o conhecemos muito bem e ele também não conhece você. Seria muito ruim se partisse de alguém que o conhece, mas ele não tem nenhum direito.

Vic torcera para que fosse Don Wilson. Torcera para que aquilo fosse tudo o que Don Wilson tivesse a dizer.

— Deixemos para lá. Don é um sujeito de mal com a vida.

— Sim. Tem algo errado nele. Não posso dizer que gosto dele. Nunca gostei. Nós os convidamos à festa para sermos simpáticos, sabe?

— Sim. Bem, obrigado por me contar, Evelyn. Tem mais alguém dizendo alguma coisa?

— Não. Com certeza não desse tipo, mas... — A voz suave e sincera parou e Vic esperou de novo, pacientemente. — Como eu disse, Vic, muita gente comentou a maneira como Melinda se comportava com ele, me perguntou se eu achava que havia algo entre eles e respondi que não.

Vic apertou o telefone, constrangido. Sabia muito bem que Evelyn não era ingênua.

— Você sabe, Melinda está sempre alimentando esses entusiasmos pelas pessoas. Ainda mais um pianista. Posso entender.

— Sim — retrucou Vic, assombrado com a capacidade das pessoas de se iludir. Os amigos do casal ficaram tão acostumados a ignorar e não levar a sério o comportamento de Melinda que já quase achavam não haver no que reparar ou levar a sério. — Como está Phil?

— Ainda está muito abalado. É o primeiro acidente que temos em nossa piscina, sabe. E um tão terrível. Acho que Phil se sente responsável de certa forma. Seria capaz até de mandar aterrar a piscina, mas acho isso um pouco exagerado.

— Claro — comentou Vic. — Bem, muito obrigado por ter ligado, Evelyn. Acho que todos nós vamos nos sentir muito melhor amanhã depois do inquérito. Vai ajudar a esclarecer tudo. Enfim, nos vemos às duas e meia em Ballinger.

— Sim. Se houver algo que possamos fazer hoje para ajudá-lo, Vic... quer dizer, com Melinda, não hesite em nos chamar.

— Certo, Evelyn. Obrigado. Tchau.

— Até logo, Vic.

Vic se deu conta de que dissera aquilo sobre o inquérito ajudar a esclarecer tudo com uma impensada confiança absoluta na própria segurança. Seus amigos estariam lá: Phil Cowan e Horace Meller, com as esposas. Contava com a confiança dos quatro nele. Mas, por um momento, teve dúvidas quanto a Horace. Horace ficara estranhamente quieto depois que haviam tirado Charley da piscina e também na cozinha. Vic tentou lembrar a expressão dele — intensa, chocada e por fim parecera abatido, mas não havia nenhuma sombra de dúvida. Não, podia contar com Horace. Melinda poderia acusá-lo na frente do juiz forense, mas Vic não achava que o faria. Isso demandaria um tipo de coragem que não via nela. Por baixo de toda sua rebeldia, ela não passava de uma covarde e conformista. Sabia que todos os seus amigos lhe dariam as costas se o acusasse e Vic não achava que ela ia querer isso. Podia ter um chilique, é claro, e acusá-lo, mas se o fizesse todo mundo saberia que era um chilique e sua motivação. Se qualquer um examinasse seu caráter, seria o fim de Melinda. Não acreditava que Melinda quisesse se submeter a um escrutínio de sua vida privada.

Vic voltou da gráfica um pouco antes de uma hora na segunda-feira, a tempo para um almoço rápido e a viagem de carro até Ballinger antes das duas e meia. Melinda havia passado a manhã fora — provavelmente com Mary ou Evelyn, Vic pensou —, porque não a encontrara quando ligou a partir das dez em diante a fim de avisar do inquérito às duas e meia. Ela se recusou a comer qualquer coisa na hora do almoço, mas tomou um drinque pouco antes de saírem de casa às duas. Apesar do tempo todo que dormiu, ostentava olheiras pronunciadas, o rosto pálido e um pouco inchado, apropriado para a amante enlutada de um morto amado, segundo Vic. Ela não respondeu a nada do que ele lhe perguntou ou disse e Vic acabou desistindo.

O inquérito foi realizado no tribunal de tijolos vermelhos da praça principal de Ballinger. Havia várias cadeiras de espaldar alto e duas mesas na sala. A uma delas estava sentado um secretário que registrava em estenografia tudo o que era dito. O juiz forense chamava-se Walsh. Era um homem bonito e sério com cerca de cinquenta anos, de cabelo grisalho e aprumado. Todo mundo compareceu pontualmente, os Meller, os Cowan, ele mesmo e Melinda, e o Dr. Franklin, que ficou sentado de braços cruzados. Primeiro as circunstâncias factuais foram elencadas e confirmadas e então todo mundo foi questionado se, em sua opinião, a morte fora causada por circunstâncias acidentais.

— Sim — respondeu com firmeza Phil Cowan.

— Sim — disse Evelyn.

— Acredito que sim — respondeu Horace com tanta firmeza quanto Phil.

— Acredito que sim — ecoou Mary.

— Sim — declarou Vic.

Então chegou a vez de Melinda. Ela estava olhando para o chão. Ergueu a cabeça, olhou assustada para o juiz e respondeu:

— Não sei.

O juiz Walsh deu uma segunda olhada para ela.

— A senhora acredita que algo ou alguém que não circunstâncias acidentais foi responsável pela morte do Sr. De Lisle?

— Não sei — respondeu Melinda sem expressão.

— A senhora tem alguma razão para achar que alguém seja responsável pela morte do Sr. De Lisle?

— Sei que meu marido não gostava dele — revelou Melinda de cabeça baixa.

O juiz Walsh franziu a testa.

— Quer dizer que seu marido teve uma briga com o Sr. De Lisle?

Melinda hesitou.

Vic viu Phil, carrancudo e irritado, se mexer na cadeira. O Dr. Franklin lançou um olhar severo de repreensão. Evelyn Cowan parecia prestes a levantar, sacudir Melinda pelos ombros e lhe dizer umas verdades.

— Não, eles não brigaram — disse Melinda. — Mas acho que meu marido não gostava dele porque eu gostava dele.

— A senhora viu seu marido ter alguma atitude contra o Sr. De Lisle? — perguntou o juiz Walsh pacientemente.

Outra hesitação.

— Não — respondeu Melinda, ainda olhando acanhada para o chão, embora sua voz naturalmente alta e clara fizesse o "Não" soar muito resoluto.

O juiz virou-se então para o Dr. Franklin.

— Doutor, em sua opinião, a morte do Sr. De Lisle foi causada por circunstâncias acidentais?

— Não tenho motivos para pensar diferente — retrucou o Dr. Franklin.

O Dr. Franklin gostava dele, Vic sabia. Haviam estreitado relações quando Trixie nasceu. O médico não tinha tempo nem temperamento para ser muito sociável, mas sempre tinha um sorriso e umas poucas palavras para Vic quando se encontravam na cidade.

— Não notou marcas no corpo que pudessem indicar qualquer tipo de luta — o juiz mais afirmou do que perguntou. Uma atmosfera de reprovação geral contra Melinda se adensava na sala.

— Havia marcas vermelhas muito fracas nos ombros — explicou o Dr. Franklin em tom meio cansado —, mas podem ter sido causadas pelo esforço para retirá-lo da piscina. Ou talvez durante as tentativas de respiração artificial ministradas pelo Sr. Van Allen.

O juiz forense Walsh assentiu com a cabeça em confirmação.

— Eu vi as marcas. Sua opinião coincide com a minha. E, até onde pesquisei, não havia nenhum ferimento na cabeça.

— Não havia — confirmou o Dr. Franklin.

— E os conteúdos do estômago? Havia algo que pudesse ter causado câibra, alguma indicação de câibra em sua opinião?

— Não, não posso dizer que houvesse. Havia uma quantidade muito pequena de comida no estômago, como um pequeno sanduíche que tivesse comido na festa. Nada que teria causado câibra. Mas a câibra nem sempre é causada por comida no estômago.

— Algum álcool? — quis saber o juiz.

— Não mais do que quatro décimos de milímetro de álcool. Isto é, por centímetro cúbico de sangue.

— Nada que lhe tivesse causado algum problema? — perguntou o juiz.

— Com certeza, não.

— No entanto, o senhor acredita que a morte do Sr. De Lisle foi causada por circunstâncias acidentais?

— Sim — disse o Dr. Franklin. — É o que acredito. A causa específica da morte foi afogamento.

— O Sr. De Lisle sabia nadar? — perguntou o juiz Walsh à sala inteira.

Ninguém respondeu de primeira. Vic sabia que ele não nadava muito bem. Então Horace e Melinda disseram ao mesmo tempo:

— Pelo que vi...

— Sabia nadar o suficiente para manter a cabeça acima d'água. — Melinda havia recuperado a língua e o volume.

— Sr. Meller — pediu o juiz.

— Pelo que vi, não era um bom nadador — respondeu Horace com cautela. — Isso pode ou não ter influência no que aconteceu, mas eu o vi agarrado à beirada da piscina como se estivesse com medo de se soltar e, como o Sr. Van Allen já disse, e o Sr. Cowan confirmou, o Sr. De Lisle tinha dito que a água estava muito fria. — Horace lançou um olhar para Melinda, e não foi um olhar simpático.

— Algum dos senhores ouviu algum grito de socorro? — perguntou o juiz pela segunda vez.

— Não — responderam os presentes em coro.

— Sra. Van Allen? — perguntou o juiz.

Melinda retorcia as luvas no colo, olhando para o juiz.

— Não... mas não poderíamos ter ouvido nada por causa do barulho que fazíamos na cozinha.

— Não havia tanto barulho assim — argumentou Phil de cara feia. — Tínhamos desligado a música. Acho que daria para ter ouvido um grito se houvesse um.

Melinda se virou para Phil.

— Não dá para ouvir um grito quando a pessoa é puxada de repente para debaixo d'água e mantida submersa à força!

— *Melinda!* — disse Mary Meller, horrorizada.

Vic observou os segundos que se seguiram com um estranho distanciamento. Melinda, quase de pé, dava sua opinião aos gritos para o juiz — e Vic sentiu certa admiração por sua coragem e honestidade, que ele desconhecia, ao ver seu perfil zangado, seus punhos cerrados. Mary Meller se levantou e deu alguns passos hesitantes na direção de Melinda até que Horace delicadamente a reconduziu ao seu assento. O rosto comprido, bonito e contrariado de Phil e o Dr. Franklin de braços cruzados ainda mantendo seu frio desdém em relação a Melinda Van Allen, que se devia, Vic sabia, às suas exigências e queixas irracionais sobre o tratamento que recebera do médico quando Trixie nasceu. Melinda repetia:

— *Sim*, acho que meu marido teve alguma coisa a ver com isso! Acho que *foi* ele!

A expressão do juiz Walsh era uma combinação de incômodo e perplexidade. Por um momento pareceu emudecido.

— A senhora tem qualquer coisa, alguma prova para consubstanciar sua crença, Sra. Van Allen? — E o rosto do juiz enrubesceu.

— Prova circunstancial. Meu marido estava sozinho na piscina com ele, não estava? Meu marido é melhor nadador do que Charley. Também tem mãos muito fortes!

Mary se levantou — seu rosto pequeno ficando ainda menor e, de certa forma, concentrado na boca cerrada e lacrimosa — e se encaminhou para a saída da sala.

— Devo lhe pedir, Sra. Meller — disse o juiz —, que não se retire, por favor. A lei ordena que todos os envolvidos permaneçam no recinto até o final do inquérito. — Então ele sorriu e acenou para que Mary voltasse ao seu assento.

Horace não fizera menção de detê-la. Estava com cara de que também queria ir embora.

O juiz se virou para Melinda.

— A senhora disse que seu marido não gostava do Sr. De Lisle. Estaria a senhora apaixonada pelo Sr. De Lisle?

— Não, mas eu gostava muito dele.

— E acha que seu marido sentia ciúmes da senhora e do Sr. De Lisle?

— Sim.

O juiz Walsh se virou para Vic.

— O senhor tinha ciúmes do Sr. De Lisle?

— Não, não tinha — respondeu Vic.

O juiz Walsh se virou para os Cowan e os Meller e perguntou em tom racional e paciente:

— Algum dos senhores e das senhoras chegou a notar algo na conduta do Sr. Van Allen que os levasse a acreditar que ele tinha ciúmes do Sr. De Lisle?

— Não — responderam Phil e Horace praticamente em uníssono.

— Não — disse Evelyn.

— Certamente que não — afirmou Mary.

— Há quantos anos conhece o Sr. Van Allen, Sr. Cowan?

— Uns oito anos? — respondeu Phil, olhando para Evelyn.

— Nove ou dez anos — corrigiu Evelyn. — Conhecemos os Van Allen desde que eles se mudaram para cá.

— Entendo. E o senhor, Sr. Meller?

— Acho que são dez anos — respondeu Horace com firmeza.

— Então o conhecem bem, em sua opinião?

— Muito bem — confirmou Horace.

— Vocês dois atestariam o seu caráter?

— Com certeza — disse Phil antes que Horace pudesse falar. — Assim como todos que o conhecem.

— Eu o considero meu melhor amigo — disse Horace.

O juiz assentiu e olhou para Melinda como se fosse lhe fazer uma pergunta ou perguntar algo sobre ela, mas Vic percebeu que ele não queria prolongar aquela situação e também não queria se aprofundar na relação de Melinda com De Lisle. Havia um calor amistoso no olhar do juiz ao encarar Vic.

— Sr. Van Allen, creio que o senhor é o proprietário da Greenspur Press em Little Wesley, certo?

— Sim, sou.

— Uma editora de muita qualidade. Ouvi falar dela — revelou o juiz, sorrindo, como se fosse óbvio que qualquer pessoa letrada naquela área de Massachusetts conhecesse a Greenspur Press. — Tem alguma coisa a acrescentar, Sra. Van Allen?

— Já lhe disse o que *penso* — respondeu Melinda, cuspindo a última palavra ao seu velho estilo.

— Como estamos em um tribunal de justiça, precisamos ter provas — explicou o juiz forense Walsh com um leve sorriso. — A não ser que alguém tenha uma prova de que esta não foi uma morte ocasionada por circunstâncias acidentais, declaro aqui e agora o inquérito encerrado com um veredito de morte provocada por circunstâncias acidentais. — Ele sorriu. — Obrigado a todos pelo comparecimento. Boa tarde.

Phil se levantou e enxugou a testa com um lenço. Melinda caminhou até a porta com um lenço de papel no nariz. Do lado de fora, na calçada, o Dr. Franklin se despediu primeiro, dando um solene "boa tarde" a todos, hesitando um instante ao olhar para Melinda, como se fosse acrescentar algo, mas lhe disse apenas "Boa tarde, Sra. Van Allen" e foi para o carro.

Melinda postou-se do lado do carro ainda com o lenço de papel no nariz, como uma viúva enlutada.

— Cabeça erguida, Vic — disse Phil, dando-lhe uns tapinhas no ombro antes de partir para o seu carro como que para deter a própria boca.

Evelyn Cowan pousou a mão na manga de Vic.

— Sinto muito, Vic. Ligue logo para nós, sim? Hoje à noite, se quiser. Tchau, Melinda.

Vic percebeu que Mary queria dizer algo a Melinda, mas Horace tentava dissuadi-la. Então Horace se aproximou de Vic, sorrindo, com a cabeça estreita erguida como que para injetar coragem no amigo através da própria atitude, para mostrar com seu sorriso que Vic ainda era seu amigo, seu melhor amigo.

— Com certeza, ela não vai continuar com isso, Vic — comentou Horace baixinho, fora do alcance de Melinda. — Por isso não desanime. Sempre estaremos do seu lado... sempre.

— Obrigado, Horace — agradeceu Vic.

Atrás de Horace, ele viu os lábios finos e sensíveis de Mary se movendo enquanto olhava para Melinda. Então, quando Horace pegou o braço da mulher, ela sorriu para Vic e lhe mandou um beijo antes de ir embora.

Vic manteve a porta do carro aberta para Melinda e ela entrou. Então ele se sentou ao volante. Era o seu carro, o seu antiquado Oldsmobile. Vic contornou a praça principal — uma necessidade devida às regras de trânsito —, depois pegou a rua que dava para o sul e para a rodovia até Little Wesley.

— Não vou mudar de ideia — disse Melinda. — Não fique pensando que vou.

Vic suspirou.

— Meu bem, você não pode ficar chorando por alguém que mal conhecia.

— *Você o matou!* — acusou Melinda com veemência. — Os Meller e os Cowan não conhecem você tão bem quanto eu, conhecem?

Vic não respondeu. O que ela disse não o alarmou nem um pouco e ele também não se sentira alarmado durante o inquérito, mesmo diante da pergunta sobre as marcas vermelhas na pele de Charley. Mas tinha agora uma sensação de aborrecimento em relação a Melinda, um sentimento de culpa que era também tranquilizador por causa de sua familiaridade. Todo mundo sabia por que Melinda o tinha acusado, por que ela havia chorado no inquérito, por que ficara histérica na casa dos Cowan na noite do acontecido. Os Cowan sabiam que tipo de relação ela mantinha com De Lisle. De Lisle fora apenas outro amante furtivo, mas fora um que morreu justo na casa deles. Os Cowan e os Meller também deviam saber que ele contava anos com tais cenas, anos de choro por encontros cancelados com vagabundos e canalhas, mais lágrimas quando iam embora, e que Vic passara por tudo aquilo sem se queixar, paciente, agindo sempre como se nada estivesse acontecendo, assim como agira no inquérito.

Por alguns segundos, enquanto Melinda fungava num lenço de papel limpo, Vic sentiu algo em si endurecendo contra ela. Ela teve o que merecia e não podia fazer nada contra ele. Se fosse à polícia de novo, quem acreditaria nela? Como provaria? Poderia se divorciar dele, apenas isso. Mas Vic não achava que faria isso. Ele podia se negar a dar pensão alimentícia — tinha amplos motivos para isso — e conseguiria a guarda da filha, não que Melinda fosse se importar com isso. Não achava que ela visse com bons olhos a perspectiva de ficar sem dinheiro, de voltar à deprimente casa paterna no Queens.

Melinda saltou do carro quando ele parou em frente à garagem e entrou em casa. Vic carregou as caixas de ervas de volta para a garagem. Eram 15h45. Olhou para o céu e viu que haveria uma pancada leve de chuva por volta das seis.

Voltou para a garagem e levou para fora, um de cada vez, os três aquários de lesmas, todos cobertos por uma tela de cobre para deixar passar a chuva e impedir que as lesmas fugissem. As lesmas adoravam a chuva. Debruçou-se sobre um aquário, observando as que ele chamava de Edgar e Hortense enquanto se aproximavam devagar uma da outra, erguiam as cabeças e prosseguiam com o seu arrastar. Provavelmente acasalariam naquela tarde, debaixo da leve chuva que entraria pela tela. Acasalavam cerca de uma vez por semana e estavam genuinamente apaixonados, pensou Vic, porque Edgar não se interessava por nenhuma outra lesma a não ser Hortense e Hortense nunca correspondia às tentativas de beijo dos outros machos. Três quartos de cerca de um milhar de lesmas de Vic eram progênie do casal. Os dois tinham a maior consideração um pelo outro na tarefa de botar ovos — um procedimento que levava pelo menos vinte e quatro horas —, mas Vic achava que Hortense botara mais do que Edgard, por isso lhe dera o nome feminino. Era amor verdadeiro, embora fossem apenas gastrópodes. Lembrou-se da frase de um dos livros de Henri Fabre sobre lesmas que atravessavam muros de jardim para encontrar o parceiro e, apesar de nunca ter visto isso com os próprios olhos, Vic acreditava que devia ser verdade.

A culpa de Vic não se materializou. Talvez porque houvesse tanta coisa a pensar e cuidar. Melinda estava contando a todos os seus amigos que achava que Vic tinha matado Charley — e isso poderia ser considerado parte do choque, mas havia se passado três semanas e ela parecia cada vez mais eloquente. Em casa, ela ficava emburrada e rosnava para ele. Parecia estar preparando alguma retaliação, mas Vic não sabia que forma assumiria. Entre imaginar o que Melinda faria e tentar minimizar seu comportamento junto aos amigos, o que ele fazia da maneira mais galante possível, Vic tinha muito com que se ocupar em seu tempo longe da gráfica.

Horace foi visitar Vic na gráfica cerca de três dias depois do inquérito. Nos primeiros minutos, olhou as provas soltas em tipologia grega que eram o trabalho daquele dia e examinou o design de capa escolhido — não a opção que Melinda tinha tão desleixadamente selecionado. Mas Horace chegou ao motivo da visita antes que cinco minutos tivessem passado.

— Vic, estou um pouco preocupado — disse com firmeza. — Você sabe o que está me preocupando, não?

Stephen e Carlyle tinham ido embora. Os dois estavam sozinhos na sala de impressão.

— Sim, eu sei — respondeu Vic.

— Ela visitou Evelyn duas vezes, sabe. E Mary uma vez.

— Sim — retrucou Vic sem surpresa. — Acho que ela comentou que tinha ido visitar Evelyn.

— Pois é, você sabe o que ela anda dizendo? — Horace pareceu constrangido. — Disse a Mary que tinha falado a mesma coisa com você em casa. — Ele fez uma pausa, mas Vic não disse nada. — Não estou muito interessado nisso, exceto que é uma coisa horrível para ser espalhada pela cidade... O que vai acontecer com Melinda?

— Acho que ela vai acabar ficando quieta — retrucou Vic em tom paciente. Raspou a coxa na quina de uma mesa de composição. O pio de um tordo, *chip?...chip?*, soou através de uma janela fechada atrás de Horace. Vic viu o tordo no peitoril da janela, o pequeno tordo macho. Estava escuro. Perguntou-se se o passarinho queria algo para comer ou se havia algum problema. Na primavera passada, o tordo vivia com a esposa no ninho que tinham construído num muro de pedras baixo do lado de fora da porta dos fundos.

— Será mesmo? No que está pensando? — questionou Horace.

— Para ser sincero, eu estava pensando naquele tordo — respondeu Vic, deslizando para fora da mesa e indo até a porta dos fundos. Observou o que ainda restava das migalhas de pão e dos cubos de sebo que Carlyle jogara debaixo da árvore naquela manhã. Então voltou. — Talvez ele estivesse somente dando boa noite. Mas na última primavera tivemos de afugentar uma cobra do seu ninho.

Horace sorriu, meio impaciente.

— Nunca sei se você está fingindo despreocupação ou se está mesmo despreocupado, Vic.

— Acho que estou preocupado, mas não esqueça que passo por isso há muitos anos.

— Sim, eu sei. E não quero me intrometer, Vic. Mas você pode imaginar como seria se Evelyn ou Mary — argumentou Horace, de repente erguendo a voz — fossem atrás de você e de seus outros amigos para dizer que o marido é um assassino?

— Não. Mas sempre soube que Melinda era diferente.

Horace deu uma risada desesperada.

— O que você vai fazer, Vic? Ela vai se divorciar de você?

— Ela não falou nada sobre isso. Ela disse alguma coisa a Mary nesse sentido?

Por um instante, Horace o encarou, quase com surpresa.

— Não, não que eu saiba.

Houve uma longa pausa. Horace caminhou pelo espaço entre as duas mesas, com as mãos nos bolsos do paletó, como se medisse o chão com seus passos. Vic, então de pé, respirou fundo. Sentiu o cinto frouxo, por isso apertou um furo. Vinha deliberadamente comendo menos nos últimos tempos, e sua cintura já dava sinais disso.

— Mas o que você diz quando ela o acusa? — questionou Horace.

— Nada! O que poderia dizer? O que alguém poderia dizer?

Mais uma vez, um ar de perplexidade tomou conta de Horace.

— Eu diria muita coisa. Diria a ela, se fosse você, que já aguentei tudo o que podia aguentar em anos e que isso vai além... além da capacidade de aguentar. Não consigo acreditar que ela esteja levando isso a sério, Vic. Se levasse, não estaria morando debaixo do mesmo teto com você!

Na verdade, ela não estava levando aquilo a sério, pensou Vic. O fervor de Horace o deixou envergonhado.

— Não sei o que pensar sobre tudo isso, Horace. Realmente não sei.

— Nunca lhe ocorreu a possibilidade de ela ser... um pouco fora dos eixos mentalmente? Não sou psiquiatra, mas tive a oportunidade de observá-la ao longo dos anos. Isso vai além de sua autoindulgência ou do fato de ter sido mimada!

Vic percebeu a nota de hostilidade na voz de Horace e algo se insurgiu automaticamente nele, algo se insurgiu para defender Melinda. Era a primeira vez que Horace havia demonstrado sua aversão a ela.

— Acho que isso não vai continuar, Horace.

— Mas isso é algo que não pode ser desfeito — protestou Horace. — Ninguém vai esquecer, Vic. A essa altura, a cidade inteira deve saber que ela o está acusando. Que tipo de mulher ela é? Não sei como você aguenta isso!

— Mas já aguentei tanto — retrucou Vic com um suspiro. — Acho que acaba virando um hábito.

— O hábito de se torturar? — Horace encarou o amigo com uma preocupação angustiada.

— Não é tão ruim assim. Posso suportar, Horace. Não se preocupe. Por favor.

Vic deu um tapinha no ombro do amigo.

Horace soltou o ar dos pulmões com força, demonstrando insatisfação.

— Mas eu me preocupo.

Vic deu um leve sorriso, foi até a porta dos fundos e a trancou.

— Gostaria de convidá-lo para um drinque lá em casa...

— Obrigado — interrompeu Horace em tom negativo.

— Tudo bem — retrucou Vic, mas sentiu de novo o constrangimento traiçoeiro, a vergonha, porque Horace havia se voltado contra Melinda.

— Obrigado, agora não, Vic. Por que não vem nos visitar? Sei que Mary ia gostar muito de ver você.

— Hoje não, eu acho, fica para a próxima. Não se esqueça de dar lembranças a Mary. E como vai a pereira?

— Está melhor, muito melhor.

— Que bom.

Vic tinha dado a eles um pouco do seu próprio preparado fungicida para que borrifassem na pereira porque as folhas tinham começado a apresentar manchinhas marrom-avermelhadas.

Foram até seus carros conversando sobre a possibilidade de chuva naquela noite. Havia um quê de outono no ar.

— Gostaríamos de vê-lo em breve, Vic — disse Horace antes de entrar no carro.

— Vocês verão — respondeu Vic, sorrindo. — Um beijo para Mary! — Acenou alegremente e entrou no carro.

Melinda estava na sala quando Vic chegou em casa, sentada no sofá com uma revista.

— Boa noite — cumprimentou Vic, sorrindo.

Ela lhe lançou um olhar mal-humorado.

— Posso preparar um drinque para você? — ofereceu ele.

— Obrigada, eu mesma preparo.

Vic tinha se lavado e vestido uma camisa limpa em seu quarto antes de entrar em casa. Sentou-se em sua poltrona favorita. Era estranho, e um tanto agradável, não sentir nenhum desejo por um drinque às sete da noite. Havia três dias que não bebia nada. Aquilo o fazia se sentir seguro e autossuficiente de certa forma. Tinha a noção de uma placidez que parecia cercá-lo e se revelava em sua expressão facial, enquanto em seu íntimo ele sentia uma dureza de aço, uma tensão não de todo desagradável cujos componentes na verdade não conhecia. Ódio? Ressentimento? Medo? Culpa? Ou era simplesmente orgulho e satisfação? Era como um cerne nele. Outra questão era: aquilo estivera sempre nele ou era algo novo?

Melinda chegou com sua bebida.

— Trixie está trazendo histórias para casa agora — anunciou ela.

— Onde ela está?

— Foi a uma festa na casa dos Peterson. O aniversário de Janey. Deve voltar com algumas histórias ótimas hoje.

— Devo buscá-la ou Peterson vai trazê-la?

— Ele disse que a traria por volta das sete e meia — respondeu Melinda e desabou no sofá, quase derramando o seu highball.

O movimento expôs uma camada de poeira cinzenta debaixo do sofá. Vic achou graça naquilo.

— Acho que vou dar uma passada de aspirador antes do jantar — anunciou ele agradavelmente.

O rosto pensativo e emburrado de Melinda o fez sorrir ainda mais. Tirou o aspirador do armário no corredor e colocou o plugue na tomada da parede junto ao toca-discos. Assobiou durante a tarefa, desfrutando o rápido sumiço das camadas de poeira debaixo do sofá, do quadrado de poeira fina que encontrou quando deslocou a poltrona. Desfrutou também o retesamento dos músculos enquanto executava a humilde tarefa doméstica de passar o aspirador na sala de estar. Encolheu a barriga, ajoelhou-se para alcançar debaixo da sua estante de livros, esticou-se o máximo que pôde para passar a extensão com escova no alto das cortinas. Gostava de se exercitar com alguma atividade útil. Cuidaria das janelas no dia seguinte, pensou. Havia meses que precisavam ser lavadas. Ainda estava passando o aspirador quando Charles Peterson chegou com Trixie.

— Olá! — gritou Vic para ele no carro. — Não quer entrar um pouco?

Peterson olhou para ele como se não quisesse entrar. Por trás do seu sorriso acanhado, Vic percebeu seu constrangimento. Mas ele entrou.

— Como vocês estão? — perguntou ao se aproximar da porta.

Trixie passou correndo por Vic e entrou na sala sacudindo uma matraca que tinha trazido da festa.

— Estamos ótimos — respondeu Vic. — Quer uma cerveja? Um chá gelado? Um drinque?

Ele e Melinda davam um belo quadro doméstico e Vic sabia disso: ele em mangas de camisa passando o aspirador e Melinda no sofá com um highball, mal arrumada com blusa e saia de algodão e sandálias sem meia.

Peterson olhou ao seu redor, meio desajeitado, e então sorriu.

— Como vai, Sra. Van Allen? — perguntou, um pouco temeroso na opinião de Vic.

— Muito bem, obrigada — respondeu Melinda, com uma contorção da boca que pretendia ser um sorriso.

— Essas festas infantis — começou Peterson, rindo — cansam mais a gente do que as de adultos. — Ele falava com os *as* arrastados da Nova Inglaterra.

— Com certeza — concordou Vic. — Quantos anos Janey tem? Sete?

— Seis — respondeu Peterson.

— Seis! Ela é alta para a idade.

— Sim, é.

— Não quer se sentar?

— Não, tenho que ir andando, obrigado. — Os olhos de Peterson viajavam por toda parte, como se ele pudesse ler num canto da sala, na desordem das revistas na mesa lateral, a verdadeira explicação para o escândalo Van Allen.

— Bem, pelo visto Trixie se divertiu bastante. Deve ter sido a mais barulhenta de toda a turma — brincou Vic, piscando para a filha.

— Não é verdade! — gritou Trixie, ainda falando a todo volume, como devia ter feito durante a festa inteira para se fazer ouvir acima de umas vinte crianças de seis anos berrando todas ao mesmo tempo. — Tenho uma coisa para *contar... para você* — revelou ela, querendo aguçar sua curiosidade.

— Para mim? Oba! — cochichou Vic, fingindo empolgação. E então se virou para Peterson, que já estava indo embora. — Como vão as hortênsias?

Peterson abriu um sorriso.

— Estão ótimas. Um pouco caídas no começo, mas agora já estão bem fortes. — E virou-se para sair. — Boa noite, Sra. Van Allen. Foi um prazer ver a senhora.

Vic sorriu.

— Boa noite, Charley. — Ele sabia que os amigos de Peterson o chamavam de Charley e que este ia gostar se Vic também o chamasse assim, em vez de Sr. Peterson.

— Boa noite — disse Peterson. — Até a próxima.

Vic notou que o sorriso de Peterson foi mais sincero agora do que quando ele entrou.

— Meu Deus — censurou Vic ao voltar para a sala. — Você não podia ter dado boa noite ao cara?

Melinda olhou para ele de cara feia.

— Isso não é bom para suas relações públicas. — Então colocou as mãos nos joelhos e se inclinou para Trixie. — E você não podia ter dado boa noite e agradecer?

— Fiz isso na casa da Janey — argumentou Trixie. A menina deu uma olhada rápida na mãe e fez a Vic um sinal com a cabeça para que a acompanhasse até a cozinha.

Melinda observou os dois.

Vic seguiu Trixie. Ela puxou a cabeça dele para perto da sua e cochichou no seu ouvido:

— Você matou mesmo Charley De Lisle?

— Não! — sussurrou Vic, sorrindo.

— Janey disse que você matou.

Os olhos de Trixie brilhavam de curiosidade, com orgulho e empolgação prontos para serem extravasados num grito ou abraço caso ele confirmasse que tinha matado Charley.

— Você é *bárbara*! — cochichou Vic.

— Janey disse que os Wilson visitaram os pais dela e os Wilson acham que você matou Charley.

— Eles *acham*? — sussurrou Vic.

— Mas você não matou?

— Não, não matei — sussurrou Vic. — Não matei, não matei.

Melinda entrou na cozinha. Olhou para Trixie, o olhar entediado, porém intenso, sem um pingo do que se poderia chamar de instinto maternal. Trixie não reagiu. Estava acostumada.

— Vá para o seu quarto, Trixie — mandou Melinda.

Trixie olhou para o pai.

— Tudo bem, querida. Vá — disse Vic, fazendo cócegas debaixo do queixo de Trixie. — Você não precisa falar com a menina como se fosse sua empregada — ralhou com Melinda.

Trixie foi para o seu quarto com a cabeça erguida, fazendo-se de afrontada, mas Vic sabia muito bem que a menina esqueceria tudo em questão de segundos.

— Bem — disse Vic, sorrindo. — Qual é o problema?

— Achei que você devia saber que a cidade inteira já descobriu a verdade sobre você.

— A verdade sobre mim... o que quer dizer com isso? Que todos já sabem que eu matei Charley, imagino.

— Estão todos comentando. Você devia ouvir o que os Wilson andam falando.

— Sinto como se já tivesse ouvido os Wilson. Não estou interessado em ouvi-los.

Vic abriu a geladeira.

— O que temos para jantar?

— Vai haver... vai haver um alvoroço público contra você — constatou Melinda em tom de ameaça.

— Liderado por você. Liderado pela minha esposa.

Vic pegou umas costeletas de carneiro do congelador.

— Você acha que não vai acontecer nada, que vai ficar por isso mesmo? Está enganado!

— Imagino que Don Wilson me viu afogando Charley na piscina. Por que ele não abre logo a boca? De que adianta todo esse cochicho pelas costas dos outros?

Pegou também ervilhas congeladas, uma grande salada de alface e tomates, além das costeletas. Não queria batata e sabia que, se não as preparasse, Melinda também não o faria.

— Quer apostar como vou fazer alguma coisa? — questionou Melinda.

Vic olhou para ela, reparando de novo nas olheiras fundas, no retesamento penoso das sobrancelhas.

— Querida, eu gostaria que você não insistisse tanto. É inútil. Faça alguma coisa. Faça algo construtivo, mas não fique perambulando pela casa o dia inteiro... se torturando — acrescentou, apropriando-se da expressão de Horace. — Não quero ver você com essas olheiras tristes.

— Vá para o inferno — resmungou Melinda e voltou para a sala de estar.

Foi uma frase simples, "Vá para o inferno", sem dúvida nada original e mais ou menos vaga, mas ela sempre perturbava Vic quando dita por Melinda, porque poderia significar tantas coisas — não que ela não tivesse outra escolha de palavras, mas às vezes significava isso também. Vic descobriu aquela noite que ela estava planejando algo. Um complô com Don Wilson? Mas de que tipo? Como? Se ele tinha visto algo na festa dos Cowan, Don Wilson deveria ter dito antes. Melinda não ficaria quieta em relação a qualquer coisa importante que ele lhe contasse.

Vic voltou à limpeza da casa e acabou de passar o aspirador com todo o capricho. Melinda era um desafio, mas ele de certa forma gostava disso.

Preparou todo o jantar, incluindo calda de maçã com clara de ovo batida como sobremesa. Trixie tinha adormecido no quarto e Vic não a acordou, supondo que tinha comido mais do que o suficiente na festa de aniversário na casa dos Peterson. Ele estava muito alegre e falante durante a refeição. No entanto, Melinda, pensativa, não prestou muita atenção a tudo o que ele dissera e sua desatenção não era deliberada.

Uns dez dias depois, no início de setembro, quando o extrato do banco chegou, Vic reparou que os cheques de Melinda ultrapassavam em mais de cem dólares o que ela habitualmente gastava. Alguns dos cheques estavam entre os cancelados por falta de cobertura — um deles na importância de cento e vinte e cinco dólares —, mas não havia qualquer cheque nominal que lhe desse alguma pista quanto ao destino do dinheiro. Tentou lembrar se ela comprara alguma roupa, algo para a casa. Não que ele soubesse. Normalmente, não teria notado cem dólares em seu orçamento mensal, mas, como estava tão atento agora para as ações de Melinda, achou que havia examinado o extrato bancário com ainda mais atenção. O cheque de cento e vinte e cinco dólares era datado de 20 de agosto, mais de uma semana depois do enterro de De Lisle em Nova York (que fizera Melinda ir a Nova York) e Vic não achou que tivesse a ver com flores ou qualquer coisa relacionada ao enterro.

Vic suspeitou que ela poderia ter contratado um detetive particular para investigá-lo, por isso passou a procurar um rosto desconhecido em

Little Wesley, um rosto desconhecido que pudesse trair um interesse especial por ele.

Setembro foi um mês quieto em matéria de acontecimentos sociais. As pessoas estavam ocupadas consertando o piso do porão, limpando os canos de drenagem, verificando os sistemas de aquecimento por causa da proximidade do inverno e assediando os profissionais especializados para todas essas tarefas, que às vezes demandavam uma semana. Vic foi chamado a Wesley pelos MacPherson para dar o seu parecer sobre uma estufa a óleo que eles pensavam em comprar. E havia um esquilo morto no poço da Sra. Podnansky. Ela não usava o poço para nada a não ser decoração, não havia necessidade de a água ficar limpa, mas o esquilo flutuante a incomodava. Vic o retirou com uma de suas redes de apanhar borboleta amarrada ao cabo de um ancinho. A Sra. Podnansky, que vinha tentando pescá-lo com um balde amarrado em uma corda durante dias antes de chamá-lo, ficou exultante de gratidão. Seu rosto nervoso e ainda delicado se iluminou e por alguns minutos pareceu que ela ia fazer um breve discurso, um sobre sua confiança nele e seu afeto por ele, apesar dos mexericos pela cidade, imaginou Vic, mas tudo o que ela acabou dizendo, em tom malicioso, foi:

— Tenho uma garrafa de algo maravilhoso na cozinha: Calvados. Foi meu filho quem me deu. Quer provar?

Vic teve a lembrança desagradável dos pedaços extras de bolo que anfitriãs compadecidas costumavam forçá-lo a comer.

— Muito obrigado, minha cara, mas ando num rigoroso regime de água pura — respondeu Vic, sorrindo.

A rede de borboleta, que Vic não segurava havia anos, o fez lembrar do prazer que costumava desfrutar ao caçar borboletas no regato atrás de sua casa. Pensou em fazer mais aquilo.

Topou duas vezes com Don Wilson na cidade, uma vez na calçada e outra quando Vic dirigia e Wilson estava a pé. Nas duas ocasiões, Don lhe lançou um sorriso furtivo, um leve aceno de cabeça e um longo olhar, e nas duas ocasiões Vic havia gritado com um sorriso radiante:

— Oi! Como vai?

Vic sabia que Melinda visitara os Wilson várias vezes. Talvez Ralph Gosden tenha ido também. Vic poderia tê-los convidado para sua casa, mas os achava entediantes e, além do mais, era perceptível que Melinda os considerava amigos dela agora, não dele, e não queria compartilhá-los.

Então, um dia, June Wilson apareceu na gráfica. Chegou de modo tímido, pediu desculpas por não ter avisado sobre a visita e perguntou a Vic se teria tempo para mostrar a ela as instalações. Vic disse que tinha, claro.

Stephen estava diante do prelo. Conhecia os Wilson e cumprimentou June com um sorriso surpreso. Mas não interrompeu o trabalho. Vic observou como cada um falou com o outro, procurando alguma frieza na voz de Stephen, mas não percebeu nenhuma. Ele era um jovem muito educado. Vic mostrou a June uma caixa de tipos gregos que imprimiria aquela tarde em papel absorvente e corrigira depois, mostrou o depósito, apresentou-a a Carlyle, observaram Stephen por alguns minutos até que ela achou que as amenidades já tinham sido suficientes, pois sugeriu que fossem até o escritório. Uma vez lá, ela acendeu um cigarro rapidamente e disse sem rodeios:

— Vim aqui para lhe contar uma coisa.

— O quê? — perguntou Vic.

— Que eu não aprovo o que meu marido está fazendo e que não penso igual a ele. E eu... — Suas mãos finas remexeram na cigarreira de couro e, trêmulas, colocaram a tampa no lugar e a fecharam. — Eu me sinto constrangida pela forma como ele está agindo.

— Do que você está falando?

Ela o encarou, os olhos azuis arregalados, jovens e sinceros. A luz do sol que entrava através da janela queimava como um fogo dourado em seu cabelo curto e cacheado. Era pequena demais, com um ar subnutrido, para ser bonita, na opinião de Vic, e ele tinha dúvidas quanto a sua inteligência.

— Você deve saber do que estou falando. É terrível!

— Sim, fiquei sabendo o que ele pensa... ou o que vem dizendo. Não posso dizer que me incomode muito. — E sorriu para ela.

— Não, é claro. Eu entendo. Mas isso me incomoda porque é injusto e não estamos na cidade há muito tempo. Isso vai fazer as pessoas nos odiarem.

— Eu não odeio vocês — retrucou Vic, ainda sorrindo.

— Não sei por que não. As pessoas estão começando a odiar Don. Não posso culpá-las. Ele está falando com pessoas que são suas amigas... algumas delas. Pelo menos elas o conhecem bem... a maioria. Quando Don diz o que está dizendo, as pessoas, bem... ou nos descartam na hora, ou rotulam Don como um sujeito rude, ou desmiolado ou algo do tipo. — Ela hesitou. As mãos tremiam de novo segurando a cigarreira. — Queria me desculpar com você, pelo meu marido, e dizer que não compartilho de modo algum suas ideias nessa questão — disse categoricamente. — Lamento muito e me sinto muito envergonhada.

— Ora — disse Vic em tom de brincadeira. — Ninguém se prejudicou. A não ser o seu marido, provavelmente. Lamento também, mas... — Olhou para ela, sorrindo. — Achei muito simpático você vir aqui e me dizer isso. Agradeço o gesto. Existe algo que eu possa fazer para ajudá-la?

— Acho que vamos resistir.

— Nós quem?

— Don e eu.

Vic foi para o outro lado da mesa, com as mãos nos bolsos, olhando para o chão, agradavelmente ciente do fato de que sua barriga estava reta e não havia nenhuma protuberância abaixo do cinto trançado. Na verdade, Trixie teve de levar o cinto para a escola e encurtá-lo em dez centímetros.

— Você e Don não gostariam de tomar um drinque lá em casa uma noite dessas?

June Wilson pareceu surpresa.

— Sim, iremos com certeza. — Ela franziu a testa. — É sério?

— Claro que é! — respondeu Vic rindo. — Que tal amanhã à noite, sexta-feira? Por volta das sete?

Ela ficou tão feliz que corou.

— Acho perfeito. Bem, vou andando. Foi muito bom conversar com você.

— Também gostei.

Vic a acompanhou até o carro e curvou-se quando ela se afastou.

Naquela noite, quando ele voltou para casa, Melinda disse:

— Soube que você convidou os Wilson para um drinque.

— Convidei. Você não tem nada contra, tem?

— Don Wilson não gosta de você. Sabe disso, não?

— Ouvi falar — respondeu ele com um tom entediado. — Achei que podíamos fazer algo para corrigir isso. Eles parecem muito simpáticos.

Vic foi pegar o cortador de grama na garagem. Aparar o gramado extenso e informal que cercava três lados da casa era seu projeto naquela noite para o período entre as sete horas e a hora do jantar, que costumava se destinar aos drinques.

Os Wilson chegaram casualmente às 19h20 de sexta-feira. Don cumprimentou Melinda no mesmo tom que usou com Vic, mas sua mulher não foi tão reservada e abriu um sorriso para Vic. June se sentou na poltrona de Vic e Don escolheu o meio do sofá, onde se sentou relaxadamente com as pernas compridas cruzadas e à sua frente, uma pose de indiferença exagerada. Sua expressão era de divertimento desdenhoso com um ar de quem detectou um mau cheiro. Também insolentes, Vic pensou, eram suas calças amarrotadas, sua camisa não muito limpa e o paletó de tweed com cotoveleiras de couro.

Vic preparou old-fashioneds — fortes e com muita fruta fresca — e os trouxe numa bandeja. Melinda e June estavam conversando sobre flores, um assunto que entediava Melinda. Serviu os drinques a todos, empurrou a tigela de pipoca para o centro da mesinha lateral, sentou-se numa cadeira e perguntou a Don:

— Quais são as novidades?

Don se empertigou um pouco. O sorriso desdenhoso persistia.

— A cabeça de Don está trabalhando — antecipou-se sua mulher. — Provavelmente ele vai ficar muito quieto esta noite, mas não reparem.

Vic assentiu e bebericou seu drinque.

— Não há muito coisa acontecendo — respondeu Don em seu tom de barítono arrastado. Encarou Vic enquanto as mulheres prosseguiam na sua conversa.

Vic encheu devagar o cachimbo, ciente de que estava sendo estudado por Don Wilson. Era espantoso como June Wilson podia seguir falando sem parar sobre nada. Agora o tema eram exposições de cães, se Little Wesley já tivera alguma. Vic viu Melinda tomar um longo trago de sua bebida. Ela não tinha talento para conversar amenidades com outra mulher. Don Wilson examinava a sala de estar com extrema atenção, Vic observou — e imaginou que logo viria a inspeção minuciosa da estante de livros.

— Está gostando da cidade? — perguntou Vic a Don.

— Sim, muito — respondeu Don com os olhos escuros encarando Vic e se afastando em seguida.

— Soube que conheceu os Hines.

— Sim, gente muito boa — comentou Don.

Vic suspirou. Preparou a segunda rodada de drinques o mais depressa possível.

— Tem visto Ralph Gosden ultimamente?

— Sim. Semana passada, acho.

— Como ele está? Faz um bom tempo que não o vejo.

— Acho que ele está ótimo — respondeu Don, com um pouco de desafio no tom de voz agora.

Vic teve pena de Julie Wilson. O segundo drinque pouco a ajudara a relaxar. Ainda fazia um grande esforço com Melinda, atravessando uma quase agonia trêmula, tudo em nome do intercâmbio social. Vic chegou à conclusão de que a única maneira de descontrair Don seria ficar sozinho com ele, porque sua mulher provavelmente tinha lhe dito para se comportar da melhor maneira possível naquela noite. Então, Vic lhe propôs um tour pela propriedade.

Don se levantou devagar por etapas, ainda com o sorriso insultuoso. Eu *não* tenho medo de passear pela casa com um assassino, devia estar dizendo a si mesmo.

Vic o levou primeiro à garagem. Mostrou as lesmas e falou de seus ovos e de seus bebês com um fervor malévolo quando viu que Don ficou enojado. Falou voluvelmente sobre seu índice de reprodução e como as incentivava a competir em corridas que organizava para o próprio divertimento, fazendo-as superar obstáculos como lâminas de barbear, embora nunca tivesse tentado aquilo na vida. Contou então sobre seu projeto sobre percevejos e a carta que escrevera para a revista de entomologia, e que fora publicada, e a carta de agradecimento que tinham lhe mandado.

— Lamento por não poder lhe mostrar os percevejos, é que me desfiz deles depois que o experimento terminou — explicou Vic.

Don Wilson olhou educadamente para a serra elétrica de Vic e então para suas ervas, depois para as fileiras bem ordenadas de martelos e serras que pendiam de um painel na parede dos fundos da garagem, todos eles instrumentos assassinos, e então para uma pequena estante que Vic estava construindo para o quarto de Trixie. Seu rosto traía certa surpresa.

— Deixe-me preparar outro drinque para você! — disse Vic, pegando de repente o copo da mão de Don. — Espere aqui. Volto já. Você precisa ver nosso riacho!

Vic voltou em poucos minutos com um novo drinque para Don. Seguiram então para o riacho atrás da casa.

— É aqui que eu durmo — contou Vic quando passaram por sua ala da casa do outro lado da garagem, embora tivesse certeza de que Don já ouvira falar que ele e Melinda dormiam em quartos separados. Don olhou pensativamente para as janelas sem cortinas.

Vic discursou por pelo menos dez minutos sobre a geleira que originara a elevação além do riacho e sobre as pedras que colhera do leito do córrego. Então embarcou numa dissertação sobre a vida arbórea ao seu redor. Teve o cuidado de manter seu entusiasmo à beira da histeria, da aberração. Don não teria conseguido dar sequer um aparte se quisesse.

Por fim, Vic parou e disse com um sorriso:

— Mas nem sei se tudo isso lhe interessa.

— Você deve ser um homem feliz — comentou Don com sarcasmo.

— Não posso me queixar. A vida tem sido muito boa para mim — retrucou Vic, acrescentando logo depois: — Tive a sorte de nascer com uma renda, o que ajuda, naturalmente.

Don assentiu, com o maxilar comprido rígido. Era óbvio que ele detestava pessoas com renda. Tomou um gole do drinque.

— Eu queria lhe perguntar uma coisa hoje.

— O quê?

— O que você acha que matou Charley De Lisle?

— O que *eu* acho? Não sei. Acho que foi cãibra. Ou então ele entrou numa parte da piscina em que a água cobria sua cabeça.

Os olhos castanho-escuros de Don penetraram nele, ou tentaram.

— Só isso?

— O que *você* acha? — questionou Vic, equilibrando-se numa pedra solta na margem do riacho. Estava em terreno inferior em relação a Don, que pairava uns dois metros de distância acima. Don hesitou. Não tem coragem, descobriu Vic, realmente não tem peito.

— Pensei que você tivesse matado ele — confessou Don em tom casual.

Vic deu uma leve risada.

— Tente de novo.

Don não disse nada, apenas continuou olhando para ele.

— Soube que algumas pessoas achavam que eu tinha matado Malcolm McRae também — argumentou Vic.

— Eu não.

— Bom para você.

— Mas achei que era uma história muito peculiar para andar espalhando por aí — acrescentou Don, destacando a palavra "peculiar".

— Engraçado como tanta gente deu importância a isso. Acho que Ralph Gosden quase morreu de medo. Não foi?

— Engraçado é você ter se divertido tanto com isso — retrucou Don sem sorrir.

Vic subiu a margem devagar, sentindo-se muito entediado com Don Wilson.

— Você parece compartilhar a opinião da minha esposa de que matei o Sr. De Lisle — disse Vic.

— Sim.

— Você se considera médium? É capaz de ver o que não existe? Ou apenas tem a imaginação de escritor? — questionou Vic em tom agradável.

— Você se submeteria a um detector de mentiras afirmando que não o matou? — Don estava ficando zangado. Os três drinques reforçados que tomara estavam deixando sua fala pastosa.

— Com certeza — respondeu Vic, tenso. Não sabia ao certo se sua tensão súbita se devia ao tédio ou à hostilidade. Achou que devia vir de ambos.

— O senhor é um homem muito esquisito, Sr. Van Allen — disse Don Wilson.

— E o senhor é um homem muito grosseiro — retrucou Vic.

Estavam no mesmo nível do terreno agora. Vic viu as mãos ossudas de Don apertarem o copo vazio. Não se surpreenderia se Don o jogasse nele. Vic sorriu para ele com uma delicadeza deliberada.

— Sr. Van Allen, não ligo para o que pensa de mim. Não ligo se não o encontrar nunca mais.

Vic deu uma risada.

— A recíproca é verdadeira.

— Mas acho que ainda vou vê-lo.

— Não pode evitar, a não ser que se mude. — Vic esperou. Don não disse nada, apenas olhou para ele. — Vamos nos juntar às senhoras?

Vic começou a caminhar para a casa, e Don o seguiu.

Vic se arrependeu por ter falado asperamente com Don — isso não era do seu feitio —, mas também achava que devemos nos deixar levar pelos sentimentos de vez em quando. Era sensato deixar Don ver que ele podia reagir com raiva, raiva normal, quando provocado o suficiente. E percebeu um recuo sutil de Don Wilson. Apesar de toda a agressividade de Don, a noite não seria dele.

— Que tal vocês jantarem conosco? — sugeriu Vic afavelmente para June Wilson quando entrou com Don na sala.

— Bem... acho que depende de sua esposa — disse June. — Mas acho...

— Que é isso! Ficarei feliz em assumir a cozinha — disse Vic. — Acho que temos uns bifes no congelador.

Emburrada no sofá, Melinda não lhe deu apoio, fazendo Vic perceber que o jantar estava fora de questão.

— Acho que é melhor irmos andando — comentou June Wilson. — Acho que já estou meio alta. — Ela conseguiu dar uma risada bem feliz. — Melinda me disse que você fez esta mesa, Vic. Achei uma *graça*.

— Obrigado — agradeceu Vic, sorrindo.

— Sente-se, Don — convidou Melinda, dando um tapinha no sofá. — Aceite mais um drinque.

Mas Don não se sentou. Não chegou sequer a responder.

— Ei, onde está Trixie? — perguntou Vic. — Você não disse que ela foi ao cinema, na sessão das cinco, querida?

Melinda se sobressaltou, a expressão de espanto superando a vagueza.

— *Meu Deus!* Eu tinha que pegá-la em Wesley! — disse ela, com um aborrecimento nada maternal. — Que horas são?

June Wilson escondeu um sorriso.

— Essas mães modernas! — comentou, jogando o cabelo cacheado para trás. Estava acalentando seu último centímetro de bebida e parecia com disposição para ficar ali bebericando e tagarelando pelo resto da noite.

— São 20h25 — respondeu Vic. — A que horas você tinha que pegá-la?

— Às sete e meia — gemeu Melinda, ainda sem se levantar do sofá.

Vic reparou que Wilson agora olhava para ela com um ar sombrio de surpresa e reprovação.

— Com quem ela está? Com Janey? — perguntou Vic.

— Nã-ão. Com os filhos dos Carter, de Wesley. Deve estar com eles. Deve estar tudo bem, senão teriam ligado para nós.

Melinda passou os dedos pelo cabelo e estendeu o braço para pegar sua bebida.

— Vou ligar para eles daqui a pouquinho — disse Vic com calma, embora sua preocupação contrastasse fortemente com a indiferença de Melinda. Deu para ver que os Wilson tinham reparado nisso.

Os Wilson se entreolharam. Houve um silêncio de quase um minuto inteiro.

Então June se levantou e disse:

— Realmente temos que ir embora. Vejo que vocês têm coisas a fazer. Obrigada pelos drinques maravilhosos. Espero que venham a nossa casa da próxima vez.

— Obrigado, Melinda — disse Don, curvando-se no sofá. Ele e Melinda apertaram a mão, e ela aproveitou o apoio para se levantar do sofá.

— Obrigada por terem vindo — agradeceu Melinda. — Espero que da próxima vez que vierem aqui as coisas não estejam tão confusas.

— Não notei nada anormal — retrucou June sorrindo.

— Ah, é uma droga atrás da outra — observou Melinda.

Os Wilson se esgueiraram porta afora, com olhares de relance de June e promessas de telefonar em breve. Vic ficou feliz que June tenha considerado a visita um sucesso, mas ela mudaria de ideia depois que o marido lhe contasse a conversa que tiveram. Provavelmente Don não lhe contaria. Diria apenas que achava Vic Van Allen maluco, a julgar pelas lesmas na garagem e pelo entusiasmo insano por geleiras.

— Ele nunca fala? — questionou Vic.

— Quem? — Melinda preparou outro drinque, puro com gelo.

— Don Wilson. Não arranquei uma palavra dele.

— Não?

— Não. Acha que devo ligar para os Carter? Qual é o primeiro nome dele?

— Não sei. Eles moram em Marlboro Heights.

Vic fez a ligação. Trixie estava ótima e queria passar a noite na casa da amiga. Vic falou com ela e a fez prometer que iria para a cama às nove, embora achasse que a filha não cumpriria a promessa.

— Ela está muito bem — avisou Vic a Melinda. — A Sra. Carter falou que eles vão trazê-la amanhã de manhã.

— Por que você está tão alegre?

— Por que não estaria? Não foi uma noite agradável?

— June Wilson me mata de tédio.

— Don também me cansa. Devíamos ter trocado de par. Veja, ainda não é muito tarde. Por que não pegamos o carro e vamos até Wesley jantar no Golden Pheasant? Não gostaria?

Vic sabia que ela gostaria e que detestaria admitir isso, detestaria sair com ele em vez de com um homem imaginário, que ela provavelmente já estaria imaginando.

— Preferiria ficar em casa — respondeu Melinda.

— Não, você não preferiria — retrucou Vic com delicadeza. — Vá colocar sua blusa com bordado dourado. Acho que a saia está ótima.

Ela estava com uma saia de veludo verde, mas, só para mostrar sua insolência para ele ou para June Wilson, combinou a peça com seu velho suéter marrom, com as mangas arregaçadas e nada no pescoço. Comparável à calça amarfanhada de Don, Vic pensou. Suspirou, esperando o inevitável giro do corpo dela rumo ao quarto para colocar a blusa nova com bordado dourado, como ele havia sugerido. Melinda oscilou um pouco, os olhos esverdeados encarando-o, e então se afastou arrancando o suéter por cima da cabeça antes que tivesse deixado a sala.

Por que ele tinha de fazer aquilo, questionou-se Vic, quando teria preferido ficar em casa lendo? Ou trabalhando na estante de Trixie? Pacientemente, com um bom humor inabalável, tentou arrastá-la a um restaurante e tentava arrancar um sorriso dela ao descrever doze métodos de chamar um garçom. Melinda só olhava para o espaço vazio — embora estivesse espiando as outras pessoas, ele sabia. Melinda tinha muito prazer ao observar outras pessoas. Ou estaria olhando para ver se seu detetive estaria ali. Não era muito provável, já que ele sugerira o Golden Pheasant e duvidava que o detetive, se é que existia, se daria ao trabalho de seguir seu carro à noite. Vic imaginava que detetives eram contratados para extrair tudo o que pudessem dos seus amigos. Até então, nenhum estranho havia aparecido em seu meio. Vic achava que os Meller e os Cowan teriam mencionado um forasteiro curioso caso tivessem sido interrogados por um. Não, Melinda estava apenas olhando para as outras pessoas. Tinha uma faculdade que ele admirava: ela era capaz de sonhar, de viver de forma indireta, por um momento, através das outras pessoas. Poderia ter feito um comentário sobre isso, mas receava que naquela noite ela interpretasse como um insulto. Ou então dissesse algo como "Que mais posso fazer com a vida que levo?". Então ele falou sobre outra coisa, sobre a possibilidade de irem ao Canadá antes que o tempo esfriasse demais. Disse que poderiam combinar para que os Peterson hospedassem Trixie por dez dias.

— Acho que não me interessaria por isso — disse Melinda com um sorriso frio.

— Este verão passou sem que nenhum de nós tivesse férias de verdade — argumentou ele.

— Deixa para lá, não aguento mais tudo isso.

— O inverno vai ser ainda mais chato se não tivermos pelo menos um descanso antes.

— Não acho que o inverno vá ser chato.

Ele sorriu.

— Isso é uma ameaça?

— Interprete como quiser.

— Vai colocar arsênico na minha comida?

— Não acredito que arsênico mate você.

Foi uma noitada encantadora. Antes de voltarem para casa, Vic deu uma passada na maior drogaria de Wesley para ver a gôndola de livros. Comprou dois livros da Penguin, um sobre insetos, outro sobre a instalação de vitrais em igrejas. Melinda foi para uma cabine telefônica e fez uma longa ligação para alguém. Vic ouviu o murmúrio de sua voz, mas não fez esforço algum para discernir o que ela estava dizendo.

# 13

Trixie entrou para a Highland School no dia 7 de setembro e foi colocada na segunda série porque lia muito bem. Vic estava muito orgulhoso dela. A escola chamou os pais dela para discutir a questão do enquadramento de Trixie. Ela precisaria de ajuda extra em aritmética e geografia e talvez em caligrafia, e a escola queria saber se podia contar com eles para ensiná-la em casa. Vic disse que teria prazer em dar aulas a ela e dispunha de tempo de sobra para isso. Até Melinda deu uma resposta afirmativa. E assim ficou resolvido. Como presente surpresa e recompensa, Vic deu a Trixie a estante que havia feito e encheu as duas prateleiras superiores com novos livros para ela, colocando seus velhos favoritos nas duas prateleiras inferiores. Ia lhe dar duas horas de aula no sábado e duas horas no domingo, fizesse chuva ou fizesse sol, disse a ela, e a menina pareceu bem impressionada. As aulas em casa começaram ao final da primeira semana na escola. Meia hora de aritmética, meia hora de caligrafia, na mesa de canto da sala de estar e, depois de um intervalo de quinze minutos, uma hora de geografia, que não causava nenhuma estafa mental em Trixie, porque Vic tornava a matéria muito divertida.

Ele adorava dar aulas à filha, havia anos ansiava pela hora de lhe ensinar aritmética, álgebra e geometria, depois talvez trigonometria e cálculo. Sempre parecera a essência da paternidade e da domesticidade a geração mais velha passar a sabedoria da raça para os filhos, como os pássaros ensinavam os filhotes a voar. No entanto, as aulas em casa traziam à tona certos fatos desagradáveis e o faziam se dar conta mais agudamente de que estava levando uma vida dupla e que a amizade até então desfrutada com Horace e Phil, por exemplo, só existia porque eles não conheciam a verdade a seu respeito. Sentia-se mais culpado em relação a isso do que por ter matado De Lisle.

Pensava nessas coisas enquanto observava a mão gorducha de Trixie tentando fazer uma fileira de *bs*, *qs* ou *gs*.

— Ah, bê, cê, dê, é, efe, *gê*, agá, ih, jota, cá, ele, eme, ene, oh, *pêêê* — cantava Trixie de tempos em tempos para descansar dos exercícios de caligrafia, porque ela conhecia o alfabeto havia anos.

Vic tentou resolver a questão que não fora capaz de responder nos últimos quatro ou cinco anos: aonde as coisas iriam chegar com Melinda e aonde ele queria que chegassem? Ele a queria para si, mas ela não lhe era atraente como mulher — também percebia isso. Mas ela também não era repulsiva. Vic sentia que poderia viver sem ela, ou sem outra mulher qualquer, fisicamente pelo resto da vida. Ele sabia disso antes de matar De Lisle? Não era capaz de responder, não conseguia se lembrar. O assassinato de De Lisle foi uma espécie de cesura na sua experiência e era difícil lembrar--se, emocionalmente, das coisas antes daquilo. Lembrava-se de um nó, um nó retesado e sombrio de repressões e ressentimentos dentro de si, e foi como se matar De Lisle tivesse desatado o nó. Estava mais relaxado agora e, para ser sincero, mais feliz também. Não conseguia se ver como um criminoso, um psicopata. Na verdade, foi muito como se ele tivesse tido uma antecipação na noite em que fizera a declaração chocante a Joel Nash. Ele se entregara naquela noite à fantasia de que tinha matado McRae partindo do pressuposto de que McRae o provocara o suficiente, e Vic lembrou que começara a se sentir melhor imediatamente. Uma descarga de ódio reprimido: talvez essa fosse uma metáfora melhor do que a de desatar o nó. Mas o que o levara a cruzar a linha da fantasia para a realidade naquela noite na piscina dos Cowan? E aquilo voltaria a acontecer sob as circunstâncias certas? Ele esperava que não. Era melhor deixar escapar o vapor aqui e ali em vez de deixar que a coisa crescesse em proporções explosivas. Sorriu diante dessa simples lógica. Podia imaginar muitas coisas, mas não podia se imaginar muito raivoso, como a maioria das pessoas se torna raivosa, levantando a voz e batendo em mesas. Mas talvez devesse tentar.

— Faça algumas quinas nestes *rs* — disse para Trixie. — Você está fazendo uma fileira de arcos de croquê.

Trixie riu, perdendo a concentração.

— Vamos jogar croquê?

— Depois que você acabar com os *rs*.

Phil e Horace jamais o perdoariam pelo assassinato de De Lisle, por isso ele estava condenado à hipocrisia. Mas não podia deixar de extrair algum consolo do pensamento de que Phil, ou Horace, ou qualquer outro homem também poderia tê-lo matado sob circunstâncias semelhantes. Eles não o teriam feito numa piscina. Teriam escolhido a casa de De Lisle com a esposa lá. E talvez também se sentissem melhor depois... talvez. A casa inteira refletia o estado de espírito mais feliz de Vic. Ele tinha pintado a garagem com uma nova cor, um amarelo alegre, plantara uma pequena árvore de bordo num dos buracos das hortênsias e havia fechado o outro buraco colocando sementes nele. A sala de estar tinha uma atmosfera de que pessoas felizes moravam ali, mesmo isso não sendo verdade. Ele achava que tinha perdido pelo menos sete quilos — Vic tinha aversão a se pesar — e quase não bebia mais. Assobiava com mais frequência. Ou assobiava só para chatear Melinda, porque ela costumava pedir para que parasse?

Melinda chegou em seu carro enquanto Vic e Trixie jogavam uma partida nada ortodoxa de croquê no gramado. Havia um homem com ela, um homem que Vic nunca tinha visto antes. Vic se curvou calmamente e terminou seu arremesso — uma tacada de cinco metros em terreno convexo que tocou de leve na bola de Trixie e deixou a sua onde a dela estava, na cara do arco. Trixie soltou um grito e começou a pular e a bater com os pés no chão, exultante como se tivesse uma vantagem no jogo, embora seu único objetivo no croquê fosse jogar a bola o mais longe possível. Vic se virou para a entrada da casa enquanto Melinda e o homem se aproximavam. Era um louro alto de ombros largos por volta dos trinta anos com um paletó de tweed e calça esporte. Seu rosto sério sorriu um pouco ao chegar perto de Vic.

— Vic, este é o Sr. Carpenter — apresentou Melinda. — Sr. Carpenter, meu marido.

— Muito prazer — disse Vic, estendendo a mão.

— O prazer é meu — retrucou o Sr. Carpenter, apertando-a com força. — Sua mulher estava me mostrando a cidade, estou procurando um lugar para morar.

— Sim. Para alugar ou comprar? — perguntou Vic.

— Para alugar.

— O Sr. Carpenter é psicoterapeuta — explicou Melinda. — Vai trabalhar alguns meses em Kennington. Eu o encontrei na farmácia fazendo perguntas e pensei em levá-lo num tour pela cidade. Nenhuma imobiliária abre aos domingos por aqui.

Isso levantou em Vic a primeira suspeita. Melinda estava dando detalhes demais. Os olhos do Sr. Carpenter o observavam com um interesse exagerado, mesmo para um psicoterapeuta.

— Contou a ele sobre aquele lugar em Derby?

— Já mostrei a ele — respondeu Melinda. — Mas tem um ar meio de celeiro. Ele quer algo mais parecido com a casa de Charley, talvez perto de um bosque, mas confortável.

— Bem, é uma boa época do ano para alugar. Com quem sai de férias de verão querendo alugar suas casas. E a casa de Charley? — sugeriu Vic, provocando Melinda. — Deve estar livre agora, não?

O Sr. Carpenter estava olhando para Melinda e não havia nada em sua expressão que traísse que ouvira algum dia falar de Charley.

— Si-sim — disse Melinda, pensativa. — Podemos perguntar. E os proprietários devem estar em casa hoje. — Ela olhou para a casa, como se estivesse pensando em telefonar.

Mas ela não ia telefonar para os proprietários, Vic sabia, nem naquele momento nem no dia seguinte.

— Não gostaria de entrar, Sr. Carpenter? — convidou Vic. — Ou está com pressa?

O Sr. Carpenter indicou com um sorriso e uma mesura que ficaria feliz em entrar. Todos foram em direção à casa com Trixie logo atrás, olhando fixamente para o recém-chegado.

— O que acha de Kennington? — perguntou Vic quando iam entrando em casa. Kennington era um instituto psiquiátrico nos arredores de Wesley com cerca de cem pacientes internos e ambulatoriais. Era famoso por seu pequeno mas renomado corpo médico e por sua atmosfera doméstica. O edifício branco extenso e baixo ficava em uma colina verde e parecia uma residência campestre bem mantida.

— Fui lá pela primeira vez ontem — respondeu o Sr. Carpenter com um ar contente. — As pessoas são muito gentis. Eu já esperava isso. Tenho certeza de que vou gostar do meu trabalho.

Vic achou que não devia perguntar a ele o que exatamente ia fazer. Demonstraria curiosidade demais.

— Aceitaria um drinque? — ofereceu Melinda. — Ou um café?

— Não, obrigado. Vou só fumar um cigarro. E depois tenho que pegar o carro.

— Ah, sim. Ele deixou o carro em frente à farmácia destrancado — explicou Melinda, sorrindo. — Está com medo de que alguém o roube.

— Isso não costuma acontecer muito por aqui — comentou Vic bem-humorado.

— Com certeza não é como Nova York — concordou o Sr. Carpenter, olhando ao seu redor enquanto falava.

Vic olhou para seu paletó de tweed folgado, imaginando se a protuberância debaixo do braço seria um revólver num coldre. Devia ser apenas uma dobra no tecido. Suas feições marcadas mostravam uma expressão de tédio, que agora era deliberada, sentiu Vic. Havia certo verniz de pesquisador acadêmico nele, mas apenas um verniz. Tinha o rosto de um homem de ação. Vic encheu seu cachimbo de fumo. Ultimamente desfrutava muito do seu cachimbo.

— Onde está no momento? — quis saber Vic.

— No Ardmore, em Wesley — respondeu o Sr. Carpenter.

— Você vai adorar a cidade assim que estiver instalado — comentou Melinda com animação. Ela estava sentada na beirada do sofá fumando um cigarro. — As manhãs são extremamente frescas e revigorantes. É muito gostoso pegar o carro e ficar rodando por algumas das estradas às sete ou oito da manhã.

Vic não se lembrava de nenhuma manhã em que Melinda tenha estado de pé e na rua às sete ou oito da manhã.

— Imagino que vou gostar — retrucou o Sr. Carpenter. — Acredito que me instalar não vai ser um grande problema.

— Minha mulher tem um talento especial para ajudar as pessoas a se instalarem — comentou Vic com um sorriso afetuoso para Melinda. — Ela conhece as casas e as redondezas aqui. Aceite sua ajuda — sugeriu, sorrindo, para o Sr. Carpenter.

Ele assentiu devagar para Vic como se estivesse pensando em outra coisa.

— Trixie, por favor, vá para o quarto — ordenou Melinda, nervosa, para a menina, que estava sentada no meio do chão olhando para os três adultos.

— Mas ela tem que ser apresentada primeiro — disse Vic, levantando-se. Ele puxou Trixie com delicadeza pelas mãos até que ficasse de pé. — Trixie, este é o Sr. Carpenter. Minha filha, Beatrice.

— Muito prazer — disse o Sr. Carpenter, sorrindo, mas sem se levantar.

— Muito prazer — respondeu Trixie. — Papai, não posso ficar?

— Não agora, meu bem. Obedeça sua mãe. Você deve ver o Sr. Carpenter de novo. Vá brincar e a gente termina a partida daqui a pouco.

Vic abriu a porta da frente e Trixie saiu correndo.

O Sr. Carpenter o estava observando com muita atenção quando ele se virou.

Vic sorriu.

— Melhor deixar a criança pegar sol num dia como este... Ora, vejam só. — Ele pegou o caderno de exercícios de Trixie da mesa lateral. — Não acham que esta é uma bela página? Comparem com a da semana passada.

E abriu o caderno para mostrar a Melinda.

— Está muito bom — comentou Melinda, fazendo-se de interessada.

— Estou ensinando caligrafia para minha filha — explicou Vic ao Sr. Carpenter. — Ela começou a frequentar a escola, mas a colocaram em uma série acima da sua idade.

Vic folheou as páginas do caderno de Trixie com um sorriso orgulhoso.

Então, o Sr. Carpenter perguntou a idade de Trixie e como era o clima em Little Wesley e depois se levantou.

— Tenho que ir embora. Lamento, mas preciso da sua carona — acrescentou para Melinda.

— Não tem problema algum! Podemos passar pelo lugar de que falamos, no bosque.

— A casa de Charley — completou Vic.

— Sim — disse Melinda.

— Muito bem, você precisa voltar — disse Vic ao Sr. Carpenter. — Espero que tenha uma boa estada. Kennington é uma bela instituição. Temos muito orgulho dela.

— Obrigado — disse o Sr. Carpenter.

Vic observou os dois até que tivessem ido embora e voltou à partida de croquê. Trixie tinha jogado todas as bolas pelo gramado com seu bastão.

— Onde é que estávamos? — perguntou ele.

Enquanto jogava e dava a Trixie oportunidades que em geral ela não aproveitava, Vic pensou no Sr. Carpenter. Achava que seria muito mais divertido se Melinda não descobrisse que ele suspeitava de algo. Havia a possibilidade de que ele estivesse enganado, de que o Sr. Carpenter fosse um psicoterapeuta e nada mais. Mas um psicoterapeuta embarcaria num carro e sairia por aí com uma estranha à procura de uma casa para alugar? Ora, isso também poderia ser possível, imaginava. Mas o Sr. Carpenter não era o tipo de Melinda, disso Vic tinha certeza. Tinha o ar inequívoco de quem levava as coisas a sério em relação a tudo, o ar de um homem que não se deixava distrair. No entanto, era muito bonito. Uma agência de detetives bem que o teria escolhido para um trabalho desses. Pela segunda vez, Vic tentou lembrar se tinha visto o Sr. Carpenter em algum lugar nas ruas de Little Wesley ou Wesley. Mas achava que não o tinha visto.

Melinda voltou pouco tempo depois, tempo insuficiente para ter passado pela casa de Charley. Entrou em casa sem falar com ele. Quando terminou a partida com Trixie, Vic também entrou em casa. Melinda estava lavando o cabelo na pia do banheiro, com a porta aberta.

Vic pegou o *Almanaque mundial* da prateleira inferior da estante e se sentou na poltrona. Leu sobre antídotos para envenenamento por arsênico. Ela saiu do banheiro e foi para o quarto.

— Entregou o Sr. Carpenter direitinho? — perguntou ele em voz alta.

— Um-hm.

— Mostrou a ele a casa de Charley?

— Não.

— Parece um sujeito simpático.

Melinda entrou na sala de roupão, descalça, com uma toalha enrolada na cabeça.

— Acho o mesmo. Tem um cérebro privilegiado. O tipo de homem com quem você gostaria de conversar, eu acho — comentou ela com o velho tom de provocação na voz.

Vic sorriu.

— Então vamos nos encontrar mais com ele... se ele tiver tempo para nós.

Na segunda-feira, Vic ligou do escritório para o Instituto Kennington. Sim, havia um Sr. Carpenter lá. Sr. Harold Carpenter. Nem sempre estava no instituto, disse a mulher ao telefone, mas ela poderia anotar o recado.

— É sobre uma casa para alugar? — perguntou ela.

— Sim, mas eu ligo depois — respondeu Vic. — Ainda não encontrei nada para ele, mas queria manter contato. Muito obrigado.

Vic desligou antes que ela pudesse terminar a pergunta sobre para qual imobiliária ele trabalhava.

# 14

O Sr. Carpenter e Melinda estavam agindo com muita cautela, caso ele fosse mesmo um detetive, pensou Vic. Mesmo depois de uma semana, Vic ainda não tinha certeza e vira o homem outras duas ou três vezes. Ele fora uma vez a sua casa para tomar um drinque e na outra vez Melinda o convidara para a casa dos Meller, que estavam oferecendo um coquetel para oito convidados. Lá o Sr. Carpenter conheceu os Cowan e os MacPherson, mas não os Wilson, pois os anfitriões os tinham cortado da lista — assim como os Cowan. Horace conversou um pouco com o Sr. Carpenter na festa, e mais tarde naquela noite Vic perguntou ao amigo qual fora o assunto. Horace respondeu que tinham conversado sobre lesões cerebrais e perguntou como o conheceram. Vic contou o que Melinda lhe contara. Só houve uma coisa interessante na noitada na casa dos Meller: Vic reparou que Melinda dispensou atenção exagerada ao Sr. Carpenter. Achou aquilo deliberado para chamar a atenção dele e de seus amigos. Sorriu para os dois com uma espécie de humor benigno. O que esperavam fazer? Incitá-lo a um novo ataque assassino? Era esse o primeiro pequeno passo calculado?

Cerca de dez dias depois, Harold Carpenter passou a visitá-los com mais frequência. Havia alugado a antiga casa de Charley De Lisle — o que realmente não surpreendeu Vic, já que o imóvel rendia muito assunto: Harold podia perguntar todo tipo de coisa sobre o falecido Charley, não só a Vic, mas a seus amigos também. "Onde você está morando?" era uma pergunta que quase todo mundo fazia a um recém-chegado como o Sr. Carpenter, e essa era a deixa. Vic imaginou que em três semanas Carpenter ouvira pelo menos as versões de dez pessoas sobre a noite em que Charley se afogara. E devia ter feito isso de forma muito sutil, porque nem Horace nem Phil vieram lhe contar que tinham sido interrogados por Carpenter.

— Já conheceu Don Wilson? — perguntou Vic a Carpenter numa tarde de domingo quando este veio pegar a tesoura de jardinagem emprestada.

— Não — respondeu Carpenter meio intrigado.

Melinda estava no raio de escuta.

— Acho que você vai conhecer — disse Vic, sorrindo. — Minha mulher se encontra com os Wilson com frequência. Talvez você goste deles, não sei.

Vic tinha certeza de que Carpenter havia se encontrado com Don. Era provável que o próprio tenha escolhido Carpenter para o trabalho, fora a Nova York fazer isso para Melinda, porque uma ida dela a Nova York chamaria a atenção de Vic, já que ela quase não ia lá. E uma incumbência desse tipo exigiria contato direto. Harold Carpenter era um bom detetive particular. Nada o traía.

— Quando começou sua formação em psiquiatria? — quis saber Vic.

Carpenter tinha dito a ele que estava no último ano na universidade de Columbia e precisava apenas defender sua tese e se submeter a um exame para seu doutorado.

— Quando comecei? Só aos vinte e três anos. Perdi um tempo por servir na Coreia.

— E quando parou?

Carpenter sequer pestanejou.

— Quando parei? O que quer dizer?

— Quando você interrompeu as aulas para começar a pesquisa de campo para a tese?

— Ah, foi no começo do verão. Frequentei alguns cursos de verão. — Ele sorriu. — Na psiquiatria não há limite para os cursos que se pode fazer... ou que se deveria fazer para ser um bom médico.

Parecia tudo muito vago para Vic.

— E esquizofrenia lhe interessa em particular?

— Bem... creio que sim. É a doença mais comum, como deve saber.

Vic sorriu. Melinda tinha ido à cozinha preparar outro drinque. Nem Vic nem Carpenter estavam bebendo.

— Me pergunto se achou que minha mulher tem alguma tendência esquizofrênica.

Carpenter franziu a testa e sorriu ao mesmo tempo, mostrando os dentes brancos e retos na boca de lábios generosos.

— Não acho isso de modo algum. Você acha?

— Não sei ao certo. Não sou uma autoridade no assunto — respondeu Vic, esperando algo mais de Carpenter.

— Ela tem muito charme — observou Carpenter. — Uma espécie de charme indisciplinado.

— Você diz o charme da falta de disciplina?

— Sim — retrucou ele, sorrindo. — O que quero dizer é que ela tem mais charme do que imagina.

— Uma porção, não é?

Carpenter riu e olhou para Melinda, que voltava à sala.

Então, passou por sua cabeça que Carpenter fora o único, de todos que os visitaram, que não se mostrou nem um pouco surpreso com o fato de seu quarto ficar em outra ala da casa. Carpenter escorregara nesse detalhe. Um dos dois, porém, ficaria muito surpreso em breve. Qual seria? Vic sorriu com um jeito amistoso, como alguém de espírito esportivo faria diante de um adversário.

Carpenter se demorou por uma meia hora na tarde em que foi buscar a tesoura. Tinha uma maneira curiosa, meio desligada, de observar tudo ao seu redor, de olhar fixamente para Trixie — como se houvesse algo anormal naquele espécime consumado de normalidade —, de inspecionar a garagem, ou a cozinha, ou onde quer que estivesse na casa. Não chegava a ser um olhar distraído. Harold Carpenter não era um homem distraído. Mas estava aparecendo com muita assiduidade, considerando que a casa de Vic ficava fora do caminho de Kennington e da própria casa, a antiga residência de Charley. Esse era outro sinal que indicava que ele era um detetive, ou psiquiatra, contratado em meio período para vigiá-lo.

E então em 4 de outubro, quando o extrato bancário chegou, havia uma retirada de duzentos dólares, um valor que Vic não conseguia explicar. Era curioso pensar que poderiam estar no bolso de Carpenter, que a nota de dez dólares que ele usara para comprar uma garrafa de champanhe na noite do aniversário de Melinda pudesse ter vindo diretamente da conta dos Van Allen. Ele havia topado com Carpenter na Commerce Street, a rua principal de Wesley, ao sair de uma joalheria onde comprara o presente principal para Melinda. Carpenter levava dois livros grandes debaixo do braço. Ele costumava carregar livros grandes assim.

— Tem algum compromisso para esta noite? — perguntou Vic.

Carpenter não tinha compromisso e Vic perguntou se ele gostaria de jantar em sua casa. Era aniversário de Melinda e Vic achava que Carpenter sabia disso. Iam fazer um pequeno jantar, só os Meller viriam, e ele não tinha dúvidas de que Melinda gostaria muito de vê-lo, disse Vic. Carpenter pareceu educadamente hesitante, queria ligar primeiro para Melinda, mas Vic disse não, que era melhor fazer uma surpresa para ela. Carpenter então aceitou e comprou a champanhe quando Vic contara que era aniversário de Melinda.

Vic e Melinda teriam convidado os Cowan, mas Phil passaria a semana toda em Vermont dando aula e Evelyn estava acamada com uma gripe, conforme alegou. Foi Vic quem sugeriu o jantarzinho e teve certo trabalho para fazer Melinda aderir à ideia. Ela sentiu que seus velhos amigos a tinham colocado na geladeira, o que era em parte verdade, mas ele destacou que continuavam convidando-a para suas casas mesmo assim e que, se queria melhorar as coisas, teria de retribuir convidando-os também de vez em quando. Vic sempre encontrara certa dificuldade em convencê-

-la a receber pessoas. Não que achasse que tinham de se preocupar em retribuir os convites dos amigos — não numa cidade tão informal como Little Wesley —, mas achava que uma ou duas vezes ao ano deveriam oferecer um grande coquetel ou jantar como os Cowan e os Meller faziam, só que umas três vezes ao ano. Mas a ideia de duas pessoas virem jantar em sua casa, ou vinte para um coquetel, fazia Melinda ter chiliques. Preocupava-se que a bebida não fosse suficiente, que o sorvete derretesse antes de ser servido, que de repente se desse conta de que a casa precisava de uma faxina geral ou cortinas novas na cozinha e criava tantos problemas que Vic acabava desistindo da ideia. Mesmo com duas pessoas, velhos amigos como os Meller, o complexo de inferioridade reprimido vinha à tona e ela se mostrava tão nervosa e insegura quanto uma recém-casada que recebia pela primeira vez o patrão do marido. Vic se enternecia com aquilo de certa forma, achava-a ternamente jovem e desamparada nessas ocasiões e fazia tudo ao seu alcance para tranquilizá-la e lhe dar confiança — embora no mês anterior ficasse aborrecido com os amigos solteiros que ela havia convidado duas vezes para jantar na mesma semana sem ficar de modo algum nervosa.

Vic não achou que a presença de Carpenter a deixaria nervosa — poderia até ajudar, pensou — e o tinha convidado simplesmente por cordialidade e boa vontade. O rosto de Melinda se iluminou quando Vic chegou com ele às sete e meia. Os Meller só deviam chegar às oito. Carpenter a presenteou com a champanhe, Melinda agradeceu e colocou a garrafa na geladeira para que ficasse refrigerada até ser aberta depois do jantar. Melinda caminhava pela casa, tomando um highball, acompanhando o pato assando no forno a cada cinco minutos e verificando a mesa lateral na qual cinzeiros limpos, esmagadores de frutas e uma grande tigela contendo uma mistura de sour cream e camarões estavam postados segundo uma ordem nada costumeira. Ela estava com seu figurino completo: um vestido de linho sem manga verde-escuro, sandálias douradas com asinhas e um colar de peças de coral brancas que sugeriam dentes de feras do tamanho das presas de um tigre. Acima do colar seu rosto parecia aterrorizado.

Vic deixou Carpenter e Melinda a sós enquanto trocava a camisa e colocava um terno escuro e então tirou o presente de Melinda do bolso do paletó e deu a ela.

Melinda abriu depois de lançar um olhar nervoso e apologético a Carpenter. E então sua expressão mudou.

— Oh, Vic, que relógio!

— Se não gostar, pode trocar por outra coisa — disse Vic, sabendo que ela gostaria.

Carpenter observou os dois com uma expressão satisfeita.

Melinda colocou o relógio. Era um relógio social de ouro, com pequenos diamantes. Ela havia estragado o que tinha ao pular na piscina dos Cowan de relógio uma noite, dois ou três anos atrás, e desde então queria um novo relógio caro.

— Oh, Vic, é lindo! — disse Melinda, sua voz com uma doçura que ele não ouvia havia muitos meses.

— E isto — continuou Vic, tirando algo de um envelope que estava em seu outro bolso. — Não é um presente de verdade.

— Oh! Minhas pérolas!

— Só mandei remontar — contou Vic.

Melinda tinha arrebentado o colar ao jogá-lo nele durante uma discussão um mês atrás.

— Obrigada, Vic, pela gentileza — agradeceu Melinda discretamente, com um olhar para Carpenter, como se ele soubesse o motivo de o colar ter de ser remontado.

Carpenter estava com cara de quem tinha adivinhado, pensou Vic. Acharia ainda mais engraçado se soubesse que, enquanto Vic estava de quatro no chão catando as pérolas, Melinda o havia chutado.

Os Meller chegaram com uma rotisseria para Melinda, do tipo movido a eletricidade para usar na cozinha. O casal sabia que eles tinham uma assadeira externa que usava carvão. Mary Meller deu um beijo no rosto da aniversariante e Horace fez o mesmo. Vic lembrava quando Mary era mais calorosa para com Melinda — mas mesmo assim foi uma bela encenação para Carpenter, pensou. Naquela noite, este prestava especial atenção nas relações sociais, como os Meller se comportavam com ele e com Melinda. Não havia dúvida de que o casal visitante era mais amistoso com ele do que com ela.

Durante os aperitivos, Melinda se levantava o tempo todo para ir à cozinha e Mary perguntou se podia ajudar de alguma maneira, mas tanto Vic quanto Melinda declinaram da sua ajuda.

— Nem pense nisso — comentou Vic. — Fique aqui tranquila com sua bebida. O mordomo esta noite sou eu.

Ele foi à cozinha para resolver o problema crucial de passar o pato do forno para a travessa. A maçã enfiada no traseiro do pato escapou no processo, mas Vic pegou a bola ardente em pleno ar e a depositou com um sorriso no fogão.

— Meu Deus — resmungou Melinda, segurando desajeitada a faca de trinchar e o amolador. — O que *mais* pode acontecer?

— Podemos queimar o arroz selvagem — disse Vic, dando uma olhada. Não parecia estar queimando. Ele pegou a maçã e a recolocou no pato.

— Nem sei se é o lugar correto... num pato — reclamou Melinda.

— Acho que não é. Vamos tirar então.

— Mas ficou um baita buraco — lamentou-se Melinda.

— Deixa pra lá. Vamos colocar o arroz em volta.

Arrumaram juntos o pato, o arroz selvagem, as ervilhas, os pãezinhos quentes e a salada de agrião. Mas o molho da salada não estava pronto. Melinda sempre preferia que Vic fizesse o molho, afinal, ele tinha sete variedades de ervas cultivadas em casa em caixinhas rotuladas para isso. Ele usava as ervas em diversas combinações.

— Não se preocupe com nada — disse Vic. — Vou colocar tudo de volta no forno e faço o molho da salada num minuto!

Deslizou a travessa de prata com o pato para dentro do forno, deixou Melinda colocar os outros pratos na parte de cima do forno e então fez a salada, socando o sal e o alho numa tigela enquanto acrescentava vinagre e depois as ervas — um, dois, três tipos delas — com a mão esquerda, enquanto seguia mexendo com a direita.

— Foi bom você ter lavado o agrião — comentou por cima do ombro.

Melinda não falou nada.

— Espero que Harold não ache que vamos começar com lesmas.

— Por que ele acharia isso? — indagou Melinda.

— Ele falou que gostava delas. Digo, para comer — explicou Vic, rindo.

— Você contou a ele que seria como comer sua própria carne, seu próprio sangue?

— Não, não falei. Bem, a salada está pronta. Quer ir avisar os convidados?

Horace e Carpenter estavam entretidos conversando e foram os últimos a chegar à mesa. Vic percebeu que Horace parecia perturbado. Melinda estava petrificada de ansiedade em relação a se tudo estava gostoso e quente e não disse nada pelos primeiros quinze minutos. Tudo estava muito gostoso e o jantar transcorreu harmoniosamente. Não foi bem como um jantar entre velhos amigos deveria ter sido, mas isso se devia em parte à presença de Carpenter. Vic notou que Horace não tentou conversar com Carpenter à mesa, mas não conseguiu apreender nada das feições esculturais, imóveis e agradáveis deste. Exceto ser interessante ele e Melinda falarem tão pouco um com o outro. Isso sugeria a Vic que os dois tinham estado juntos mais cedo naquele dia. Carpenter passou a maior parte do jantar ouvindo.

Tomaram café na sala de estar. Horace foi até uma janela da frente e ficou olhando para fora. Vic o estava observando quando ele finalmente se virou e fez um sinal para que se aproximasse. Vic foi. Horace abriu a porta da frente, e eles caminharam até o gramado.

— Esse cara não é da Universidade de Columbia — disparou Horace. — Não conhece ninguém da faculdade. Parece que só conhece um nome, o do chefe do Departamento de Psicologia, mas nunca ouviu falar de mais ninguém lá — revelou Horace, carrancudo.

— Eu não achei que ele fosse de Columbia — retrucou Vic baixinho.

— Não estou insinuando que ele não *tentou* fingir que sabe o que acontece lá, mas conheço bastante o Departamento para saber que ele está mentindo sobre tudo. Você disse que ele trabalha com pacientes ambulatoriais de Kennington?

Vic jogou a cabeça para trás e riu alto. Sua risada se espalhou pelo ar vazio da noite.

— Não, Horace. Eu disse que ele está lá fazendo pesquisa para uma tese.

— Ah, é verdade isso?

— Bem... não sei se é verdade, levando em consideração o que você acabou de me dizer.

Horace acendeu um cigarro, impaciente, mas se refreou de jogar o fósforo no gramado.

— Não gosto dele. O que está aprontando?

— Quem sou eu para saber? — disse Vic, arrancando algumas folhas de grama e erguendo-as contra o pálido círculo da lua. Ocorreu-lhe que deveria tentar alguma impressão offset com lâminas de relva, folhas, talvez uma secção transversal de um trevo cortado a navalha. Funcionaria para o livro de poemas de Brian Ryder, pensou. Muitos de seus poemas faziam alusões a plantas e flores.

— Vic...

— Sim?

— Qual é a dele? Não me diga que não pensou nisso. Ele está interessado em Melinda?

Vic hesitou.

— Acho que não — respondeu com indiferença. Era bom contar a verdade quando se podia.

— Há um motivo para essa história de universidade, isso é certo. Ele nem chegou a inventar uma desculpa, alegando ter frequentado outra faculdade a maior parte do curso e, por isso, não conhece Columbia tão bem. Manteve a mentira, enganando. Mas enganando muito mal, se é que me entende.

— Você me pegou, Horace. Não sei qual é a dele.

— E morando na casa de De Lisle. Não foi Melinda quem arranjou isso?

— Ela recomendou a casa para ele — admitiu Vic.

Horace refletiu por um instante.

— Seria interessante saber se ele conhece Don Wilson.

— Por quê?

— Porque acho que ele deve conhecer. Deve ser amigo de Don.

— O que quer dizer? Que trouxeram ele para cá como uma espécie de espião?

— Exatamente.

Vic sabia que Horace tinha pensado naquilo tudo sozinho. Queria ver se ele achava que Carpenter devia ser um detetive.

— Não acho que conheça Don. Pelo menos, da última vez que perguntei a Melinda, ela disse que não achava que os dois se conheciam.

— Talvez eles se conheçam e por isso mesmo se mantenham distantes.

Vic reprimiu uma risada.

— Você tem tanta imaginação quanto Wilson.

— Está certo, pode ser que eu esteja totalmente enganado. Acho que ele *sabe* algo de psicologia, mas não é tudo o que diz ser. Só queria saber seus motivos. Quanto tempo mais vai ficar por aqui?

— Acho que mais um mês. Está fazendo um teste-piloto para tratamento de esquizofrenia em Kennington.

— Queria saber que tipo de teste de esquizofrenia é esse — comentou Horace cinicamente. — Fred Dreyfuss é de lá. Consigo descobrir facilmente.

Vic emitiu um som indicando que não achava aquilo importante.

— E como vai Melinda ultimamente? — quis saber Horace.

— Ótima, imagino — respondeu Vic, fechando-se na velha defesa automática de Melinda diante do mundo, embora soubesse que Horace queria saber se ela ainda o acusava da morte de Charley. Ora, por que Horace perguntaria a Vic como ela estava se a vira a noite inteira?

— Bem, ela não veio mais ver Mary — contou Horace, com um tom de desafio. — Você sabe, não acredito que Evelyn consiga se recuperar daquilo... de Melinda.

— Lamento — disse Vic.

Horace deu um tapinha no ombro de Vic.

— Passei um perrengue com Mary. Foi só por você que ela concordou em vir esta noite, Vic.

— Gostaria que todo mundo tentasse esquecer. Acho que é pedir demais. Talvez com o tempo.

Horace não respondeu nada.

Voltaram à sala de estar. Melinda, com a tensão mal aplacada pelo álcool, propôs abrirem a champanhe que Carpenter trouxera, mas Mary sugeriu que a guardasse. Então, a champanhe não foi aberta. Ninguém aceitou um highball após o jantar. Os Meller se levantaram para ir embora às 22h15, uma hora antes do que normalmente teriam saído, pensou Vic, se Mary estivesse à vontade com Melinda e se Carpenter não estivesse ali. Carpenter foi embora logo em seguida, agradecendo profusamente aos anfitriões. Partiu no próprio carro, um Plymouth azul-escuro de duas portas usado que, contara modestamente a Vic, tinha comprado havia pouco.

— Não acha que ele está vadiando no serviço? — perguntou Vic a Melinda quando estavam parados na porta da frente.

— Que serviço? — disparou ela.

Vic deu um leve sorriso e era perceptível que não era um sorriso muito agradável.

— Talvez você possa me contar.

— O que está querendo dizer? — E então, recuando impotente, ela perguntou: — Quem?

— O Sr. Carpenter.

— Ah, imagino que ele... bem, esteja em Kennington a maior parte do tempo.

— Ah — retrucou Vic com sutil ironia. — Acho que ele está passando muito tempo com a gente.

Melinda foi até a mesa lateral e começou a recolher as xícaras e os pires. Vic trouxe a bandeja da cozinha para agilizar as coisas. Havia um milhão de coisas para levar à cozinha. Ele colocou um avental e tirou seu relógio para lavar a louça. Não fez mais nenhum comentário que pudesse indicar a Melinda sua suspeita de que Carpenter era um detetive particular. Melinda era esperta o suficiente para saber que ele identificaria a menor pista oferecida, mas não esperta o suficiente para saber que Carpenter já oferecera algumas.

— Feliz aniversário, querida — disse Vic, tirando um embrulho com o papel listrado vermelho e branco da loja Bandana de uma gaveta inferior do armário.

— Outro presente? — perguntou Melinda com o rosto relaxando, quase sorrindo de surpresa.

— Espero que sirva.

Melinda abriu o pacote, tirou o suéter branco de angorá e o levantou à sua frente.

— Ai, Vic, justamente o que eu queria! Como você soube?

— Moro na mesma casa que você, não?

Então, sem nenhum motivo particular, aproximou-se e a beijou no rosto. Melinda não recuou. Simplesmente podia não ter sentido.

— Muitas felicidades.

— Obrigada, Vic.

Melinda olhou estranho para ele por um momento, a sobrancelha tremendo, a linha tensa da boca indecisa entre um sorriso e a severidade, tão incerta quanto sua própria mente.

Vic olhou para ela ciente de que não tinha a menor ideia do que ela ia fazer ou dizer, e ciente também de seu súbito sentimento de repulsa de sua própria expressão — as sobrancelhas levemente erguidas, os olhos fixos e previsíveis, a boca que nada transmitia exceto o fato de que estava fechada —, que era falsa e desprezível. Seu rosto era uma máscara e pelo menos o de Melinda não era, não naquele momento. Vic tentou sorrir. Até isso não pareceu sincero.

Então Melinda desviou o olhar e se afastou, pondo fim àquela situação.

Em sua cama naquela noite, Vic pensou na conversa com Horace. Sentia que tinha dito a coisa certa: caso se revelasse que Carpenter era um detetive, Vic poderia dizer que havia percebido desde o início e que aquilo não o incomodava — e essa seria uma atitude até galante em relação a Melinda, sua esposa, que contratara um detetive contra ele. Se Carpenter não fosse um detetive, Vic não teria se mostrado estúpido por achar que fosse. Vic não tinha notado um volume sob seu paletó de novo, não depois do primeiro encontro. Mas ainda havia duzentos ou trezentos dólares retirados de sua conta bancária, sem explicação. Era evidente que Melinda o estava pagando aos poucos.

Ao cair no sono, o antagonismo de Vic contra Melinda se manifestou quase involuntariamente, fantasmagórico, tateando como um profissional de luta greco-romana por um agarro. Surgiu nele como algo habitual que pudesse vir à tona — o hábito de adormecer deitado de barriga para cima, por exemplo, como estava naquele momento. Antes que caísse no sono por completo percebeu tudo isso e deixou que essa descoberta deslizasse suavemente na superfície de sua mente, como um pensamento comum que nos vem pouco antes de adormecermos. Era como se Melinda ostentasse uma insígnia, "Minha Inimiga", na sua mente e o era além do alcance da razão ou da imaginação. O antagonismo fantasmagórico em sua mente imaginativamente agarrou e apertou, e Vic se virou um pouco na cama e adormeceu.

# 15

Desde a festa de aniversário, parecia que Harold Carpenter tinha feito uma mudança de tática abrupta. Passou a se encontrar mais com Melinda e menos com os dois juntos. Isso aconteceu numa questão de três ou quatro dias depois da festa. Melinda passou duas ou três tardes com ele e se deu ao trabalho de contar a Vic, que não demonstrou o menor interesse.

— Não me importa quantas vezes o encontre fora de nossa casa — disse. — Mas não quero vê-lo aqui de novo.

Melinda o encarou, chocada.

— Qual é o problema?

— Não gosto dele — respondeu Vic com franqueza, voltando a olhar para o jornal vespertino.

— Desde quando você não gosta dele? Pensei que o achasse interessante.

— Ele é... *muito* — retrucou Vic.

Escutou o silêncio de Melinda por alguns segundos. Ela estava de pé junto ao sofá mudando irrequietamente o peso do corpo de um pé para o outro. Usava um de seus poucos sapatos de salto alto, porque o Sr. Carpenter era alto.

— E desde quando você decide quem vem e quem não vem aqui? — questionou Melinda numa voz ainda controlada, testando-o.

— Desde agora. Acontece que não gosto dele. Sinto muito. Não quero discutir a questão. Você não pode encontrá-lo na casa dele ou em qualquer outro lugar? Além disso, ele não vai ficar muito mais tempo por aqui, não é?

— Não muito, eu acho. Talvez duas semanas.

Vic sorriu para o jornal e então virou o sorriso para ela. Mais duas semanas em sua folha de pagamento, pensou. Sentiu-se tentado a revelar a Melinda que sabia que ela o pagava, mas um toque de perversidade o impediu.

— Bem, vamos todos sentir sua falta, não?

— Eu não diria *vamos*... — observou Melinda.

— Talvez logo apareça outro — retrucou ele, percebendo que Melinda ficou eriçada.

Ela acendeu um cigarro e jogou o isqueiro no assento do sofá.

— Você está com um humor maravilhoso hoje. Hospitaleiro, gracioso... cortês. Todas as coisas que você se gaba de ser.

— Nunca me gabei de ser essas coisas.

Ele a encarou. Melinda parecia assustada.

— Tudo bem, Melinda. Lamento não ter nada contra o Sr. Carpenter. Ele é muito agradável. É um jovem muito simpático.

— Você fala como se não sentisse isso.

— Verdade? Me desculpe.

Ele transitava curiosamente entre o apego sentimental e a hostilidade aberta. Pegou-se sorrindo.

— Que tal esquecermos tudo isso? O que tem para jantar?

— Quero saber se posso recebê-lo aqui, caso queira, sem você se mostrar grosseiro.

Vic engoliu em seco. Não era Melinda, pensou, e não era o Sr. Carpenter também, era o princípio da coisa. De novo sentiu o incontrolável sorriso do hábito.

— Claro que você pode trazê-lo aqui, querida. Desculpe, perdi a calma. — Esperou. — Quando quer chamá-lo? Está pensando em convidá-lo para jantar em breve?

— Você não precisa exagerar! — Melinda brincava nervosamente com um barbante na mão, enrolando-o com firmeza em um dedo.

Largue esse barbante, disse Vic para si mesmo, embora aquilo o irritasse de um modo irracional.

— O que temos para jantar, querida? Quer que eu prepare algo?

— Deixa que eu preparo — disse, indo de repente para a cozinha.

Havia algo na cabeça dele que sugeria a imagem de copas de árvores escuras arrastadas violentamente em todas as direções pelo vento. Ao antecipar as próprias ações, imaginou-se derrubando cinzeiros das mesas enquanto tentava alcançá-los, esmagando, por causa da falta de controle, a carapaça das lesmas ao apanhá-las, mas essas coisas nunca aconteceram. Observou as próprias mãos e elas se moveram suave e precisamente, como sempre tinham feito, mãos pequenas, gorduchas, inócuas, limpas como as mãos de um médico, exceto quando as sujava de tinta na gráfica ao mexer aqui e ali no prelo. As lesmas ainda amavam suas mãos, deslizando devagar e sem hesitação no indicador que ele lhes estendia, até quando não eram atraídas por um naco de alface exibido no seu curto campo de visão.

Por fim, percebeu que a imagem das copas de árvores fustigadas era uma lembrança muito antiga de uma tempestade em uma montanha na Áustria. Tinha então uns dez anos de idade. Seu pai, ainda vivo, sua mãe e ele estavam numa de suas viagens anuais à Europa. Seu pai era engenheiro consultor em girostática, com uma boa renda que herdara, embora tivesse se dedicado ao trabalho a vida inteira como um homem cujos interesses principais eram ganhar a vida, algo de que não precisava, e empreender uma carreira, que não teria tido progresso vital para ele. Vic se lembrava muito bem: seu pai tinha terminado um trabalho de duas ou três semanas em Paris e a ida a Munique e Salzburgo fora parte das férias antes de voltarem para casa. Tinham se hospedado num hotel de conto de fadas em St. Wolfgangsee, ou teria sido em Fuschlsee? E era inverno e não havia neve no chão ainda, mas eles a esperavam a qualquer momento. Então, a tempestade chegara nas montanhas do outro lado da janela deles. Vic se lembrava das janelas recuadas e o fato de que, apesar da grossura das paredes, sentira frio e não havia nada que pudesse fazer a respeito porque as instalações de aquecimento do hotel não eram adequadas. Seu pai, um homem educadíssimo, sobrecarregado pelo sentimento de superioridade financeira em relação a quase todo o resto do mundo, teria suportado uma temperatura muito mais fria no quarto antes de se queixar. *Richesse oblige*. A tempestade chegara, avançando pelas montanhas, que pareciam ameaçadoramente próximas e pretas, como um insuperável gigante escuro de dimensões desconhecidas. E então as silhuetas das árvores na crista das montanhas se retorciam para lá e para cá como que torturadas pelos golpes tresloucados do vento ou como se tentassem arrancar as próprias raízes e sair voando. Seu pai dissera numa voz que traía a própria empolgação:

— Tem neve naquela nuvem.

Ele falou isso apesar de a nuvem ser quase totalmente preta, tão preta que o quarto de hotel escureceu como se já fosse noite. E, quando a nuvem preta rolou da montanha até eles, criando um caos turbulento entre as árvores, Vic fugira da janela e se encolhera do outro lado do quarto. Ele lembrava o espanto e a decepção no rosto do pai ao colocá-lo de pé. Assim ficou, mas não se deslocou até a janela, apesar de o pai querer que ele fosse até lá. Mas o que o havia realmente assustado foram as árvores com seus galhos fustigantes, não a tempestade em si.

Agora ele pensava nas árvores com frequência quando ficava sabendo que Melinda saíra com Carpenter de tarde — embora acreditasse que ela muitas vezes dizia que fora levá-lo a Bear Lake, que o visitara em sua casa ou que eles foram tomar uns drinques no bar do Chesterfield, quando na verdade estavam fazendo outra coisa. Achava aquilo revoltante. No entanto, não chegava a reagir. Não fazia comentários ásperos nem ficava carrancudo. Perguntou a Melinda se ela não queria convidar Harold quando receberam outra vez os Meller e quando fizeram um assado de costela. Ela não o convidou em nenhuma das ocasiões. Vic se perguntou se seria essa a técnica: tentar fazê-lo acreditar que a relação dos dois tinha se tornado tão íntima que não queriam dividi-la com mais ninguém. Aquele cara frio, o Sr. Carpenter. Ele sabia se controlar, mas era o pior ator do mundo. Quem achava que estava enganando? Não conseguira sequer fazer com que a cidade falasse mais contra Vic Van Allen. E a ideia de que *ele* estaria pagando por tudo aquilo era no mínimo irritante.

Vic manteve a calma até o dia em que viu Ralph Gosden e Don Wilson caminhando juntos pela rua. Era cerca de uma da tarde e Vic passou pela cidade a caminho do almoço em casa para pegar uns sapatos de Trixie que deixara no sapateiro. Ao sair da loja, viu Wilson e Gosden caminhando na mesma calçada em sua direção e achou que os dois vacilaram quando o viram, e essa hesitação desencadeou sua raiva.

— Olá — cumprimentou Vic com um leve sorriso ao se aproximar deles. — Queria perguntar uma coisa a vocês.

Os dois pararam.

— O quê? — perguntou Ralph com um sorriso atrevido, embora tivesse empalidecido.

— Acho que vocês conhecem o Sr. Harold Carpenter — disse Vic.

Ralph ficou perturbado, mas Wilson resmungou que o havia conhecido.

— Aposto que sim — retrucou Vic. — Foi você quem o contratou?

— Contratou? O que quer dizer? — As sobrancelhas pretas de Wilson arriaram.

— Você sabe o que quero dizer. Ele não é nada do que alega ser. Cheguei à conclusão de que é um detetive, provavelmente escolhido por você, Wilson. Você não foi a Nova York e o escolheu...? — Vic engoliu o final da frase, quase dizendo "para a minha mulher".

— Não sei do que está falando — disse Wilson, contrariado.

Mas, pelos olhos assustados de Ralph, Vic percebeu que havia descoberto a verdade, ou passara perto.

— Acho que sabe, sim. Ele é um detetive e você sabe disso. Ou não sabe, Wilson?

Ele acompanhou a pergunta com um pequeno avanço e Wilson deu uns passos para trás. Vic poderia ter batido nele, com prazer.

Wilson olhou ao seu redor para ver se alguém os observava.

— Pode ser. Não conheço o cara muito bem.

— Quem o escolheu? Não foi você? Ou então Ralph — disse, encarando Ralph. — Pensando bem, você não teria coragem. Só fica por aí assistindo de fora, não é, Ralph?

— Você enlouqueceu? — conseguiu dizer Ralph.

— De que agência ele é, Wilson? — perguntou Vic, ainda avançando deliberadamente.

— Qual é o problema? Ele passa muito tempo com a sua esposa? — interferiu Ralph com um pio. — Por que não o mata já que não gosta dele?

— Cala a boca — disse Wilson para Ralph. Wilson parecia estar tremendo.

— Qual agência? — questionou Vic. — Não adianta enrolar. Eu *sei* que ele é um detetive. — Se Carpenter não fosse, se ele estivesse enganado, poderiam considerá-lo louco e pronto. Seria ótimo. — Nenhum de vocês vai falar? Pois bem, posso arrancar a história de Melinda. Não queria, mas ela vai acabar me contando. Ela ainda não sabe que descobri. — Vic olhou com desdém para Wilson. — Vou abrir a boca para todo mundo quando souber os detalhes, Wilson. Veja se é melhor você se mudar.

— Ora, pare de brincar de Deus, Vic! — disparou Ralph, encontrando um pouco de coragem. — Você acha que é o dono desta cidade? E da justiça também?

— Existem nomes para pessoas como você, Ralph. Quer que lhe diga alguns? — respondeu Vic, com o pescoço corando de raiva.

Ralph calou a boca.

— Acho que conhece a minha opinião a seu respeito — interveio Wilson. — Eu disse na sua cara aquela noite.

— Você é um homem corajoso, Wilson. Por que não tem a coragem de me contar onde encontrou Carpenter? Queria cancelar seus serviços, já que estou pagando por eles. — Vic esperou, observando as emoções que agitavam o rosto carrancudo de Wilson. — Perdeu a coragem, Wilson?

— Não me falta coragem. Ele é do Serviço Confidencial de Detetives em Manhattan — contou Wilson.

— Confidencial! — Vic lançou a cabeça para trás e gargalhou. — Ha-ha! Ho-ho-ho-o! Confidencial!

Wilson e Ralph se entreolharam, nervosos.

— Obrigado — disse Vic. — Vou telefonar para eles esta tarde. Me diga, foi você quem o escolheu, Wilson?

Wilson não falou nada. Virou-se para ir embora, como se já tivesse aturado o bastante.

— Não foi você quem o escolheu, Wilson? — gritou Vic atrás deles.

Wilson se virou para olhar, mas não disse nada. Não precisava.

Vic almoçou sozinho — Melinda tinha saído —, leu um trecho do livro sobre vitrais, depois pegou a lista telefônica comercial de Manhattan e procurou o Serviço Confidencial de Detetives na seção Serviços de Detetives. Confidencial, pensou de novo, sorrindo.

Uma voz masculina com um forte sotaque nova-iorquino atendeu.

— Alô — disse Vic. — Estou ligando para falar sobre um funcionário, Harold Carpenter, ou o homem que está usando esse nome no atual serviço.

— Ah? Sim, sei de quem está falando. — O homem parecia cortês, apesar do sotaque feio.

— Não queremos mais os serviços dele — disse Vic.

— Sim. Tudo certo. Qual é o problema?

— Problema?

— Quero saber se houve algum problema, alguma queixa?

— Ah, não. Exceto que o homem que ele está investigando sabe que ele é detetive e não vai revelar nada.

— Entendo. O senhor é... o Sr. Donald Wilson de Little Wesley, Massachusetts?

— Não, não sou.

— Quem é o senhor?

— Sou o homem que ele deveria estar investigando.

Silêncio.

— É o Sr. Victor Van Allen?

— Correto. Por isso, mandem outro homem ou desistam. Sugiro que desistam, porque sou eu quem está pagando a conta e, se esta bobagem continuar, vou me recusar a pagar. E não acredito que o dinheiro virá de outra fonte.

Silêncio de novo.

— O senhor entendeu?

— Sim, Sr. Van Allen.

— Muito bem. Se houver novas cobranças, pode mandá-las diretamente para mim, por gentileza. O senhor tem o meu endereço, não?

— Sim, Sr. Van Allen.

— Combinado. Então é isso. Espere, só um minuto!

— Sim?

— Mande imediatamente um telegrama ao Sr. Carpenter informando o cancelamento do trabalho, por favor. Eu pago.

— Certamente, Sr. Van Allen.

Desligaram.

Melinda chegou às 19h15, após beber com Carpenter, disse ela.

— Harold recebeu o telegrama?

— Que telegrama?

— O telegrama do Serviço Confidencial de Detetives dispensando-o do trabalho.

A boca de Melinda se abriu, mas ela mostrou mais raiva do que surpresa.

— O que você sabe sobre isso? — questionou, agressiva.

— Wilson se entregou — revelou Vic. — Afinal, qual é o problema do Wilson? Por que não fica quieto com sua máquina de escrever?

Trixie estava ouvindo tudo, com os olhos arregalados, sentada no chão da sala de estar.

— *Quando* ele se entregou?

— Ao meio-dia. Topei com ele e Ralph na rua. Nunca vi um par tão idiota e assustado.

— O que ele contou a você? — perguntou Melinda com o rosto consternado.

— Eu perguntei a ele — começou Vic pacientemente — se o Sr. Carpenter era um detetive. *E não era?* Perguntei aos dois. E quando Wilson disse que sim, e não precisei pressionar muito, porque ele parecia morto de medo, perguntei de qual agência. Ele falou, liguei para eles e pedi que dispensassem o Sr. Carpenter do seu serviço. Estou farto de pagar as contas.

Melinda jogou seu livro de bolso no sofá e tirou o casaco.

— Entendi — disse. — Foram as contas que... — Então ela parou.

Vic quase sentiu pena dela em sua derrota.

— Não, querida. Horace me disse alguns dias atrás que Carpenter não sabia nada sobre a Universidade de Columbia. Horace sabe e justamente sobre o Departamento de Psicologia. Não sei se ele chegou a fazer um arranjo com Kennington para que o deixassem fazer sua pesquisa lá. Isso não me interessa.

Melinda partiu para a cozinha. Vic sabia que ela ia se embriagar. E o que quer que tivesse bebido aquela tarde com Carpenter forneceria uma base sólida para um grande porre. E para uma ressaca monumental no dia seguinte.

Vic suspirou e continuou lendo o jornal.

— Quer um drinque? — perguntou Melinda da cozinha.

— Não, obrigado.

— Você anda tão saudável estes dias — comentou ela ao voltar com seu drinque. — A imagem da saúde e da boa forma física. Pois bem, talvez lhe interesse saber que o Sr. Carpenter é psiquiatra. Pode não ter um diploma — acrescentou na defensiva —, mas sabe uma coisa ou outra.

— Espero não vê-lo de novo — disse Vic, com lento e deliberado nojo. Depois de um minuto, quando Melinda não disse nada, Vic questionou: — Como assim? Ele está psicanalisando você?

— Não.

— Que pena. Ele poderia ter esclarecido algo sobre você. Confesso que não a entendo.

— Eu entendo *você*.

— Então por que trazer um psicólogo aqui para me investigar? O que ele é, afinal? Psicólogo ou detetive?

— As duas coisas — respondeu ela com raiva, andando pela sala bebericando seu highball bege-escuro.

— Um-hm, e o que ele tem a dizer sobre mim?

— Ele diz que você é um caso limítrofe de esquizofrenia.

— Ah. Diga a ele que falei que ele é limítrofe. Apenas isso. Ele é algo entre isso e aquilo, algo em que você pisa e esquece.

Melinda bufou.

— Pelo visto ele consegue perturbar você...

— Papai, o que é esquizofrenia? — perguntou Trixie, ainda interessada, com os braços em volta dos joelhos.

— Uma conversa edificante para a criança — alfinetou Melinda.

— Ela já ouviu coisa pior. — Vic pigarreou. — Esquizofrenia, querida, quer dizer uma personalidade dividida. É uma doença mental caracterizada pela perda de contato com o meio em que se vive e pela dissolução da personalidade. É isso. Entendeu? E parece que seu velho paizinho sofre disso.

— A-a-ah — disse Trixie rindo, como se Vic estivesse brincando. — Como é que sabe?

— Porque o Sr. Carpenter diz que eu sofro disso.

— E como o Sr. Carpenter sabe? — questionou Trixie, rindo, adorando a brincadeira. Era como nas histórias absurdas que Vic contava sobre animais imaginários e ela perguntava se eles podiam voar, se sabiam ler, cozinhar, costurar, se usavam roupas, sendo que às vezes eles podiam e sabiam e às vezes não.

— Porque o Sr. Carpenter é psicólogo — respondeu Vic.

— O que é um psicólogo? — quis saber Trixie.

— Deus do céu, pare com isso, Vic! — disse Melinda vindo do outro lado da sala para confrontá-lo.

— Continuaremos esta conversa outra hora — disse Vic sorrindo para a filha.

Melinda ficou muito bêbada naquela noite. Deu dois telefonemas que Vic não escutou ao ir à cozinha, onde era impossível ouvir o que se dizia do quarto dela. Vic tinha preparado o jantar — do qual ela comeu pouco. Estava trôpega de bêbada já às nove da noite, hora de Trixie ir para a cama. Àquela altura, Vic já tinha definido vários outros termos psicológicos. Achou difícil explicar à filha o que era a consciência, mas lhe disse que, quando as pessoas bebiam demais e caíam adormecidas no sofá, elas tinham perdido a consciência.

# 16

No dia seguinte, Melinda ainda estava dormindo quando Vic chegou em casa para o almoço. Sabia que ela tinha ficado acordada até muito tarde na noite anterior porque vira a luz do quarto dela nos fundos do jardim quando apagou a luz do próprio quarto às duas e meia da manhã. Quando voltou para casa às sete da noite, ela ainda não tinha se recuperado da ressaca, embora dissesse que havia dormido até as três da tarde. Vic tinha duas coisas para lhe contar, uma agradável e outra talvez não tão agradável, então contou a primeira antes do jantar, quando a ressaca estava no auge, na esperança de que Melinda se sentisse melhor.

— Não vou contar o episódio do detetive a Horace, Phil ou quem quer que seja. Por isso, se Wilson e Ralph ficarem de bico calado, e eles têm toda a razão para isso, ninguém vai ficar sabendo. Alguém mais sabe? — perguntou, preocupado, como se estivesse do lado dela.

— Não — murmurou, completamente vulnerável na sua hora de sofrimento.

— Achei que você podia se sentir melhor ao saber disso — comentou Vic.

— Obrigada — disse ela com indiferença.

Ele deu de ombros involuntariamente. Mas Melinda não estava olhando para ele.

— Hoje recebi uma carta de Brian Ryder. Ele vai dar um pulo até aqui na terceira semana de novembro. Disse a ele que poderia ficar em nossa casa. Serão duas noites, três no máximo. Vamos ter muito trabalho na gráfica, então ele não ficará muito tempo aqui.

Depois de um minuto sem que ela desse qualquer sinal de que o tinha escutado, como se as palavras houvessem penetrado os ouvidos de uma pessoa adormecida, ele acrescentou, sentindo-se um tanto estranho, como se estivesse falando consigo mesmo:

— Pelas cartas, tenho certeza de que é um jovem muito civilizado. Tem apenas vinte e quatro anos.

— Será que poderia preparar outro drinque para mim? — pediu ela, estendendo o copo vazio para ele, seu olhar ainda fitando o chão.

Ela comeu bem no jantar. Sempre conseguia se alimentar mesmo de ressaca, e uma de suas teorias era a de que quanto mais comer de ressaca, melhor se sentirá. "Ferro na ressaca!" era o seu remédio. Depois do jantar, já se sentia bem o bastante para dar uma olhada no jornal da tarde. Vic colocou Trixie na cama, voltou e se sentou na poltrona.

— Melinda, eu queria te perguntar uma coisa — começou.

— O que é? — Ela olhou para Vic por cima do jornal.

— Você se divorciaria de mim? Se eu lhe desse uma boa pensão para viver bem?

Ela o encarou por uns cinco segundos.

— Não — respondeu com firmeza e certa raiva.

— Mas onde é que vamos parar? — questionou Vic, abrindo as mãos e sentindo-se de repente a encarnação da lógica. — Você me odeia, me trata como um inimigo. E contratou um detetive para vir atrás de mim...

— Porque você matou Charley. Isso é tão certo quanto você estar sentado aí.

— Querida, eu não matei Charley. Por que você não volta à razão?

— Todo mundo *sabe* que você matou!

— Quem?

— Don Wilson sabe, Harold acha o mesmo. E Ralph sabe.

— Por que eles não provam? — questionou com delicadeza.

— Dê um tempo a eles. Vão provar. Ou *eu* vou — argumentou ela, inclinando-se no sofá e pegando de forma abrupta seu maço de cigarros na mesa lateral.

— Posso saber como? Existe uma coisa que é incriminar um homem, naturalmente — disse, um pouco pensativo —, mas acho que agora já é tarde. *Ouça*, por que Don Wilson ou Carpenter não me submetem a um detector de mentiras? Não que eles tenham qualquer poder legal de fazer isso.

— Harold acha que você nem sequer reagiria a um detector. Ele acha você maluco demais.

— Maluco a ponto de querer deixar você livre?

— Não banque o engraçadinho, Vic.

— Desculpe, não estava tentando bancar o engraçadinho. Voltando ao que perguntei antes, eu lhe dou tudo, menos Trixie, se quiser o divórcio. Pense no que isso representaria. Você teria dinheiro para fazer o que quiser, para se encontrar com quem quiser. Estaria livre de responsabilidades, livre da responsabilidade por uma filha e por um marido. Pense em como se divertiria.

Ela mordeu os lábios inferiores como se aquelas palavras a torturassem... talvez com a tentação.

— Ainda não acabei com você. Quero destruir você, esmagar você.

Ele abriu as mãos com delicadeza.

— Isso já foi feito. Tem sempre o arsênico na sopa. Mas minhas papilas gustativas são muito sensíveis. E ainda tem...

— Não quis dizer matar você. Você é tão... *maluco*, não acredito que se incomodasse muito com *isso*. Eu quero acabar com o seu ego desprezível!

— E já não fez isso? Querida, o que mais poderia fazer além do que já tem feito? Acha que estou vivendo do quê?

— Ego.

Uma risada aflorou nele, mas logo voltou a ficar sério.

— Não, não há nenhum ego. Apenas os pedaços de mim, que ainda consigo juntar e manter juntos... pela força de vontade. Força de vontade, se quer saber, é isso o que me sustenta, não o ego. Como eu ainda poderia ter algum ego? — resumiu desesperadamente, desfrutando muitíssimo a discussão e também apreciando o som da própria voz, que parecia objetiva, como num gravador de fita tocando para ele o que havia acabado de gravar. Também estava ciente do tom tespiense que assumira, fazendo de suas palavras uma combinação de paixão destilada e pura canastrice. Prosseguiu em tons ricos e amplos, com um gesto franco da mão: — Você sabe que eu amo você, sabe que eu lhe daria tudo o que quisesse ou que eu pudesse lhe dar. — Parou por um instante, achando que já tinha dado a ela a outra metade da cama no seu quarto, a sua metade, mas não podia dizer aquilo por medo de cair na risada ou de fazê-la rir. — É minha última oferta. Não sei mais o que posso fazer.

— Já disse a você — retrucou Melinda devagar. — Ainda não acabei com você. Por que não se divorcia de mim? Seria muito mais seguro para você. Com certeza acha que tem todos os motivos a seu favor, não? — Seu tom era sarcástico. Como se os motivos fossem ilusórios ou ele seria um canalha se os usasse.

— Nunca disse que queria me divorciar de você, disse? Eu me sentiria como se estivesse omitindo a minha responsabilidade se fizesse isso. Além do mais, não é apropriado que um homem se divorcie da mulher. Ela é quem deve se divorciar dele. Mas o que estou querendo dizer... toda essa discussão...

— Você ainda não ouviu o final.

— Foi o que quis dizer. Precisa falar comigo nesse tom beligerante? — O tom de Vic ainda era suave.

— Você está certo. Tenho que guardá-lo para o ataque final — disse ela, ainda beligerante.

Vic suspirou.

— Bem, vejo que o *status quo* ainda é o *status quo ante*. Quando vai convidar Ralph e Wilson para nossa casa? Que venham, posso encará-los.

Ela o encarou, seus olhos castanho-esverdeados tão frios e fixos como os de um sapo.

— Não tem mais nada a dizer? — perguntou Vic.

— Já disse.

— Então acho que vou me recolher. — Ele se levantou e sorriu para ela. — Boa noite. Bons sonhos. — Pegou o cachimbo da mesinha ao lado da poltrona e foi para o outro mundo da garagem e seu quarto.

# 17

Don Wilson e a mulher se mudaram para Wesley em menos de duas semanas depois do encontro dele com Vic na rua. Mais um vez, Melinda prestou seus serviços como corretora, embora neste caso fosse um apartamento em Wesley. Vic encarou isso como uma retirada às pressas. Wilson se sentira derrotado já na primeira batalha. Recuou para se defender melhor, mas agora já não seria tão fácil para ele manter o semblante desdenhoso diante do inimigo.

— O que aconteceu? As pessoas criaram uma situação tão desagradável que ele teve de deixar a cidade? — perguntou a Melinda, sabendo muito bem que fora o que tinha acontecido. De alguma forma, Vic achava que, através de Ralph, a história do detetive vazara. Ralph talvez tenha tentado um tiro letal, mas a pontaria falhou. Saiu contando às pessoas que Victor Van Allen fora vigiado por um detetive durante cinco semanas porque fortes suspeitas pairavam sobre ele. A ideia de Ralph era mobilizar a opinião pública contra Vic se possível. Mas sua reputação se manteve inabalada. A repercussão foi curiosa, como se uma bala de canhão de vidro tivesse se chocado contra uma parede de pedra e estilhaçado em fragmentos, alguns dos quais foram apanhados pelas pessoas da cidade — pedaços de uma história que elas não conseguiam juntar num todo. Quem contratara o detetive, por exemplo? Alguém disse que havia sido Wilson, embora ele não parecesse ter dinheiro para tanto. Outras presumiam que o detetive —

se é que havia existido, se a história toda não fosse inventada — fazia parte da força policial numa investigação sigilosa conduzida na ocasião, poucas semanas após o incidente de De Lisle. Horace conhecia a história melhor do que ninguém, mas mesmo ele não arriscaria dizer, ou perguntar a Vic, se Melinda contratou o detetive. Vic sabia que o amigo suspeitava disso, mas era como se o fato, se chegava a ser um fato, fosse vergonhoso demais para ser comentado e muito penoso para Vic responder que sim, Melinda o havia contratado. Horace apenas ostentava uma expressão desolada.

Vic se sentia mais alegre e benigno do que nunca. E Melinda cada vez mais tristonha e embriagada. Numa de suas muitas idas até Wesley para visitar Don Wilson, ela foi detida por excesso de velocidade e também acusada de dirigir alcoolizada. Telefonou da delegacia de Wesley para o escritório de Vic, que acudiu correndo. Viu que não estava muito bêbada, nada bêbada comparativamente falando, mas o policial rodoviário deve ter sentido o bafo ou deduziu embriaguez do seu contra-ataque temerário quando fora abordada. Na delegacia, Melinda ousadamente clamava por um teste de dosagem alcoólica do seu bafo, mas não havia equipamento disponível para isso.

— Dá para ver que ela não está bêbada — argumentou Vic ao capitão. — Admito que pode ter havido excesso de velocidade, sei que isso acontece. É melhor você explicar essa parte, Melinda, porque não sei o que aconteceu.

Vic juntou todo o tato que tinha ao seu dispor, porque sabia que, se Melinda tivesse a carteira de motorista suspensa por seis meses, sua casa se tornaria um inferno. Melinda encarcerada se tornaria muito desagradável. O capitão fez um sermão sobre a gravidade de dirigir alcoolizado e Vic ouviu com respeito, sabendo que um final feliz estava a caminho, mas Melinda interrompeu:

— Nunca fui culpada de dirigir embriagada e insisto que não estou embriagada agora!

Sua convicção causou certo efeito sobre o capitão, naturalmente, como também o fato de Victor Van Allen ser um residente estimado de Little Wesley e o fundador da Greenspur Press. Ou pelo menos Vic achou que o capitão de meia-idade era inteligente o bastante para ter ouvido falar da Greenspur Press e associar, como uma informação local, seu nome a ela. Melinda foi liberada com uma multa de quinze dólares, que Vic pagou do próprio bolso. Melinda prosseguiu viagem até o apartamento dos Wilson em Wesley.

— Me conte: o que Don Wilson está tramando? — perguntou a ela naquela noite.

— O que quer dizer com isso?

— O que vocês dois estão tramando? Andam se consultando demais.

— Gosto dele. Temos muita coisa para conversar. Ele tem algumas teorias interessantes.

— Ah, nunca soube que teorias a interessassem tanto.

— Mas são mais do que teorias — argumentou Melinda.

— O quê, por exemplo?

Ela ignorou a pergunta. Estava de joelhos, limpando a parte inferior do seu armário, tirando sapatos e meias esquecidos, formas de sapato e uma pequena boneca de pano empoeirada de Trixie.

— Acho que devíamos arranjar um cachorro — disse Vic de repente. — Seria ótimo para Trix. Já adiamos demais.

— Era só o que faltava nessa casa — retrucou Melinda.

— Vou conversar com ela e ver que tipo de cachorro gostaria de ter.

Melinda não queria um cachorro. Vic sabia. Tinham encarado longas discussões sobre o assunto — Vic a favor, Melinda contra, e ele sempre cedera. Agora, não ligava se ela se opusesse.

— Aliás, como vai June Wilson? — perguntou Vic.

— Vai bem. Por quê?

— Gosto dela. Uma garota muito simpática e direta. Como foi que se casou com ele?

— É uma mulherzinha muito chata. Talvez ele não tenha visto direito com quem estava se casando.

— Ela veio me ver uns dois meses atrás, sabe, para me dizer que achava que o marido estava cometendo um erro. Disse isso com delicadeza, eu lembro. E alegou que não compartilhava das ideias dele e queria que eu soubesse. É uma pena que Wilson a tenha jogado no ostracismo, não? O que ela faz enquanto você e Wilson conversam?

Melinda não estava mordendo a isca aquela noite.

Vic observou sua postura encurvada limpando febrilmente os sapatos e os enfileirando, uma ocupação mais construtiva do que o usual para sua energia frustrada. Ele sabia como devia ser a atmosfera na casa dos Wilson. Era o único lugar para onde Melinda poderia ir sem ser tratada com certa frieza. E Wilson devia estar ficando de saco cheio dela, vendo-a como a causa indireta de sua retirada de Little Wesley e de sua atual rejeição pela comunidade, mas ainda assim se sentia obrigado a ser cordial. June devia deixá-los sozinhos depois de um cumprimento frio a Melinda, que em geral desprezava as mulheres — então não se incomodaria. Vic supunha que Ralph tenha estado lá às vezes. E talvez Melinda fosse visitar Ralph em sua casa em algumas das vezes em que alegava que fora à casa dos Wilson. Isto é, se ele tivesse a coragem de recebê-la em sua casa. Vic sorriu consigo mesmo ao ver as costas fortes e longas de Melinda e suas mãos ocupadas, imaginando a atmosfera na casa de Ralph quando os dois estavam lá sozinhos. Imaginou ele amedrontado demais para tocar nela e Melinda desprezando-o por isso, mas ela voltaria a se encontrar com ele várias vezes, porque Ralph fazia parte da pequena liga anti-Vic. Deviam tagarelar sobre ele, repetindo-se, como uma dupla de velhas comadres.

Vic bateu na porta de Trixie.

— Mademoiselle? — chamou.

— Oi?

Ele abriu a porta. Trixie estava sentada na cama, colorindo um livro de desenho com lápis cera. Sorriu para ela. Parecia tão autossuficiente, satisfeita no seu mundinho. Orgulhava-se dela. Tinha puxado a ele.

— Trixie, o que você acha de ganhar um cachorro?

— Um cachorro? Um cachorro de verdade?

— Não estou falando de um cachorro empalhado.

— *Oba!* — Ela se inclinou para a frente, saltou da cama e começou a pular, gritando. — Um cachorro, um cachorro! Viva!

Trixie deu soquinhos na barriga de Vic.

Ele a pegou pelos braços e a ergueu no ar.

— Que tipo de cachorro você quer?

— Um cachorro grande.

— Mas de que raça?

— Um... collie.

— Huum. Não tem um mais interessante?

— Um... pastor-alemão!

Ele a abaixou e a colocou de pé.

— São tão utilitários. Que tal um boxer? Acho que passei por um lugar em East Lyme outro dia e vi um cartaz anunciando filhotes de boxer. Você quer um filhote, não quer?

— Quero — disse Trixie, ainda aos pulos, se contentando com o que viesse.

— Então vamos lá ver isso amanhã de tarde. Pego você na escola às três horas, está bem?

— Certo! — disse ela quase sem fôlego de tanto pular. — E como é que é um boxer?

— Não me diga que não sabe como é um boxer! Eles são marrons com focinho preto, mais ou menos desta altura. Você vai gostar de ter um.

— Oba!

— Espero que esta pulação toda tenha cansado você, porque está na hora de ir para a cama. Pode tirar a roupa.

Vic foi em direção à porta.

— Prepara o banho para mim!

— Você não tomou banho antes do jantar?

— Quero outro banho.

Ele ia protestar, mas desistiu.

— Está bem.

Atravessou o corredor até o banheiro e abriu a torneira da banheira para ela. Sua mania de banho nos últimos dias era inspirada pelo mergulhador de brinquedo que Vic lhe dera e que estava agora na extremidade da banheira. Jogou o mergulhador na água e pressionou a bombinha que o inflava e fazia flutuar. Era um homenzinho de vinte e cinco centímetros de altura vestindo uma roupa de borracha e capacete de mergulho, com um tubo saindo das costas. Vic observou o boneco agitando-se na superfície por uns dois minutos e, quando a água ficou funda o suficiente, esvaziou a bombinha e o homem obedientemente mergulhou, soltando bolhas pela cabeça até que os pés com pesos o fizeram ficar de pé no fundo. Vic sorriu, divertindo-se. Inflou de novo o boneco, que subiu, depois o esvaziou e afundou de novo. Era um brinquedo delicioso. Vic havia pensado muitas vezes que, se não fosse tão atraído por artes gráficas, ele teria se tornado inventor de brinquedos. Era a ocupação mais agradável que podia imaginar.

Trixie chegou, tirou o roupão de listas vermelhas e brancas e entrou confiante na banheira sem se dar ao trabalho de verificar a temperatura da água.

— Mademoiselle, o banho é todo seu — anunciou Vic, indo até a porta.

— Papai, quando Charley morreu na piscina, ele ficou de pé no fundo também?

— Não sei, querida, eu não estava lá.

— Claro que estava! — retrucou ela com as sobrancelhas louras se franzindo de repente.

— Mas eu não podia enxergar debaixo d'água — argumentou Vic.

— Você não empurrou Charley até o fundo da piscina com as pernas para baixo?

— Ora, eu... acho que nem *toquei* no sujeito! — disse Vic, meio brincando, meio sério.

— Claro que tocou! Janey diz que tocou, e Eddie e Duncan... e também Gracie e Petey e todo mundo que eu conheço.

— Deus do céu! Mesmo? Que coisa terrível!

Trixie deu uma risadinha.

— Você está me enrolando.

— Não, não estou enrolando você — disse Vic com seriedade, dando-se conta de que várias vezes tinha brincado com ela dessa maneira. — Mas como seus amiguinhos sabem disso?

— Ouviram falar.

— Por quem?

— Por suas mães e seus pais.

— Quem? Todos eles?

— Sim — respondeu Trixie, olhando para ele do jeito que olhava nas raras ocasiões em que contava mentiras, porque não acreditava no que estava dizendo e não achava que ele acreditaria nela também.

— Não acredito nisso — retrucou Vic. — *Alguns* deles. Então vocês, crianças, espalham histórias por aí.

Teve vontade de dizer que não deviam fazer isso, no entanto, sabia que Trixie não obedeceria e ele não queria parecer, para ela ou para si mesmo, amedrontado o suficiente para censurá-la por ficar passando a história adiante.

— Todos me pedem para contar como você fez — revelou Trixie.

Vic se debruçou e fechou a torneira, a água na altura dos ombros de Trixie.

— Mas eu não fiz isso, querida. Se tivesse feito me colocariam na cadeia. Não sabe disso? Não sabe que matar alguém é punido com a pena de morte?

Ele estava sussurrando, não só para impressioná-la, mas porque Melinda poderia ouvir do corredor, já que a torneira fora fechada.

Por um instante, Trixie o encarou com um ar sério e então desviou o olhar, de uma maneira típica de Melinda, na direção do mergulhador submerso. Não queria acreditar que ele não fizera aquilo. Naquela cabecinha loura não havia nenhum padrão moral, pelo menos não sobre um assunto tão grave quanto assassinato. Vic sabia que ela jamais ousaria furtar um pedaço de giz da escola, mas assassinato era outra coisa. Ela via ou ouvia falar disso todo dia nas histórias em quadrinhos, via na televisão na casa de Janey e era algo excitante e até heroico quando cometido pelos bons caubóis nos filmes de faroeste. Ela queria que ele fosse um herói, um mocinho, alguém que não tinha medo. Vic percebeu que acabara de perder muitos pontos na opinião dela.

Trixie ergueu a cabeça.

— Ainda acho que você afogou Charley. Simplesmente está me dizendo que não.

Na tarde seguinte, Vic e Trixie compraram um filhote de boxer macho por setenta e cinco dólares no canil que ficava na estrada de East Lyme. O filhote havia acabado de ter as orelhas aparadas e as duas estavam unidas por uma bandagem e um pedaço de esparadrapo no alto da cabeça. Seu nome de pedigree era Roger-of-the-Woods. Vic gostou muito do fato de Trixie ter escolhido Roger entre todos os outros filhotes por causa da expressão lúgubre na sua cabecinha simiesca e por causa do seu curativo. No canil, o cachorro tinha batido as orelhas contra algo duas vezes e ganido, e seu rosto pareceu mais triste do que nunca. Trixie voltou com o filhote em seus braços no carro, mais feliz do que Vic a tinha visto em qualquer Natal.

Melinda encarou o cachorro e teria feito um comentário desagradável se não tivesse visto o rosto tão alegre de Trixie. Vic pegou na cozinha uma caixa de papelão com uma profundidade de uns vinte e cinco centímetros que podia servir de cama e serrou uma porta para o filhote num dos lados. Então, forrou a caixa com duas colchas de bebê antigas de Trixie e colocou a caixa no quarto da menina.

Vic tinha comprado pacotes de biscoitos e cereal para o filhote, além de latas da comida recomendada pelo homem do canil. O filhote mostrou ter bom apetite e, depois de se alimentar naquela noite, abanou o rabo e sua expressão pareceu um pouco mais alegre. Também brincou com uma bolinha de borracha que Trixie ficou rolando no chão para ele.

— Esta casa está começando a ganhar alguma vida — comentou Vic com Melinda, mas não houve resposta.

# 18

Vic e Melinda foram a outro baile no clube em novembro, a Noite da Folha, que todo ano celebrava a chegada do outono em Little Wesley. Vic não queria ir quando o convite do clube chegou, mas sua atitude não durou mais do que quinze segundos. O certo era comparecer e ele tentava fazer o certo na comunidade. Sua reação negativa inicial ao convite fora causada por dois ou três fatores, pensou. Um deles era que sua relação com Melinda estava muito melhor na época do baile do Quatro de Julho e ele não queria contrastar o presente com o período mais feliz de quatro meses antes. Além disso, ele estava mergulhado no estudo de um manuscrito em italiano — na verdade, um dialeto siciliano — ao qual devotava todas as suas noites e do qual não queria ser desviado. Por fim, havia o problema de convencer Melinda a ir ao baile. Ela não queria ir, embora quisesse que ele fosse. Talvez quisesse bancar a esposa desgraçada, desanimada, que ficava em casa chorando. Acima de tudo, ela queria se mostrar — pelo não comparecimento — como inimiga do marido e não sua companheira. Mas, depois de um ou dois argumentos, ele a convenceu. O quarto empecilho, do qual não podia se queixar, era o fato de ter de apertar o smoking na cintura do paletó e da calça.

O grande salão de baile redondo do clube estava decorado com folhas de outono de todos os tipos e cores, os candelabros, ricamente cobertos de pinhas aqui e ali e, por entre as folhas marrom-avermelhadas e amareladas, insinuavam-se abóboras pequenas. Uma vez lá, iniciando sua costumeira ronda pelas laterais, Vic começou a se divertir. Em casa, sentiu que tinha perdido momentaneamente o autodomínio. Não sabia até que ponto podia acreditar no que Trixie havia lhe contado. Agora, achava muito interessante circular ou parar perto dos mesmos grupos de pessoas que havia visto em julho. Lá estava a Sra. Podnansky, mais calorosa e simpática do que nunca. Os MacPherson, com certeza sem mudança alguma: Mac com os olhos vermelhos de tanta bebida já às dez da noite, mas ia segurar bem o tranco a noite toda; quanto à esposa dele, se traiu alguma suspeita de Vic por cumprimentá-lo com olhar fixo, a sensação se desfez quando comentou que ele estava mais esbelto.

— Fez alguma dieta? — perguntou, admirada. — Você tem que me contar tudo.

Só para se divertir, Vic ficou com eles por um tempo falando de uma dieta que inventou na hora. Só hambúrguer e toranja. O hambúrguer podia variar, com cebola ou não. E nada mais.

— A ideia é ficar tão enjoado de hambúrguer e toranja que você acaba não comendo mais — disse Vic sorrindo. — É o que acaba acontecendo.

A Sra. MacPherson se mostrou muito interessada, mas Vic sabia muito bem que ela jamais perderia um centímetro sequer de sua robusta cintura. Se por acaso ela mencionasse a dieta a Melinda e esta não soubesse de nada, isso lhe seria bem típico porque, como todo mundo sabia, ela não ligava nem tinha a menor noção do que o marido fazia ou comia.

Todo mundo foi cordial e Vic achou que se comportou tão jovial como em julho. Convidou Mary Meller para dançar não apenas uma vez, mas duas. Dançou depois com Evelyn Cowan. Não convidou Melinda para dançar porque não queria dançar com ela. No entanto, estava preocupado em saber se ela estava se divertindo. Não queria vê-la infeliz. Notou que os Meller tiveram a bondade de conversar com ela um pouco e depois ela tinha dançado com um homem que Vic nunca havia visto. Achava que ela ficaria bem, embora a maioria dos seus amigos — incluindo os

MacPherson, ele viu — não estivesse sorrindo para ela naquela noite. Tomou um drinque com Horace no longo bar curvo num canto do salão e lhe contou sobre o manuscrito italiano que recebera. Era o diário de uma avó semianalfabeta que saíra da Sicília aos vinte e seis anos com o marido para os Estados Unidos. Vic estava pensando em corrigir o manuscrito o suficiente para torná-lo inteligível, editando-o para depois imprimi-lo. Cobria a presidência de Coolidge da maneira mais fantástica e o texto todo, que falava da criação de três meninos e duas meninas, era interpolado com comentários engraçadíssimos sobre política e heróis esportivos da época, como Primo Carnera. Um dos filhos da mulher tinha entrado para a polícia, outro voltou para a Itália e o terceiro se tornou cambista da loteria ilícita, uma das filhas fez faculdade e se casou, a outra casou e foi morar com o marido engenheiro na América do Sul. As impressões da mulher sobre a América do Sul a partir de sua casa em Carmine Street, Manhattan, eram engraçadas e horripilantes. Vic levou Horace às gargalhadas.

— Este não é um novo caminho para você? — perguntou Horace.

Foi então que Vic viu Melinda de pé com Ralph Gosden e o homem com quem havia dançado umas duas vezes aquela noite.

— Sim — respondeu Vic. — E já era tempo. A filha casada da América do Sul me mandou o manuscrito. Foi uma baita sorte. Disse que tinha lido sobre a Greenspur Press numa publicação sul-americana e ficou sabendo que eu publicava coisas em línguas além do inglês e disse que mandaria o diário da mãe caso eu tivesse interesse. Foi uma carta encantadora, ao mesmo tempo muito modesta e muito esperançosa. Estou pensando em publicar o livro bilíngue, em italiano e em inglês, como fiz com Xenofonte. Poucas pessoas entenderiam o dialeto.

— Como você consegue ler? Sabe italiano tão bem assim?

— Não, mas consigo ler razoavelmente bem com um dicionário de dialetos italianos que, por acaso, tenho em casa. Comprei em Nova York num sebo anos atrás, sabe Deus por quê, mas agora está sendo providencial. Consigo entender quase tudo. A caligrafia da mulher é muito boa, graças a Deus.

Horace sacudiu a cabeça.

— O homem dos mil instrumentos.

Ao olhar para Melinda, Vic cruzou o olhar com o homem troncudo com quem ela havia dançado e que naquele mesmo instante o encarava. Mesmo do outro lado do salão, Vic percebeu que o olhar do homem era ingenuamente curioso. Talvez Melinda o tivesse apontado para o homem. Ralph estava falando com ela, os braços cruzados diante do peito, o corpo esguio descrevendo um leve arco. A insubstancialidade em pessoa. O Sr. Gosden não olhava na sua direção. Vic acreditava que a maioria dos presentes não tinha dúvidas de que Ralph Gosden fora amante de Melinda. Então, Ralph riu. Comportava-se bravamente naquela noite. Então Vic viu o homem atarracado abrir os braços convidando Melinda para dançar e os dois se deslocaram com graciosidade para a pista. Ralph Gosden os observou, ou observou apenas Melinda, com seu velho sorriso presunçoso. Vic notou que Horace tinha acompanhado o olhar de Ralph e abaixado a cabeça para seu copo.

— Aquele é Ralph Gosden? — perguntou Horace.

— Sim, o querido velho Ralph.

Horace começou a falar sobre o cérebro lobotomizado de um epiléptico que chegara ao seu laboratório para análise e a irregularidade das lesões, porque durante a cirurgia, feita sob anestesia local, o paciente tinha se mexido. Horace se interessava por lesões cerebrais, cirurgia cerebral e doenças mentais, assim como Vic. Sempre fora o tema de discussão favorito dos dois. Ainda estavam falando sobre o relatório do caso de lobotomia frontal quando Melinda se aproximou com o homem com quem estava dançando.

— Vic, gostaria de lhe apresentar o Sr. Anthony Cameron. Sr. Cameron, meu marido.

— Muito prazer — disse o Sr. Cameron, depois de estender a mão grande.

— Muito prazer — respondeu Vic, apertando sua mão.

— E o Sr. Meller...

Horace e o Sr. Cameron também se cumprimentaram.

— O Sr. Cameron é empreiteiro. Veio aqui procurar um terreno para construir uma casa. Achei que gostariam de conversar com ele — explicou Melinda com um leve tom melodioso, o que revelava a Vic que essa não era a razão principal para lhes apresentar o Sr. Cameron.

O Sr. Cameron tinha olhos azul-claros inquisitivos cuja pequenez contrastava com o restante do corpo. Não era muito alto e sua cabeça parecia quadrada e imensa, como se fosse feita de algo que não os usuais carne e osso. Quando parava para ouvir alguém falar, sua boca ficava um pouco aberta. Horace estava falando sobre um pedaço de terra com um morro entre o norte de Little Wesley e a massa do meio da cidade. Acrescentou que o morro tinha uma vista para Bear Lake.

— Já dei uma olhada, mas não é alto o suficiente — disse o Sr. Cameron, sorrindo para Melinda, como se tivesse dito a palavra certa.

— Não existem muitas terras altas por aqui, a não ser que o senhor vá para as montanhas — ponderou Vic.

— Pode ser que a gente faça isso!

O Sr. Cameron esfregou as mãos robustas. Seu cabelo castanho-escuro ondulado parecia oleoso e com um aroma adocicado desagradável.

Então discutiram as possibilidades de pesca na região. O Sr. Cameron se gabou de ser um grande pescador e de sempre voltar para casa com um cesto cheio. Vic descobriu nunca ter ouvido falar numa mosca muito banal para pesca em riachos. Mesmo assim, o homem demonstrou sua técnica com um movimento completo dos braços. Horace começou a encará-lo com aversão.

— Posso lhe oferecer uma bebida? — perguntou Vic.

— Não, não, obrigado. Não bebo! — disse o Sr. Cameron com a voz alta e radiante do homem que adora o ar livre. Tinha dentes pequenos e regulares, um igualzinho ao outro. — Mas que bela festa estamos tendo, não acham? — Olhou para Melinda. — Quer dançar de novo?

— Adoraria — aceitou Melinda, erguendo os braços.

— Até logo, Sr. Van Allen, Sr. Meller — despediu-se Cameron ao partir dançando. — Foi um prazer conhecê-los.

— Até logo — disse Vic.

Trocou um olhar com Horace, mas ambos eram educados demais para sorrir ou fazer um comentário. Então, voltaram a conversar, falando sobre outra coisa.

Ralph Gosden não dançou com Melinda a noite inteira. Já o Sr. Cameron monopolizou a maioria das danças dela. Melinda ficou um tanto alta por volta das duas da manhã e começou a dançar meio que sozinha, agitando a longa echarpe em verde vivo que no início do baile vinha usando como estola. Seu vestido era de cetim cor-de-rosa, na verdade um vestido velho que ela escolhera naquela noite com uma espécie de ideia de martírio na cabeça e, com a echarpe verde, sugeria as cores de uma fina flor de maçã virginal, embora seu rosto acima do vestido não parecesse fino nem virginal. Vic achou que o cabelo dela tinha um encanto selvagem, raiado com mechas de louro mais claras por causa do sol do verão e agitando-se enquanto ela se movia. Aquilo atrairia um homem como Cameron, assim como o corpo flexível e forte dela e seu rosto, que tinha perdido muito da maquiagem e era agora apenas um rosto levemente embriagado, solto, irradiando felicidade. Vic reparou o desafio na sua dança, na echarpe em seus voos arrojados que duas vezes envolveu outro casal ao redor do pescoço. Era um desafio a todos no salão. Primeiro, ela quisera se mostrar à comunidade como uma mártir, mas não demorou a adotar um devaneio do tipo ao-diabo-com-tudo, igualmente determinada a mostrar a todos que estava se divertindo mais do que qualquer um. Vic suspirou, refletindo sobre as oscilações mentais de Melinda.

Na tarde seguinte, enquanto Vic estava na garagem limpando os aquários de lesmas, o Sr. Cameron apareceu em mangas de camisa.

— Ô de casa! — gritou ele, jovialmente.

Vic ficou um pouco espantado, pois não ouvira nenhum carro chegar.

— Estou aqui — respondeu Vic. — Acho que minha mulher ainda está dormindo.

— Ah. É que eu estava passando pela sua rua e sua mulher disse que sempre que eu estivesse pelas redondezas podia dar um pulinho em sua casa. Pois aqui estou!

Por um instante, Vic não soube o que dizer.

— O que você tem aí?

— Lesmas — respondeu Vic, imaginando se Melinda estaria acordada para livrá-lo de Cameron. — Um minuto. Vou ver se minha mulher já acordou.

Vic entrou em casa pela garagem. A porta do quarto de Melinda ainda estava fechada.

— Melinda? — chamou. Então bateu na porta com firmeza. Como não obteve resposta, abriu a porta. — Melinda.

Estava deitada de costas para ele. Ergueu-se devagar, virou-se e esticou o corpo num movimento animalesco.

— Tem um cavalheiro aqui à sua procura.

Ela ergueu a cabeça do travesseiro.

— Quem?

— O Sr. Cameron. É o nome dele, não? Gostaria que você cuidasse dele. Ou pedisse que entrasse. Ele está lá fora.

Melinda franziu a testa, pegando os chinelos.

— Por que você não o convida a entrar?

— Não *quero* convidá-lo a entrar — retrucou Vic, e Melinda o olhou, surpresa, mas despreocupada.

Vic foi até o Sr. Cameron, que exercitava os calcanhares no meio da entrada de carros assobiando.

— Minha mulher vai sair em um minuto. Não quer esperar na sala de estar?

— Não, não. Prefiro tomar um pouco de ar. É aqui que você mora? — perguntou, indicando com a cabeça a ala que se projetava da extremidade da garagem.

— É — respondeu Vic, forçando um sorriso. Voltou a limpar os aquários das lesmas. Um aspecto pouco atraente de cultivar lesmas era limpar sua sujeira das laterais do tanque de vidro com uma lâmina de barbear e ele detestou quando o Sr. Cameron se aproximou para observá-lo, ainda assobiando. Para surpresa de Vic, ele assobiava parte de um concerto de Mozart.

— Onde arranjou todos eles?

— Ah, a maioria nasceu aqui. Chocados.

— Como eles se reproduzem? Na água?

— Não, eles botam ovos. Na terra.

Vic estava lavando o interior de um tanque com um trapo, sabão e água. Com delicadeza, desgrudou uma lesma pequena que tinha rastejado até a parte do vidro que ele estava lavando e a colocou na terra dentro do tanque.

— Parece que são gostosos de comer — comentou o Sr. Cameron.

— Sim, são deliciosos.

— Me lembram Nova Orleans. Já esteve em Nova Orleans?

— Sim — afirmou Vic com firmeza. Começou a limpar outro tanque, primeiro descolando com a mão ou com a lâmina as lesmas de todos os tamanhos que dormiam nas laterais do vidro. Olhou para o Sr. Cameron. — Prefiro que não tire a tela, por favor. Elas escapam com muita facilidade.

O Sr. Cameron se empertigou e recolocou a tela da cobertura com um descuido que fez Vic estremecer, porque tinha a certeza de que um ou dois filhotes de lesma tinham sido esmagados. O Sr. Cameron nem devia tê-los visto. Seus olhos não focavam coisas tão pequenas. Ele se aproximava de Vic meio que sem rumo com seu sorriso afável quando Melinda abriu a porta do vestíbulo e o fez virar para ela.

— Olá, Tony! Boa tarde! Que bom você ter aparecido!

— Espero que vocês não se incomodem — retrucou, caminhando lentamente até ela. — Estava passeando de bicicleta por aí e pensei em dar uma passada.

— Entre, venha tomar algo! — convidou Melinda alegremente, abrindo bem a porta.

— Vou tomar uma cerveja, se tiver.

O Sr. Cameron ficou para o brunch por volta das quatro da tarde e para o jantar às nove, refeições que Vic preparou praticamente sozinho. Tomou nove latas de cerveja. Às seis horas, quando Vic voltou de seu quarto para pegar alguns cadernos do jornal de domingo, Cameron estava sentado com Melinda no sofá contando uma história sobre como tinha adquirido seu sobrenome.

— Qual é o seu verdadeiro sobrenome? — perguntou Melinda.

— Ah, é polonês. Você nem conseguiria pronunciar! — disse o Sr. Cameron com uma gargalhada.

Ele era como um toca-discos com o volume a toda. Vic se sentou por um tempo na sala com eles. Tinha colocado uma camisa limpa e calças recém-passadas, na esperança de que Cameron pensasse que eles tinham compromisso, mas o homem evidentemente considerou a troca de roupa uma deferência pessoal e um sinal de que sua visita estava apenas começando. O estranho é que Melinda parecia estar gostando daquilo, embora tivesse ficado um pouco alta tomando Bloody Mary o dia inteiro. O Sr. Cameron mudou o assunto, da descrição de um processo de dinamitar, com gestos violentos, para a enumeração das exigências que alguns clientes faziam, desde uma bela vista até proteção contra os ventos, mais um local para uma piscina e uma quadra de tênis e um gramado, tudo em um terreno de um hectare.

— Ah, eles me pedem de tudo, menos uma sepultura para quando morrerem! — completou ele, com uma risadinha. Era o arremate típico de suas histórias.

O Sr. Cameron estava se superando. Era como um menino tentando impressionar uma garota brandindo um canivete ou botando fogo num gato ensopado de querosene.

Vic ficou sentado com o queixo apoiado na mão, esperando.

Os Peterson trouxeram Trixie e o filhote de volta. A menina tinha passado a tarde inteira na casa deles, que se recusaram a entrar quando viram a visita.

— *Por favor*, entrem — implorou Vic, mas em vão.

Os Peterson eram tímidos. Então, Vic bateu a porta da frente com raiva e disse, na esperança de que Cameron resolvesse sair:

— Bem, acho que daqui a pouco é hora do jantar.

O Sr. Cameron não disse "Oba!", mas algo muito parecido.

Durante o que se poderia chamar a hora dos aperitivos, enquanto as batatas assavam e o maior pedaço de carne que Vic encontrara no freezer descongelava na bancada da cozinha, o Sr. Cameron de repente se levantou e anunciou que tinha uma surpresa para eles.

— Volto já, só vou pegar uma coisa na bicicleta!

— O que será que ele vai aprontar? — perguntou Vic, que voltava da cozinha.

— Não sei.

— Gostaria que você não risse tanto das histórias maçantes dele. Mas é um pouco tarde para pedir isso, não é?

— Talvez eu goste das histórias dele — retrucou Melinda numa voz desafiadoramente calma. — Acho o Sr. Cameron muito interessante e uma pessoa *realmente autêntica.*

Vic não conseguiu dizer nada porque o Sr. Cameron estava de volta com uma clarineta na mão.

— Aqui está — disse ele jogando ao chão o estojo de plástico opaco em que o instrumento obviamente estava. — Levo sempre comigo quando ando de bicicleta. Gosto de parar nos bosques e tocar um pouco. Você disse que tinha o Concerto para Clarineta de Mozart em Lá?

— Ah, sim. Vic, pegue para nós, por favor?

Vic foi até o armário dos discos e procurou. Tinham o disco havia anos. Era um setenta e oito rotações.

— Vamos tentar o segundo movimento! — disse o Sr. Cameron, levando o instrumento aos lábios e começando a soprar. Seus dedos pareciam pencas de bananas sobre as chaves de crômio.

Vic procurou o segundo movimento, encontrou e o colocou no toca-discos. O Sr. Cameron começou de imediato, tocando o tema com a orquestra, atacando as notas com força, mas precisão. Numa pausa, ele sorriu triunfalmente e olhou para Melinda.

— Não devia ter entrado tão cedo, mas gosto da música. Que tal?

Benny Goodman estava entrando, e o Sr. Cameron o acompanhou, apesar de tocar mais alto. Fechou os olhos pequeninos e gingou como um

Pan elefantino. Executou as sequências nas variações muito bem. Não houve um único erro. O problema é que não havia qualidade alguma.

— Achei você *maravilhoso*! — gritou Melinda.

O Sr. Cameron aproveitou um intervalo e sorriu para ela.

— Só tive três aulas na vida — revelou, e abocanhou de novo o instrumento.

Veio então o movimento lento do Terceiro Concerto de Brandenburgo, depois o Concerto para Piano nº vinte e três de Mozart e o segundo movimento da Quinta Sinfonia de Beethoven. Depois do Brandenburgo, Vic deixou a tarefa de achar os discos a cargo de Melinda porque precisava cozinhar a carne e preparar a salada. Durante o jantar, o Sr. Cameron falou dos prazeres de andar de bicicleta e como combinava profissão e prazer passeando de bicicleta na maioria dos seus trabalhos. Mostrou-se amistoso e aberto com Vic, olhando-o a todo momento, incluindo-o na sua plateia com uma condescendência que mostrava considerá-lo um mero companheiro doméstico de Melinda, um velho tio ou um irmão solteirão. Ainda estava atuando para Melinda.

Trixie estava sentada à mesa olhando para ele com certa perplexidade que Vic entendia. Tinha olhado para ele enquanto tocava a clarineta, sem fazer comentários e sem tentar falar com ele — o que, aliás, era praticamente impossível, porque o homem não fechava a boca por um segundo sequer. Decibéis de cordas vocais, gargalhadas ou da clarineta jorravam constantemente dele. Ele emanava ruído.

— Para mim, chega — murmurou Vic a Melinda depois do jantar, enquanto levavam os pratos para a cozinha. — Você pode lavar o resto dos pratos? Vou para o meu quarto, onde está silencioso.

— Por favor, vá — disse Melinda, ligeiramente confusa.

Vic foi à sala de estar para dar boa noite ao Sr. Cameron, que caminhava inquieto, com as mãos nos bolsos, conversando com o filhote de boxer, já que não havia ninguém mais para ouvi-lo.

— Boa noite, Sr. Cameron — disse Vic, com um leve sorriso. — Peço desculpas, mas tenho que trabalhar.

— Sim, claro — respondeu com simpatia. — Eu entendo. Poxa, foi um jantar e tanto. Adorei!

— Fico feliz que tenha gostado.

Vic mergulhou no diário da avó siciliana, consultando constantemente o dicionário de dialetos italianos, e assim conseguiu se abstrair do dueto de Melinda ao piano com o Sr. Cameron à clarineta enquanto lia. Porém, quando parava, o dueto se insinuava de novo. Melinda cometia erros e martelava as teclas do piano para corrigi-los. As gargalhadas do Sr. Cameron penetravam pela janela entreaberta de Vic.

# 19

Do nada, Melinda ficou interessada por questões de construção. Começou a passar seus dias com o Sr. Cameron, levando-o de carro aonde quer que ele quisesse ir e visitando seus amigos com ele, pedindo que o aconselhassem. À noite, durante o jantar, ela passara a falar o tempo todo: sobre elevação do solo, drenagem, vista e lençol freático de algum terreno a oeste de Little Wesley que o Sr. Cameron tinha selecionado para seu cliente. O cliente viria no sábado para dar uma olhada no terreno e Tony precisava ter uma descrição completa da natureza da propriedade para que ele lesse ao chegar.

— Você não acha os lençóis freáticos fascinantes? — perguntou Melinda. — Tony me explicou que dá para diferenciar um falso de um verdadeiro. Um tipo de morro do outro, quer dizer. Tem gente que acha que, quando existc uma ligeira elevação de terreno, existe também lençol freático debaixo dela.

Vic franziu a testa.

— Você quer dizer água? Ou suprimento de água? Existem lençóis freáticos por toda parte.

Melinda fechou a cara do outro lado da mesa.

— O que você quer dizer com existem lençóis freáticos por toda parte? Existem lençóis freáticos onde existe água!

— Pois bem, então existe água por toda parte — argumentou Vic. — A definição de lençol freático é o limite superior de terreno saturado por água. Todo tipo de terreno tem seu lençol freático. Há lençol freático no deserto do Saara, o problema é que ele está numa profundidade muito grande. Não sei o que Tony anda contando a você, mas é assim que são as coisas.

Melinda não falou nada por um tempo, um tempo muito longo. Quando falou, foi sobre a pedra branca que Tony estava tentando localizar.

— Diga a ele que procure nas imediações de Vermont — aconselhou Vic.

— É uma *boa* ideia! Existem belas pedras lá! Lembra que...

— Não é o mármore de Paros, mas talvez sirva — interrompeu Vic secamente, passando manteiga num rabanete.

E tinha também o sistema de drenagem. Tony teve uma ideia incrível para o sistema de drenagem através da propriedade que resultaria em um riacho artificial. Vic nunca entendeu muito bem de onde toda a água viria para início de conversa, mas não ficou impressionado com aquela ideia, que Melinda achava original porque Tony dissera a ela que era original.

— Os romanos já faziam isso dois mil anos atrás — alfinetou Vic. — Fizeram em Avignon.

— Onde fica Avignon, papai? — perguntou Trixie.

Então Vic percebeu que Trixie tinha perdido a aula dominical por causa do Sr. Cameron.

— Avignon fica no sul da França. Foi a residência dos papas, ah... uns quinhentos anos atrás, eu acho. Você precisa ir lá um dia. E tem uma música: "*Sur le pont d'Avignon / l'on y danse, l'on y danse / sur le pont d'Avignon, l'on y danse tout em rond.*

Vic fez com que ela cantasse junto e os dois continuaram enquanto serviam a sobremesa e Melinda franzia a testa como se a cantoria lhe desse dor de cabeça. Trixie nunca se cansava de algo assim e os dois cantaram e cantaram durante a lavagem da louça e Vic lhe ensinou também a segunda parte da música, até que Melinda explodiu.

— Pelo amor de Deus, Vic, *pare* com isso!

Quando Vic voltou a encontrar Horace, na manhã de sábado na loja de ferragens em Little Wesley, este puxou assunto sobre o Sr. Cameron. Estavam saindo da loja e caminhavam para seus carros no estacionamento ao lado do supermercado, quando Horace disse:

— Fiquei sabendo que Ferris vai comprar o terreno perto da casa dos Cowan.

Ferris era o ricaço nova-iorquino cliente de Cameron.

— É. Como você ficou sabendo?

— Phil me contou. Disse que Melinda passou por lá com o empreiteiro. Acho que o está ajudando, não?

— Isso ocupa o tempo dela — retrucou Vic depressa e com um tom desinteressado.

Horace assentiu e, se ia dizer algo mais sobre Melinda e Cameron, calou-se. Quando chegaram aos carros, ele disse:

— Mary e eu vamos arriscar um churrasco de costela amanhã à noite. Os MacPherson iam vir, mas tiveram de cancelar. Por que você e Melinda não vêm por volta das cinco?

Normalmente, Vic teria adorado ficar sentado no gramado dos Meller, vendo o sol se pôr, sorvendo o aroma de carvão das costelas assando. Agora a primeira coisa que lhe veio à mente foi que Melinda não estaria livre. Foi a primeira vez que se deu conta de que ela estava passando quase toda tarde, tinha passado metade daquela manhã e ainda estava em algum lugar com Tony Cameron.

— Obrigado, Horace. Posso confirmar depois? Em princípio, acho que iremos.

— Ótimo — respondeu Horace, sorrindo. — Espero que venham. Logo vai ser inverno. Nada de churrascos ao ar livre.

Vic foi para casa, com o banco traseiro cheio de mantimentos para o fim de semana — nos últimos tempos, Melinda não ia muito ao mercado — e um novo motivo para sua raiva. Ele havia saído do sério outro dia quando se zangou, ou melhor, quando se entregou a pensamentos enlouquecedores. Seus pensamentos giravam em torno de Tony e Melinda. O que seus amigos diriam sobre isso? Quando começariam a falar? Será que Cameron e Melinda já tinham iniciado um caso? Os dois tinham tempo e oportunidade para isso e o comportamento imutável de Cameron em relação a ele seria típico dele. Cameron, o paquiderme. Havia momentos em que Vic conseguia rir da situação. Cameron era tão descomplicado. Havia até algo ingênuo e inocente em seu rosto quadrado e algo muito juvenil e franco na maneira como ele achava normal andar com a mulher de outro homem por oito horas seguidas. Obviamente, Vic sabia que Melinda o incentivava com seu bordão usual "Sim, eu amo Vic, mas...". Não que ela necessariamente quisesse Cameron como amante — Vic achava impossível acreditar nisso —, mas queria que uma atmosfera romântica os cercasse quando estivessem juntos, queria a estrada aberta.

Melinda não estava em casa quando ele chegou e Trixie tinha ido ao cinema. Roger o recebeu na porta, sacudindo o rabo atarracado, e Vic o deixou sair para o gramado e o observou distraidamente enquanto o cachorro se agachava e fazia uma pocinha. Bem, pensou Vic, o Sr. Cameron só ficaria mais duas semanas. Seu trabalho na casa de Ferris terminaria no final de novembro, o próprio Cameron dissera isso.

Melinda chegou às seis e meia, com Cameron. Ele tinha adquirido um tom de pele rosado de queimadura do sol. Ao sorrir seu rosto parecia brilhar de alegria e satisfação.

— Trouxe minha cerveja desta vez! — anunciou Cameron, erguendo uma caixa de papelão com as latas.

— Ótimo! Beleza! — retrucou Vic no tom que teria usado com uma criança. E então se virou para Melinda: — Posso falar com você um minuto?

Ela entrou na cozinha com ele.

— Os Meller nos convidaram para um churrasco amanhã às cinco horas. Quer ir?

O rosto dela, corado da saída com Cameron, iluminou-se ainda mais.

— Claro! Adoraria!

— Certo. Vou avisar Horace — disse Vic, aliviado. Ele também sorriu.

— Posso levar Tony se quiser, não é?

Vic voltou até ela. Estava indo para o telefone.

— Não. Acho que não pode levar Tony.

— Por que não?

— Porque não acho que os Meller sejam chegados a ele.

— Ora, vejam só! — Melinda jogou a cabeça para trás. — Desde quando você decide de quem os Meller são chegados?

— Acontece que eu sei.

— Vou perguntar eu mesma a eles — disse Melinda, partindo para o telefone.

Vic a pegou pelo braço e a puxou de volta. Fechou as portas de vaivém atrás de si.

— Não, você não vai fazer isso. Os Meller não gostam dele, ponto final. Eles só convidaram nós dois.

— Vou levar Tony comigo, gostem eles ou não!

— Não acho que você vá fazer isso, Melinda — disse ele baixinho, embora ouvisse a voz tremer de raiva.

— Como você vai me impedir?

Vic fechou os lábios, envergonhado da própria raiva e desconcertado pela fúria abrupta de Melinda.

— Está bem. Deixemos para lá.

Melinda o observou por um instante e então, interpretando as palavras dele como uma concessão à sua vitória, o canto de sua boca subiu e ela passou por Vic ao sair da cozinha.

— Tony, você precisa de um abridor de latas? — perguntou ela. Vic então se deu conta de que ela havia pegado um enquanto falava com ele e que ainda o segurava.

Ele não foi ao churrasco dos Meller no dia seguinte. Deixara com Melinda a incumbência de aceitar o convite e não soube o que ela dissera aos Meller, mas no último minuto ele disse que não iria. Cameron chegou não de bicicleta, mas em sua caminhonete Plymouth café com leite, na qual levava a bicicleta quando viajava, supunha Vic. Cameron e Melinda fecharam a cara quando ele disse que não ia ao churrasco.

— Qual é o problema? — perguntou Cameron. Vestia um terno de verão bem passado e sapatos brancos para causar uma boa impressão nos Meller.

— Nenhum. Tenho algumas coisas a fazer. Podem ir vocês dois.

— O que os Meller vão pensar? — argumentou Melinda meio desnorteada.

— Não sei. Vocês vão ter de pagar para ver — disse Vic com um risinho afável.

A expressão do Sr. Cameron não mudou.

— Gostaria muito que mudasse de ideia.

Vic se afastou deles no gramado.

— Vão vocês dois. Divirtam-se e mandem lembranças aos Meller.

Vic reparou que Melinda remexia as chaves do carro entre os dedos. Foi para seu quarto.

Logo depois os dois carros partiram.

Vic lembrou a si mesmo que Cameron não tinha nada com Melinda — fisicamente falando. Acreditava mesmo nisso. Mas não ajudava. Sentado no quarto, tentando se recompor para que pudesse ler, quase se arrependeu de ter sido tão infantil recusando-se a ir à casa dos Meller. Ainda podia ir, pensou. Mas isso parecia ainda mais infantil. Não, não iria. Mas sabia que aquilo renderia outra conversa penosa e estranha com Horace.

Melinda só chegou à uma da manhã. Vic estava no seu quarto, lendo na cama, e não quis ir até a casa para vê-la. Não queria vê-la, de modo algum. Provavelmente estava bêbada. A hora em que voltou para casa, uma e dez, fez Vic pensar que andara bebendo com Cameron em algum bar na parte final da noite, porque todos os bares fecham pontualmente à uma hora.

Horace o visitou às 18h40 do dia seguinte, na gráfica. Vic previra que receberia uma visita do amigo e a expressão no rosto dele.

— O que houve com você ontem? — questionou Horace. — Ligamos para sua casa. Você não atendeu.

Vic corou de vergonha como que apanhado numa mentira grave. Ouvira o telefone tocar aquela noite e não o atendera.

— Dei uma caminhada depois que Melinda saiu. Não estava em casa.

— Uma pena, sentimos muito a sua falta.

— Sim, eu queria refletir sobre umas coisas. Achei que o Sr. Cameron podia dar conta da minha parte do churrasco.

— E como ele deu conta!

— Foi bom?

— Sim, foi legal. O Sr. Cameron nos brindou com sua clarineta.

— Sim, também já o ouvi tocar.

— Você não gosta dele, imagino. Nem eu.

Vic sentiu outra pontada de vergonha, mas manteve o rosto calmo e agradável.

— O que quer dizer?

— Posso ser sincero? Não gosto de Cameron e não gosto da maneira como ele cerca Melinda. E não gosto da maneira como você está assistindo de camarote de novo, à espera de que as coisas explodam.

— Ora, mas não é o que acontece sempre? — questionou Vic, sorrindo, mas se sentindo encurralado e constrangido.

— Você não estava lá ontem à noite. Melinda ficou muito bêbada e disse um monte de coisas, que achava que Cameron era uma resposta a suas preces, e Cameron agia como se...

Houve uma leve batida na porta.

— Entre — disse Vic.

Stephen Hines abriu a porta.

— Olá, Sr. Meller. Como vai o senhor?

— Vou bem e você?

— Tudo bem. Carlyle pegou a caminhonete — continuou Stephen para Vic. — Vai dar um pulo no correio amanhã de manhã para ver se o novo rolo de impressão chegou.

— Certo. Estamos sem pressa com isso — ponderou Vic mecanicamente, sabendo que levaria três semanas para que usassem o novo rolo nos poemas de Ryder. Vic tinha deixado um rolo com tinta enferrujar de propósito para obter um efeito de textura ao imprimir no papel com ele.

— Mais alguma coisa? — quis saber Stephen.

— Acho que não, Stephen.

— Então boa noite. Até amanhã.

— Boa noite — despediu-se Vic. Depois se virou para Horace. — A propósito, Xenofonte voltou da encadernação! Quer dar uma olhada num exemplar?

— Quero, Vic... mas acho que o que estamos conversando agora é mais importante, não acha?

— Continue, Horace.

— Bem... tenho a impressão de que Cameron está pensando em levar Melinda embora e ela parece que está disposta a partir com ele.

— Levar Melinda embora? — perguntou Vic com espanto, grande parte dele genuína.

— Seu próximo trabalho será no México e ele tem duas passagens de avião para a Cidade do México... pelo menos disse que tinha, e não acho que estivesse bêbado... apenas naquela sua falação usual. Mas Melinda falou em ir até os confins da terra com ele. Por que você não manda o Cameron para aquele lugar, Vic?

— É tudo novidade para mim. Não tinha ouvido falar nada disso.

— Mas devia ter ouvido. Você tem parte da culpa, Vic. Que esforço real fez para reatar com Melinda do jeito que desse depois do caso De Lisle?

A mente de Vic titubeou entre os dois sentidos da palavra “caso” antes que ele formulasse sua resposta.

— Eu tentei — disse simplesmente.

— Pelo que sei, você ainda fica em outra ala da casa — argumentou Horace, disfarçando o constrangimento com um tom agressivo. — Você é jovem, Vic. Trinta e seis anos, não? Melinda é ainda mais jovem. Que tipo de casamento *espera* ter com ela? Um dia vai acordar e descobrir que ela foi embora!

— Não quero controlar Melinda. Nunca quis. Ela é um ser humano livre.

Horace o encarou, intrigado.

— Você está desistindo? Porque acho que pode perder Melinda para Cameron.

Vic ficou em silêncio por vários segundos. Não estava pensando no que responder. Em parte, sentia-se constrangido com a conversa, com a vergonha pesando na língua, em parte tinha pânico de que Horace mudasse sua opinião a seu respeito, de certa forma gostasse menos dele.

— Está certo, Horace. Vou ter uma conversa com ela sobre o Sr. Cameron.

— Acho que vai ser preciso mais do que uma conversa. Ou você muda toda a sua atitude, ou então...

Vic sorriu.

— Você não está exagerando?

— Acho que não, Vic. — Horace acendeu um cigarro. — Por que você é tão indiferente? Qual é o propósito disso?

— Não sou indiferente. O que você acha de tomarmos alguma coisa no bar? — sugeriu Vic, começando a juntar as poucas coisas que queria levar para casa.

— Toda a sua atitude está errada, Vic. Se um dia foi correta, talvez isso tenha acontecido alguma vez, agora está errada.

— Essas são as palavras mais fortes que já ouvi saindo da sua boca, Horace.

— Refletem o que eu sinto.

Vic encarou o amigo e se sentiu um pouco balançado por aquela resposta sincera.

— Vamos tomar um drinque?

Horace sacudiu a cabeça.

— Vou andando. Não queria me exaltar, mas acho que estou feliz por ter colocado para fora. Talvez você leve esse a sério... Cameron, quer dizer. Boa noite, Vic. — Horace saiu e fechou a porta.

Uma sensação estranha, como medo, tomou conta de Vic assim que ficou sozinho. Acabou de juntar seus papéis, saiu da gráfica e trancou a porta atrás de si. O carro de Horace estava desaparecendo no final da pista. Vic entrou no próprio carro. Um arrepio gelado subiu por sua espinha até a nuca. Engoliu em seco e relaxou as mãos no volante. Sabia qual era o problema. Não havia se permitido pensar de verdade em Cameron exceto para achar que ele iria embora em apenas duas semanas. Não se permitira refletir sobre o problema criado por Cameron. E Horace havia assinalado aquilo. Era como se o amigo tivesse apontado para uma fogueira aos seus pés, uma fogueira que ele escolhera ignorar. (No entanto, ele se considerava no direito de ignorar se assim quisesse. Se havia uma fogueira aos seus pés, a única pessoa que se machucaria seria ele mesmo. O que o incomodava era que Horace o havia forçado por um momento a assumir uma atitude conformista, uma visão conformista das coisas.) Mas talvez Horace estivesse certo ao dizer que ele não tinha percebido alguns fatos importantes. Não havia, por exemplo, admitido para si mesmo que Melinda poderia gostar de verdade de Cameron e que Cameron poderia ser o tipo de Melinda. Aquela franqueza, aquela coisa primitiva que superava os próprios modos de Melinda! E aquela ingenuidade paquidérmica! Cameron era do tipo que a "levaria embora", esperaria pelo divórcio e depois se casaria com ela. E ele era o tipo de homem perfeito para ela. Aquilo foi uma revelação avassaladora para ele.

Trixie estava sozinha em casa quando o pai chegou. O filhote boxer veio galopando para recebê-lo, saltando no ar e abanando o rabo ao mesmo tempo num movimento que sempre lembrava a Vic uma truta saltitando.

— Sua mãe estava em casa quando você chegou?

— Não. Acho que ela saiu com Tony — respondeu Trixie, voltando a ler as tiras de quadrinhos do jornal.

Vic foi à cozinha e preparou um drinque. Ao levá-lo para a poltrona, reparou que havia uma caixa nova azul e branca de fumo de cachimbo Nelson Thirthy na mesinha ao lado. Devia ter chegado naquele dia e Melinda abrira o embrulho e a colocara ali. Devia ter encomendado duas semanas atrás, pensou Vic, num dos dias que passara com Cameron.

# 20

Brian Ryder chegou de trem a Wesley no sábado seguinte. Era um rapaz agradável e intenso com a energia e o físico de um jovem Tarzã. A primeira coisa que quis fazer foi perambular pela cidade, antes mesmo que ele e Vic tivessem a oportunidade de discutir seus poemas. A caminhada consumiu quase duas horas da tarde e ele voltou com o cabelo úmido e o rosto corado. Tinha encontrado Bear Lake e dado um mergulho no lago. A temperatura era de cinco graus centígrados e o lago ficava a mais de doze quilômetros de distância. Vic perguntou a ele como cobriu o percurso tão rápido.

— Dei uma corrida até lá. Gosto de correr. E na volta peguei carona com um sujeito. Ele disse que conhece você.

— É? Quem foi? — perguntou Vic.

— Chama-se Peterson.

— Ah, sim.

— Parece gostar muito de você.

Vic não respondeu. Melinda estava sentada no sofá na sala de estar colando fotografias no seu álbum. Não disse nada a Brian depois que Vic os apresentou, mas ficou olhando para ele com a mesma curiosidade escancarada que Trixie sempre demonstrava por um novo homem que Melinda trazia para casa. Brian olhou para ela com seu jeito ingênuo e direto, como se esperasse que contribuísse para a conversação ou se mostrasse amistosa antes que ele e Vic fossem trabalhar, mas ela não disse nada nem sorriu, mesmo quando Brian fez contato visual.

— Vamos até o meu quarto conversar? — convidou Vic. — Seu manuscrito está lá.

Naquela noite, Melinda trouxe Cameron para jantar. Ele disse com uma risadinha:

— Eu teria levado sua mulher para jantar fora, Vic, mas ela insistiu em voltar para você.

A grosseria inacreditável deixou Vic sem reação. Brian tinha ouvido. A partir de então, Vic notou que Brian passou grande parte da noite observando Cameron e Melinda com uma expressão especulativa e séria. Eles realmente deram um show. Cameron toda hora ia e voltava da cozinha, ajudando Melinda a arrumar a mesa como se morasse ali. Sua conversa foi sobre o que tinham feito naquela tarde, materiais de construção e o preço do cimento. Vic tentou conversar com Brian sobre poesia e poetas, mas a voz de Cameron se sobrepunha às deles. Vic manteve um leve sorriso no rosto para ocultar de Brian sua irritação. Ficou na dúvida se havia conseguido, pois Brian era um jovem muito observador.

— Melinda contou que vocês têm muito que conversar, por isso... pensei em sair com ela, talvez dançar no Barmaid — sugeriu Cameron, depois do jantar.

— Parece um bom programa — disse Vic em tom simpático. — Acho que o chope de lá é bom, não?

— E como é! — replicou Cameron, com um tapinha na barriga sólida e bem alimentada. Apesar de tudo o que bebia e comia, ele não era gordo. Tinha a massa bruta e sem cintura de um gorila.

Brian olhou para Melinda de alto a baixo quando ela saiu do seu quarto com scarpins de salto alto e uma jaqueta vermelha sobre o vestido. Caprichara mais do que de costume na maquiagem e o cabelo louro estava bem escovado.

— Não tenho hora para chegar — anunciou ela alegremente enquanto saía porta afora.

O gorila a seguiu, rindo expansivamente.

Vic começou a conversar intensamente com Brian para não lhe dar a oportunidade de fazer muitas perguntas, mas dava para ver no rosto dele as interrogações insistentes. Brian não se esqueceria de perguntar depois. Vic se arrependeu de não ter conversado com Melinda dias atrás. Horace tinha razão. Devia ter dito *algo* a ela. Mas teria feito alguma diferença? Fez alguma diferença quando ele falou sobre De Lisle?

— Sua mulher é *muito* atraente — comentou Brian devagar durante uma pausa na conversa.

— Você acha? — perguntou Vic, sorrindo.

E então se lembrou da surpresa de Brian, perguntando ao ver seu quarto atrás da garagem, como a pergunta impensada e brutal de uma criança:

— Você dorme aqui?

O questionamento tinha causado uma mágoa irracional em Vic. Ele não conseguia tirar aquilo da cabeça.

Os dois conversaram sobre livros e poetas até depois da meia-noite, quando Brian educadamente sugeriu que talvez Vic quisesse ir para a cama. Vic sabia que ele queria dar uma olhada na antologia de poetas alemães que lhe emprestara, por isso pediu licença para se recolher. Mas, em seu quarto, Vic ficou acordado lendo até Melinda chegar às duas horas. A luz de Brian ainda estava acesa. Vic torceu para que Brian não a visse bêbada. Não sabia se ela estava bêbada ou não. Apagou a luz do seu quarto às duas e meia. Pouco depois, bem baixinho, ouviu a risada arrastada, feliz e embriagada de Melinda através da janela entreaberta. Ficou imaginando o que Brian estaria falando com ela.

Na manhã seguinte, Melinda disse:

— Acho seu amiguinho terrivelmente simpático.

— Ele é um poeta terrivelmente bom.

Brian tinha saído para sua caminhada matinal. Voltaria provavelmente com penas de pássaros, como no dia anterior. Naquela manhã, quando deu uma olhada no quarto de Brian, Vic encontrou a cama feita e uma pena azul, um seixo, um cogumelo e uma folha seca dispostos numa fileira no meio da escrivaninha, como se Brian tivesse sentado ali e ponderado sobre eles.

— Ele disse que achou você muito atraente também — revelou Vic, sem saber por que se dera ao trabalho de repetir aquilo. A autoestima de Melinda já estava bastante alta.

— Já que estamos trocando mensagens, diga a ele que o considero o jovem mais atraente que vi desde que deixei o colégio.

Vic reprimiu um comentário que lhe veio à mente.

— Você vai se encontrar com Tony de tarde?

— Não, acho que vou ver Brian.

— Ele está ocupado.

— Não a tarde inteira. Ele me convidou para uma remada em Bear Lake.

— Ah, sim...

— Mas Tony vem de noite. Vamos ouvir alguns discos. Comprei cinco discos novos ontem em Wesley.

— Não quero ele aqui hoje à noite — disse Vic baixinho.

— Ah? — Melinda franziu as sobrancelhas. — E por que não?

— Porque quero conversar com Brian e não quero a música entrando pela janela, ainda que eu e Brian fiquemos no meu quarto.

— Entendi. E para onde quer que a gente vá?

— Não me importa para onde vão. — Ele acendeu um cigarro e olhou para o *The New York Times* dobrado na mesa lateral.

— E o que você vai fazer se eu trouxer Cameron?

— Vou pedir a ele que se retire.

— Esta casa não é tão minha quanto sua?

Havia tantas respostas plausíveis, mas ele não formulou nenhuma. Tragou o cigarro.

— Então? — disse ela, rolando os olhos.

Inútil achar que por causa de Brian ela pudesse se comportar melhor. Inútil. Era tudo inútil.

— Eu já disse: vou pedir a ele para ir embora se você o trouxer. E ele vai ter que ir embora.

— Se fizer isso, vou me divorciar de você.

Vic deu um leve sorriso.

— Você não acredita que estou falando sério, não é? Pois estou. Acho que estou pronta para aceitar aquela sua oferta de pensão. Lembra?

— Lembro, sim.

— Pois bem... quando quiser.

Ela estava de pé agora, as mãos nos quadris, o corpo esbelto relaxado, a cabeça abaixada como sempre acontecia quando brigava, como a cabeça de um animal em combate.

— E o que foi que provocou isso? — questionou Vic, sabendo muito bem qual era a causa. Sentiu o terror frio percorrer sua espinha de novo. Melinda não respondeu. — O Sr. Cameron?

— Ele é muito melhor do que você. Cameron e eu nos damos muito bem.

— Existe mais na vida do que se dar bem — argumentou Vic.

— Isso ajuda!

Os dois se encararam.

— Você acredita em mim, não? — disse Melinda. — Está certo, Vic. Eu quero o divórcio. Você me perguntou se eu queria, dois meses atrás. Lembra?

— Lembro.

— E então: a oferta ainda está de pé?

— Nunca deixo de honrar minha palavra.

— Posso dar início ao processo?

— É a praxe. Você pode me acusar de adultério.

Ela pegou um cigarro da mesa lateral e o acendeu com um ar de indiferença. Virou-se e foi para o quarto. Voltou logo depois.

— Quanto seria a pensão?

— Eu disse uma pensão generosa. Será generosa.

— Quanto?

Ele se obrigou a pensar.

— Quinze mil por ano? Você não vai ter de sustentar Trixie.

Podia vê-la calculando. Quinze mil por ano significava que ele não poderia imprimir tantos livros por ano, que teria de dispensar Stephen ou reduzir seu salário, com o que Stephen provavelmente concordaria. Por causa de um capricho dela, Stephen e sua família teriam de passar por dificuldades.

— Acho razoável — disse ela finalmente.

— E Cameron não é exatamente um pobretão.

— Ele é um homem maravilhoso, *de verdade* — retrucou ela, como se Vic tivesse dito algo depreciativo. — Bem, acho que estamos entendidos. Vou começar o que tiver de fazer na segunda-feira. — E, com um aceno de cabeça à guisa de conclusão, voltou para o quarto.

Brian chegou poucos minutos depois. Os dois foram ao quarto de Vic para continuar a seleção de sessenta poemas dos cento e vinte do manuscrito. Brian os tinha dividido em três pilhas: seus favoritos, seus vice-favoritos e o resto. Em sua maioria eram sobre a natureza, com conotações metafísicas e éticas, ou temas que lhes davam um sabor como o das odes e epodos de Horácio, embora Brian tivesse dito meio que se desculpando que nunca havia gostado de Horácio, sequer se lembrando de um único poema seu. Preferia Catulo. Havia alguns poemas de amor apaixonados, mais ou menos em êxtase, e poemas de amor não físico, mas tão requintados quanto os de Donne. Os poemas sobre a cidade de Nova York não eram tão sólidos quanto os demais, porém Vic o convenceu a incluir um ou dois no livro para dar variedade. Brian estava muito persuasivo naquela manhã, com um humor eufórico, e Vic mais de uma vez teve a sensação de que o outro não estava ouvindo o que ele dizia. Mas, quando Vic sugeriu uma cor de capa vermelho-marrom, Brian despertou e discordou. Ele queria azul-claro, um azul-claro específico. Tinha um pedacinho de uma casca de ovo de passarinho que havia encontrado naquela manhã que era da cor exata que desejava. Afirmou que as cores eram muito importantes para ele. Vic guardou o fragmento de casca de ovo com cuidado na gaveta de sua escrivaninha. Então, descreveu as vinhetas que havia reservado para o final de certos poemas — uma pena, folhas de relva, uma teia de aranha, o casulo de uma lagarta —, que Brian aprovou com entusiasmo. Vic já havia testado a impressão em offset de todos esses objetos e conseguido resultados esplêndidos.

Brian se levantou, inquieto, e perguntou:

— Melinda está em casa?

— Acho que está no quarto dela.

— Falei com ela para irmos remar esta tarde em Bear Lake.

Ainda não tinham acabado de escolher os poemas, mas Vic percebeu que a cabeça de Brian não estava mais focada nisso. Haveria tempo depois da remada e antes do jantar, imaginou.

— Vá em frente — disse Vic, de repente se sentindo fraco.

Brian foi.

Cameron chegou às sete horas e se instalou na sala de estar com a jovialidade sorridente de um homem que aguarda um bom jantar. Brian estava ajudando Melinda na cozinha. Ela preparava um leitãozinho que ele insistira em comprar ao vê-lo em um açougue em Wesley naquela tarde — era o que Vic se lembrava vagamente de ela contar. A tarde inteira parecia vaga a Vic. Não sabia como as horas haviam passado, não conseguia lembrar o que fizera, exceto que a certa altura precisara do martelo para algo e acertara o polegar esquerdo, que latejava quando ele o apertava contra o indicador. Viu-se conversando com Cameron, que falava sem parar, sem prestar atenção em nada do que ele dizia. Obrigou-se a focar por um momento no que Cameron dizia e ouviu:

— ...nunca fui um homem de cozinhar, você sabe. Ou você leva jeito para isso, ou nada feito!

Vic o desligou como um programa de rádio que não queria ouvir. O fato de Brian estar na cozinha o incomodava. Por que Brian não estava na sala conversando com ele sobre as coisas do seu interesse? Cameron teria de se calar também. Então lembrou que tinha dado um ultimato naquela manhã sobre a vinda de Cameron para o jantar e que Melinda prometera começar os procedimentos do divórcio na manhã de segunda-feira, o dia seguinte, e que aquele homem estava ali naquela noite, afinal, com um ar muito complacente. Melinda já o teria colocado a par dos procedimentos do divórcio?

Cameron se levantou com dificuldade do sofá e anunciou que ia dar uma olhada na cozinha.

Em poucos minutos ele voltou, sorrindo.

— Que tal, Vic, pegarmos umas trinta lesmas suas? Sei fazer um molho simples de manteiga e alho insuperável! Até uma criança consegue preparar e é tão gostoso quando em Nova Orleans! — Ele bateu as palmas das mãos e as esfregou. — Vai pegar os bichos ou quer que eu pegue? Melinda disse que eu devia perguntar primeiro.

— As lesmas não são para comer.

O rosto de Cameron desanimou um pouco.

— Ora, para que servem, então? Melinda disse...

— Não uso as lesmas para nada. Elas são inúteis — disse Vic, cuspindo as palavras com uma amargura particular.

Melinda veio da cozinha.

— Que mal tem pegar algumas lesmas? Brian quer comer algumas e Tony disse que pode preparar. Vamos ter um jantar de gala! — Ela fez um floreio com a colher, quase se jogou nos braços de Cameron, dando uns tapinhas em suas bochechas.

Vic olhou para Brian, que tinha seguido Melinda até a sala de estar.

— Acabei de dizer a Tony que as lesmas não são para comer.

— Vá lá e traga algumas, Tony — ordenou Melinda, que já estava à beira da embriaguez.

Tony fez que iria, mas parou, olhando para Vic.

— As lesmas não são para comer — repetiu Vic.

— Escuta... eu não disse que *queria* as lesmas — justificou-se Brian desajeitadamente, sem se dirigir a Melinda nem a Vic. — Quer dizer, *eu* não disse isso.

— Elas devem ser gostosas de tão bem alimentadas que são. Bife, cenouras e alface. Vá lá e traga algumas, Tony! — E Melinda quase caiu na porta de vaivém ao empurrá-la para ir à cozinha.

Tony o encarou como um animal estúpido, como um cachorro que não entendera bem o sinal, seu corpo atarracado pronto para se movimentar.

— E então, Vic? Você nem vai sentir falta de umas trinta.

Vic tinha fechado as mãos em punhos e sabia que Brian tinha notado, mas as manteve fechadas.

— Não dá para comer as lesmas imediatamente, vocês sabem — explicou, num tom suave, quase alegre. — É preciso deixá-las sem comer por dois dias para que fiquem limpas. Todas as minhas estão comendo. Imagino que saibam disso.

— Ah — disse Cameron, aprumando-se sobre os pés grandes. — É uma pena.

— Sim, é uma pena — disse Vic, olhando então para Brian.

Brian os observava, tenso, com as mãos atrás do corpo apoiadas no aparador da cristaleira, a camisa azul esticada no peito robusto e arredondado. Seus olhos exibiam uma expressão desconfiada e surpresa que Vic não tinha visto antes.

Vic olhou para Cameron, sorrindo.

— Lamento. Quem sabe da próxima vez eu me lembre de separar algumas lesmas para vocês e deixá-las sem comer por uns dois dias.

— Ótimo — comentou Cameron, inseguro. Esfregou as mãos de novo, sorriu e flexionou os ombros. Depois correu para a cozinha.

Brian sorriu.

— Não tive nenhuma intenção de começar uma encrenca em relação às lesmas. Foi ideia de Melinda. Eu disse que toparia se você tivesse o hábito de comê-las. No fundo, sabia que eram animais de estimação seus.

Vic teve a gentileza de não responder nada, pegou-o pelo braço e o levou à sala de estar. Mal tinham sentado quando Melinda gritou da cozinha:

— Brian!

Nunca tinham desfrutado uma refeição daquelas, nem mesmo num Natal. Melinda aparentemente tentara preparar tudo o que havia na cozinha: três tipos de legumes, batata-doce e purê de batata, três tipos de sobremesa no aparador, duas dúzias de pãezinhos cercando o leitãozinho no centro da mesa, deitado de forma precária em duas travessas de biscoito rasas e uma grande assadeira para que o molho não respingasse na toalha de mesa, embora houvesse um vazamento em cada extremidade porque o peso da assadeira inclinava as formas de biscoitos. Vic achou o leitão sorridente muito perturbador e a superabundância de comida repugnante, mas os dois convidados e Trixie, que havia chegado de algum lugar às sete e meia, encararam aquilo como um grande piquenique e se divertiram ruidosamente. À mesa, Vic percebeu o que o incomodava em Brian: o rapaz sendo um pouco abusado com Melinda assim como Cameron. Vic sabia que Brian a achava atraente, mas o jeito como sorria para ela, como a ajudava a tirar o avental, sugeria que, consciente ou inconscientemente, havia pegado a deixa de Cameron de que Melinda era presa fácil para qualquer um e decidira garantir o seu quinhão. Deu-se conta também de que Brian tomara por referência a tolerância dele em relação a Cameron e sentiu, definitivamente, que havia perdido o moral junto a Brian Ryder. Imaginou, a partir da discussão sobre as lesmas naquela noite de domingo, que Brian o tratava com menos respeito.

A noite se arrastou de forma patética. Melinda ficou bêbada demais para sair com Cameron, que a tinha convidado, e ficou sentada no sofá resmungando piadas, tagarelando as baboseiras de uma bêbada, às quais Brian dava ouvidos — por educação ou curiosidade, Vic não sabia — obrigando-se a rir de vez em quando. Cameron estava empoleirado na poltrona de Vic, jogando-se à frente com uma lata de cerveja na mão, em alguma névoa de beatitude banal que o deixava imune ao tédio ou às sensações de simples fadiga que pudessem levá-lo a dizer boa noite. Havia longos silêncios. Pela primeira vez em meses, Vic virou cinco drinques fortes. A sordidez da cena o afetou tanto quanto qualquer dor mental que já tivesse experimentado. No entanto, não conseguia convidar Brian ao seu quarto, o que teria parecido uma derrota total. Vic tinha feito um esforço monumental para conversar com Cameron sobre pedras de construção, lençóis freáticos e seu próximo trabalho no México, mas os pequeninos olhos azul-claros, avermelhados pela bebida, eram atraídos invariavelmente para Melinda no sofá e de repente sua voz começou a ratear. Cameron ficou até as 2h20. Brian, que estava recostado na outra extremidade do sofá, distante de Melinda, sonhando acordado, ou meditando, ou saboreando, ou seja lá o que os poetas fazem, levantou-se logo em seguida a Cameron e deu a Vic um boa noite surpreendentemente cordial.

Consultando o relógio, Brian disse não ter percebido que era tão tarde e que deveria ter se despedido mais cedo.

— Ainda temos algumas coisas a resolver antes que eu pegue meu trem às onze, não, Sr. Van Allen?

— Acho que sim... algumas coisinhas.

— Então vou abrir mão da minha caminhada amanhã para que tenhamos um tempo. — Ele fez uma mesura, meio inibido. — Boa noite, Melinda. Foi um banquete inesquecível. Foi muito gentil você se dar todo esse trabalho. Obrigado.

— A ideia foi sua — retrucou Melinda. — O seu porquinho.

Brian riu.

— Boa noite, senhor — disse para Vic e seguiu para seu quarto.

O "senhor", o "Sr. Van Allen" e o "Melinda" dançaram na cabeça de Vic estupidamente por alguns segundos. E então ele disse:

— Uma noite deliciosa.

— Não foi mesmo? Você deve ter gostado. Foi quieta.

— Sim. O que aconteceu com os novos discos?

Um lampejo de lembrança surgiu nos olhos vidrados de Melinda.

— Esqueci. Que droga — disparou antes de começar a se levantar.

Vic deixou que atravessasse metade da sala antes de tentar detê-la, segurando-a delicadamente pelo braço acima do cotovelo.

— Espere até amanhã. Brian não vai conseguir dormir.

— Me larga!

Ele a soltou. Melinda ficou rodando no meio da sala, olhando para ele desafiadoramente.

— Fiquei surpreso de não ouvir nada do Cameron esta noite — disse Vic. — Não acha que ele deveria declarar suas intenções?

— Pedi a ele que não fizesse isso.

— Ah. — Vic acendeu um cigarro.

— Tudo está resolvido, tudo está bem. E *eu estou* ótima.

— Você está bêbada.

— Tony não se importa que eu fique bêbada. Tony entende por que eu bebo. Ele *me* entende.

— Tony é um homem maravilhosamente compreensivo.

— Sim, ele é. E nós vamos ser muito, muito felizes juntos.

— Parabéns.

— E Tony já tem duas passagens para... — Ela fez uma pausa para pensar. — A Cidade do México! Seu próximo trabalho vai ser lá.

— Ah. E você vai com ele.

— É tudo o que você consegue dizer: "Ah."

Ela girou nos calcanhares como costumava fazer quando estava bêbada e eufórica e perdeu o equilíbrio, mas Vic a apanhou. Soltou-a imediatamente.

— Não tenho palavras para dizer como esta noite foi um prazer para mim também — caçoou Vic, fazendo uma pequena mesura, imitando Brian. — Boa noite.

— Boa noite — repetiu Melinda.

# 12H

Às dez e meia da manhã seguinte, Vic, Brian, Trixie e o filhote estavam a caminho de Wesley no carro de Vic para que o poeta pegasse o trem das onze horas. A escola de Trixie estava participando de um concurso de corais com outras escolas de Massachusetts, por isso a menina só precisava estar lá às 10h45 a fim de pegar um ônibus que levaria o coral da Highland School até Ballinger. O coral de Trixie era um de cinquenta integrantes que apresentaria "O cisne" na competição. Vic tivera tempo para ouvi-la aquela manhã praticando mais uma vez, apesar de ela ficar sem paciência no meio do ensaio e parar. Sua voz era aguda e precisa, embora um pouco oscilante nas notas mais altas. Vic a deixou no portão da escola e prometeu estar em Ballinger ao meio-dia em ponto para ouvir sua apresentação.

— Melinda não vai? — quis saber Brian.

— Não, acho que não vai.

Melinda não tinha o menor interesse no coral de Trixie. Ainda estava dormindo quando eles saíram de casa, por isso ele não teve a oportunidade de se despedir dela.

— Ela é uma mulher das *mais notáveis* — comentou Brian, pronunciando as palavras lenta e firmemente —, mas não acho que conheça a própria mente.

— Não?

— Não. E é uma pena. Ela tem tanta vitalidade.

Vic não soube o que responder. Não sabia o que Brian pensava sobre Melinda e não estava interessado em saber. Estava muito nervoso e irritadiço naquela manhã, o tipo de nervosismo provocado pelo medo de estar atrasado para algo, e consultava o relógio a todo momento para ver se chegariam a Wesley com uma boa sobra de tempo.

— *Sem dúvidas*, me diverti aqui — continuou Brian. — E quero agradecer a você por se empenhar tanto com relação ao... ao formato. Não existe outro editor no mundo tão dedicado quanto você.

— Eu gosto disso — retrucou Vic.

Na estação, tiveram uns cinco minutos antes de o trem de Brian chegar. Ele tirou um pedaço de papel do bolso.

— Escrevi um poema ontem à noite. Escrevi no embalo em cerca de cinco minutos, por isso talvez não seja dos meus melhores, mas gostaria que você visse.

E estendeu o papel abruptamente para Vic, que leu:

O que foi feito não pode ser desfeito.
O esforço derradeiro antes do ultimato.
O gesto positivo e exuberante.
E o amor perdido como uma flor flutuando
Regato abaixo para ser sorvido
Rápido demais para que a mão o recapture
Não posso fazer o regato correr para trás
E lá vou com ele, flutuando,
Logo atrás da flor fugidia...

Vic sorriu.

— Para cinco minutos, não está nada mau — comentou, estendendo o braço para devolver o papel a Brian.

— Não, por favor, fique com ele, tenho uma cópia. Achei que você poderia mostrar para Melinda.

Vic assentiu.

— Está bem.

Sabia que Brian ia dizer isso. Sabia desde o primeiro verso que o poema fora inspirado em Melinda e que a objetividade do poeta em relação ao próprio trabalho permitira a Brian não só lhe mostrar o poema como também pedir que o entregasse.

Nos minutos restantes, caminharam devagar para cima e para baixo na plataforma da estação, Vic de olho na pequena mala de Brian porque este não prestava atenção nela. Ele aprumava o corpo ao caminhar, as mãos nos bolsos, olhando a distância por toda parte com o otimismo juvenil curioso, aleatório, confiante assim como olhara ao chegar a Little Wesley, lembrou Vic. Perguntou-se se Brian chegara a refletir sobre o significado de Cameron na sua vida e na de Melinda ou se o seu encontro com Melinda dera conta disso, como nas breves paixonites que Goethe tantas vezes sentira por arrumadeiras, garçonetes e cozinheiras, que sempre haviam parecido a Vic como *infra dignitatem* e de certa forma ridículas, apesar de terem valido a Goethe um poema ou dois. A biologia era realmente o maior milagre da existência. Que aquele jovem dedicado com um coração transparente como vidro tivesse, pelo menos por algumas horas, caído sob o encanto de Melinda. Alegrou-se com o fato de que Brian não ia ficar! Tanto que até sorriu.

O trem se aproximou.

Brian tirou a mão do bolso bruscamente.

— Queria dar isto a você.

— O quê? — retrucou Vic sem ver nada no punho ossudo do rapaz.

— É algo que pertenceu a meu pai. Tenho três pares delas. Eu as valorizo muito, mas pretendia, se gostasse de você, de lhe dar um par. Espero que as aceite, gosto realmente de você e você é a primeira pessoa a publicar... a publicar meu primeiro livro.

Parou como se tivesse se engasgado. Seu punho ainda estava estendido.

Vic estendeu a mão e Brian colocou nela algo embrulhado num pedaço amassado de papel de seda. Vic abriu e viu duas abotoaduras de jaspe vermelho engastadas em ouro.

— Meu pai sempre me incentivou a escrever poesia. Não lhe contei muito dele. Morreu de tuberculose de garganta. Por isso se esforçou tanto em me empurrar para a vida ao ar livre. — Brian olhou para o trem, que estava parando. — Você vai aceitá-las, não vai?

Vic começou a protestar, mas achou que Brian ficaria ofendido.

— Sim, vou aceitá-las. Obrigado, Brian. Eu me sinto muito honrado.

Brian sorriu e assentiu, sem saber o que dizer. Subiu os degraus do trem com a mala e parou para se despedir de Vic com um aceno, sem palavras, como se quilômetros de distância os separassem.

— Mando as provas assim que ficarem prontas! — gritou Vic.

Ele colocou as abotoaduras no bolso do paletó e voltou para o carro, imaginando se Melinda já teria levantado e se teria um encontro marcado com Cameron em Ballinger ou se daria entrada na ação de divórcio. Melinda não chegaria a ir a um escritório de advocacia com Cameron, provavelmente o faria esperar do lado de fora. Vic a conhecia bem. Acordaria de ressaca, cheia de energia nervosa, arrependida e destrutiva e agitaria as coisas. Vic conseguia imaginar a cara do advogado com quem ela falaria em Ballinger ou onde quer que fosse. Seria perto — ela podia até escolher Wesley depois de uma visita encorajadora aos Wilson — e o advogado sem dúvida conheceria Victor Van Allen, o corno número um de Wesley. Vic ergueu a cabeça e começou a cantarolar. Por algum motivo, cantarolou "My Old Kentucky Home".

Enquanto atravessava de carro a área principal de Wesley, procurou por Don e June Wilson. Viu Cameron. Ele estava saindo de uma tabacaria, gritando e sorrindo para alguém e enfiando algo no bolso da calça. Vic o viu quando estava meia quadra à sua frente do lado direito da rua e, sem saber muito bem o que estava fazendo, parou o carro bem no meio do quarteirão, onde Cameron ia atravessar.

— Ei, olá! — gritou Vic alegremente. — Quer uma carona?

— Ei! alô! — Cameron sorriu. — Não, meu carro está do outro lado da rua.

Vic deu uma olhada. Melinda não estava no carro.

— Se tiver alguns minutos, entre e vamos conversar um pouco — convidou Vic.

O sorriso de Cameron de repente se desfez e então, como se achasse que deveria encarar a situação como homem, ele apertou o cinto um furo, sorriu e disse:

— Claro. — E então entrou no carro de Vic.

— Dia bonito, não? — comentou Vic cordialmente, dando a partida no carro.

— Maravilha, maravilha.

— Como vai o trabalho?

— Uma beleza. O Sr. Ferris não está muito satisfeito com o ritmo, mas... — Cameron sorriu e pousou as mãos nos joelhos.

— Imagino que esteja acostumado a isso com seus clientes.

A conversa seguiu assim por mais algumas perguntas e respostas. Era o tipo de conversa que Cameron adorava — seu único tipo, supunha Vic. Tinha decidido não mencionar Melinda, nem mesmo do jeito mais casual. Decidira levar o Sr. Cameron à pedreira. Isso lhe veio à cabeça imediatamente, pouco depois de dizer "Se tiver alguns minutos...". Havia tempo de sobra, muito tempo ainda para estar em Ballinger na hora da apresentação de Trixie com o seu coral. De repente, Vic ficou calmo e controlado.

Falaram sobre o crescimento de Wesley nos últimos anos. O aspecto idiota da conversa é que a cidade não havia crescido nos últimos anos.

— Aonde estamos indo? — questionou Cameron.

— Pensei em levar você àquela pedreira de que falei ontem à noite. A velha pedreira de East Lyme... que não fica muito longe. Só a dois minutos daqui.

— Ah, sim. A que você disse que estava abandonada?

— Essa. O dono morreu e ninguém mais apareceu até que o maquinário enferrujasse. É impressionante. Um bom empreendedor ainda poderia fazer algo com aquilo se tiver dinheiro para comprá-la. Não há nada de errado com a pedra daqui. — Vic nunca soara tão calmo.

Saiu da estrada de East Lyme para uma estrada de terra e então para um local imperceptível até chegar nele, uma estradinha de mão única cheia de sulcos tomada pelo mato com pequenas árvores e arbustos que Vic sentia roçarem nas laterais do carro.

— Este é um lugar onde você não vai querer encontrar ninguém pela frente — disse Vic, e Cameron riu como se aquilo fosse engraçadíssimo. — Ontem à noite foi incrível. Você precisa nos visitar de novo logo.

— Vocês são as pessoas mais hospitaleiras que já conheci — elogiou Cameron, sacudindo a cabeça e rindo com uma descontração vulgar.

— Chegamos — anunciou Vic. — Tem que descer do carro para ver melhor.

Vic tinha parado o carro numa pequena área entre o limite das árvores e o abismo da pedreira. Desembarcaram e Roger saltitou para fora com eles. A pedreira se espraiava à sua frente, uma escavação impressionante de quatrocentos metros de extensão por duzentos de profundidade. Na parte mais funda havia um lago. Era mais raso à esquerda deles, onde fragmentos de rocha tinham deslizado pelo paredão de pedra quase branca até a água, e fundo à direita, onde as escavações caprichadas dos engenheiros tinham removido a rocha calcária em blocos de ângulos retos, como degraus gigantescos, e onde a água batia só alguns metros acima de alguns blocos e ficava preta de tão profunda um pouco adiante. Aqui e ali no perímetro da pedreira erguiam-se guindastes rígidos e enferrujados em vários ângulos, como se os operadores tivessem simplesmente parado um dia no fim do expediente e não houvessem voltado mais.

— Pu-u-xa! — exclamou Cameron, colocando as mãos nos quadris e inspecionando a vista. — É colossal! Não tinha ideia de que era tão grande.

— É — disse Vic, indo um pouco para a direita, mais próximo da beirada. O filhotinho o seguiu. — Ainda tem muita pedra aí, não acha?

— Parece que sim! — O próprio Cameron estava se aproximando da beirada também.

O local onde estavam parados era onde Vic, Melinda e Trixie faziam piquenique. Vic contou isso a Cameron, mas omitiu que deixaram de ir porque era muito estressante vigiar para que Trixie não se aproximasse demais da beirada.

— Também tem um bom lugar para nadar lá embaixo. Dá para descer até a água por uma trilha. — Vic afastou-se da beirada.

— Aposto que Ferris ia gostar dessa cor — comentou Cameron. — Ele está reclamando que a pedra que temos é branca demais.

Vic pegou uma pedra recortada quase branca do tamanho de sua cabeça como se fosse examiná-la. Então, levou os braços para trás e a jogou, mirando a cabeça de Cameron, na hora em que o outro se virava para ele.

Cameron teve tempo de se esquivar, e a pedra passou pelo topo de sua cabeça, mas o movimento o fez tropeçar para trás, um pouco mais próximo da beirada. Ele fuzilou Vic com o olhar como um touro atordoado, e Vic — no que lhe pareceu levar um minuto inteiro — pegou outra pedra com o dobro do tamanho e, correndo com ela um ou dois passos, a arremessou contra Cameron. A pedra atingiu Cameron nas coxas e houve um rápido adejar de braços, um berro metade gemido, metade rugido, cujo volume mudou à medida que o homem despencava. Vic chegou à beirada a tempo de vê-lo se chocar contra o paredão muito perto da parte inferior do penhasco e rolar silenciosamente para a chapa rochosa. Não houve nenhum som, a não ser o rolar de pedrinhas que acompanhavam o rastro de Cameron. O filhotinho deu um ganido empolgado e Vic se virou para olhá-lo, as patas dianteiras abaixadas e o traseiro empinado, pronto para brincar.

Vic olhou ao redor da beirada da pedreira, para toda a orla do bosque e para a parte rasa do lago, onde às vezes vira dois garotos ou um andarilho. Não havia ninguém nas redondezas. Foi até o carro pegar uma corda. Achava que havia uma corda no porta-malas.

Não havia, então ele lembrou que muitos meses atrás a corda fora usada para algo a pedido de Trixie. Ficou em dúvida entre uma bobina de fio grosso e uma de suas correntes de neve, mas escolheu uma corrente de neve.

Apressou-se ao longo da beirada da pedreira na direção da trilha que conhecia. Era um caminho íngreme e às vezes ele escorregava um metro para baixo quase na vertical, agarrando-se a um arbusto para desacelerar, mas não estava com pressa, e achou tempo até para dar uma olhada e ver se Roger estava bem. Uma vez Roger hesitou e choramingou num local muito tortuoso, mas Vic estendeu a mão para trás e pegou o filhote por baixo do peito e o levou junto.

Cameron estava deitado de costas com um braço sobre a cabeça numa posição que poderia ter assumido enquanto dormia. O rosto grande e quadrado estava escurecido pelo sangue e havia várias manchas de sangue na camisa sob o paletó de tweed desabotoado. Vic procurou uma pedra adequada. Havia uma infinidade de pedras à sua escolha. Pegou uma que parecia uma cabeça de cavalo achatada e carregou-a até a beirada da laje calcária onde Cameron jazia. Seriam necessárias várias pedras, pensou Vic, então pegou mais quatro achatadas. Arrastou o corpo de Cameron com cuidado, para evitar manchas de sangue, até a borda da laje, onde a água batia. Roger pinoteava ao redor de Cameron, farejando as manchas de sangue e latindo como se o homem fosse levantar e brincar com ele. Vic, automaticamente, estalou os dedos e o mandou embora.

Vic estendeu a corrente na laje e rolou o corpo de Cameron sobre ela. Então, numa inspiração súbita, desafivelou o cinto de crocodilo de Cameron, abriu a calça e enfiou uma pedra dentro. Depois, fechou-a de novo, apertou o cinto e abotoou o paletó. Colocou duas das pedras mais pesadas sobre as costelas de Cameron e puxou as duas extremidades da corrente sobre elas. A corrente era uma espécie de correia flexível de trinta centímetros de largura com encaixes que permitiam um enlace firme, com um prendedor do tipo de guia de cachorro. Apertou ao máximo a corrente em torno das pedras e enganchou suas pontas obliquamente. Deu uma olhada na água e achou o local mais escuro num canto da plataforma na qual estava. Rolou o corpo pesado para o lago. Teve a consciência dolorosa das laterais cortantes das pedras penetrando na espinha de Cameron e pareceu-lhe que ele retraiu as costas ao contato com as pedras.

Cameron afundou com um som oco e borbulhante na água preta-esverdeada e, pelo canto do olho esquerdo, ao observar o lugar onde o corpo sumira — embora dois segundos depois nada mais se visse senão uma erupção de bolhas —, Vic percebeu um pálido degrau de calcário um metro abaixo da água, colado à face da rocha onde ele se achava. Parecia a longa e severa linha frontal de um túmulo. Sabe-se lá que tipo de degraus gigantescos haviam sido cortados água abaixo. O lugar onde jogara Cameron tinha uns quinze metros de profundidade — alguém disse isso certa vez quando Vic estivera ali com Melinda e Trixie. Mas, diretamente abaixo, ele viu assim que a água aquietou outro degrau — uma lousa fantasmagórica de necrotério — uns cinco ou seis metros abaixo. Não viu nada nela e torceu para que Cameron tivesse afundado.

Roger latia alegremente. Deslizou as patas dianteiras até a borda, enfiou o focinho na água e recuou, sacudindo a cabeça e abanando o rabo. Olhou para Vic sorrindo até onde um boxer é capaz de sorrir e abanando o toco do rabo como quem diz "Muito bem!".

Vic se abaixou e lavou as mãos na água. Voltou ao local onde Cameron tinha caído, viu sangue nas pedras e começou a esfregar as solas do sapato nas manchas, arrastando pequenos seixos e poeira calcária sobre elas até que não fossem mais visíveis do alto do penhasco. No entanto, achou mais importante àquela altura prosseguir com seu itinerário do que apagar seus rastros, por isso assobiou para Roger e os dois pegaram a trilha de volta.

Ao chegar ao carro, Vic limpou cuidadosamente os sapatos de qualquer sinal de poeira, examinou-os em busca de arranhões ou manchas de sangue e verificou as laterais do automóvel. O carro tinha atravessado muitas estradas de terra com matagal nos meses de verão de densa folhagem, por isso era natural que os para-lamas e as laterais exibissem arranhões — caso alguém analisasse o carro atrás de arranhões. Não havia nenhum arranhão dessa ida à pedreira com Cameron.

— Pra dentro, Roger! — ordenou, e o filhote, que adorava carros, embarcou obediente no banco da frente e ficou de pé olhando pela janela aberta. Vic voltou devagar pela estrada estreita, buzinando nas curvas mais fechadas, para o caso de outro veículo estar se aproximando, mas nenhum veio e ele não teria se alarmado se tivesse vindo. Provavelmente teria sido alguém que ele conhecia pelo menos de vista e ambos teriam se oferecido educadamente para dar a ré e deixar que o outro passasse, Vic acabaria retrocedendo e teria sorrido, deixado o outro passar e seguido em frente.

Vic seguiu para Ballinger, para o prédio quadrado coberto de hera da escola onde havia meia dúzia de ônibus escolares estacionados ao lado da entrada de carros de cascalho. Os pais ainda estavam chegando de carro ou a pé, mas apressados, como se estivessem atrasados. Era cinco para o meio-dia. Vic estacionou atrás de um dos ônibus e entrou pela porta lateral do edifício por onde outros pais estavam entrando, mostrando o cartão branco que Trixie lhe dera quase uma semana atrás, válido para duas pessoas.

— Oi, Vic!

Vic se virou e viu Charles Peterson e a esposa.

— Olá! Janey vai cantar?

— Não, ela pegou coqueluche — explicou Charles. — Viemos para ver algumas amigas dela que vão cantar e contar a ela como foi.

— Janey está mal por não poder cantar hoje — disse Katherine Peterson. — Espero que Trixie não pegue coqueluche. Ela passou duas tardes com Janey nos últimos cinco dias.

— Trixie já teve coqueluche — tranquilizou Vic. — Vocês já experimentaram o Elixir de Adamson? Tem gosto de xarope de framboesa, Janey vai adorar.

— Não experimentamos — disse Charles Peterson.

— Vem em uma garrafa antiquada. Vende na farmácia pequena da Church Street. Na farmácia principal não tem. Tivemos de racionar para Trixie, ou ela teria tomado a garrafa inteira de uma só vez. E realmente ajuda com a tosse.

— Elixir de Adamson. Vamos comprar — retrucou Charles.

Vic acenou para eles e se afastou um pouco para se sentar sozinho no auditório. Cumprimentou duas ou três mães de amigas de Trixie que conhecia muito superficialmente, mas conseguiu se sentar ao lado de desconhecidos. Preferia estar sozinho para ouvir o coral de Trixie, mas não por causa do que tinha feito na pedreira. Teria preferido sempre estar sozinho numa ocasião dessas. O auditório tinha longas janelas de cada lado, um balcão superior e um palco imenso que apequenava as figuras agrupadas das crianças, nenhuma delas com mais de dez anos de idade. Apreciou um coral entoando a canção de ninar de João e Maria, depois uma música de acampamento cuja letra falava de marshmallows, bosques e árvores, crepúsculos e nados à meia-noite. Veio então uma doce e melódica canção de ninar de Schubert e a Highland School cantando o "O cisne", de Saint-Saëns.

Sobre a á... á...gua o... cisne... branco...

O coral era composto por meninos e meninas e, embora os meninos parecessem mais agudos, as meninas cantavam com mais volume e entusiasmo. Cantaram suavemente o refrão, que Vic ouvira Trixie cantarolando pela casa durante semanas. Quando os compassos finais esmaeceram, simbolizando o desaparecimento do cisne, Vic teve a impressão de ouvir apenas a voz de Trixie no palco lotado. Ela estava na primeira fileira, volta e meia na ponta dos pés, com a boca aberta para o alto.

O cisne... como a névoa se foi... com a luz... a luz...

Vic teve a impressão de que ela cantava numa jovial celebração do desaparecimento de Cameron e não do cisne. Ela gostaria, pensou ele.

# 22

Quando Vic voltou para casa naquele dia depois do trabalho, Melinda estava ao telefone no quarto dela. Desligou assim que ele fechou a porta e foi para a sala de estar com uma expressão sombria e irritada no rosto.

— Olá — cumprimentou Vic. — Como você está?

— Bem — respondeu Melinda. Tinha um cigarro em uma mão e um drinque na outra.

Trixie saiu do quarto.

— Oi, papai! Você me ouviu cantar?

— Claro que sim! Você estava ótima, ouvi sua voz destacada das outras! — Ele a balançou no ar.

— Mas a gente não ficou em primeiro lugar! — gritou ela, dando pontapés e rindo.

Vic se esquivou dos seus robustos sapatinhos marrons e a colocou no chão.

— Vocês ficaram em segundo. Qual é o problema?

— Não é o primeiro!

— Tem razão. Mas achei vocês ótimos. Ficou bonito.

— Estou feliz que acabou — comentou Trixie, fechando os olhos e enxugando languidamente a testa, um gesto que tinha aprendido com a mãe.

— Por quê?

— Eu não aguento mais aquela música.

— Imagino.

Melinda bufou, como sempre impaciente com a conversa dos dois.

— Trixie, *por que* não vai para o seu quarto?

A menina olhou para ela, exagerando na expressão de ofendida, achou Vic, e partiu saltitante pelo corredor até o quarto. Vic sempre se surpreendia por Trixie obedecer Melinda e sempre se tranquilizava ao pensar que a psique extrovertida dela era indestrutível.

— Despachei Brian às onze horas — contou Vic. Enfiou a mão no bolso interno do paletó e sacou o poema. — Ele me pediu que lhe desse isto. É um poema que escreveu ontem à noite.

Melinda pegou o papel com uma expressão amarga e indiferente, olhou-o por um instante franzindo a testa e o largou na mesa lateral. Foi até a janela com o copo na mão. Estava com saltos altos, uma saia preta justa e uma blusa branca de algodão. Parecia que tinha se vestido para se encontrar com alguém, embora tivesse arregaçado as mangas da blusa de forma desleixada, num momento de impaciência.

— Já mandou lubrificar o carro? — perguntou Vic.

— Não.

— Quer que eu leve amanhã? Isso devia ter sido feito há dez dias.

— Não, não quero que você leve.

— Me diga... você deu entrada no processo de divórcio hoje?

Ela levou um longo tempo para responder.

— Não, não dei.

— Cameron vem esta noite?

— Deve vir.

Vic assentiu, apesar de não ter quem o visse, já que Melinda estava de costas para ele.

— A que horas? Para o jantar?

— Acontece que eu não sei!

O telefone tocou e Melinda correu para o seu quarto.

— Alô? Quem?... Não, ele não está, mas deve dar notícias logo. Quer que ele ligue para o senhor?... Entendo... Sim... Claro, gostaria de saber também. Combinou de me ligar esta tarde... Escuta! Se falar com ele, peça que ligue para *mim*. Por favor? Obrigada. Até logo, Sr. Ferris.

Melinda voltou à sala de estar, pegou seu copo do peitoril da janela e o levou à cozinha para reabastecer. Vic se sentou com o jornal da tarde. Podia ter tomado um drinque, mas era uma questão de disciplina para ele naquela tarde abrir mão da bebida. Melinda voltou com seu drinque e se sentou no sofá. Uns dez minutos se passaram em silêncio. Vic tinha decidido não dizer nada mais sobre Cameron, ou sobre o telefonema de Ferris, ou sobre qualquer outro telefonema que pudesse ocorrer.

Então o telefone tocou de novo e Melinda correu para seu quarto.

— Alô — disse, esperançosa. — Oi, alô... *Não*, você soube?... Oh... *Céus!* — exclamou ela com tamanha surpresa que Vic ficou um pouco tenso. — Estranho... Não é do feitio dele... Eu sei, Don, sinto muito. Mas estou à espera *dele*. Já liguei para June mais cedo, você sabe, por volta das seis... Não, nada, porcaria nenhuma o dia todo... a não ser esperar... Sim — finalizou com um suspiro.

Vic podia imaginar a conversa. Era provável que Don tivesse convidado Melinda e Cameron para uns drinques, uma comemoração pelo início do processo de divórcio. O último "Sim" fora em resposta à pergunta se Vic estava em casa. Vic já tinha ouvido o mesmo "Sim" muitas vezes antes.

— Sinto muito, Don. Mande um abraço para Ralph...

Haveria uma nuvenzinha sobre o acampamento inimigo naquela noite. Quanto Melinda voltou, Vic rompeu sua resolução e perguntou:

— Cameron desistiu?

— Provavelmente teve de trabalhar até tarde em algum lugar.

— Provavelmente desistiu — retrucou Vic.

— *Do quê?*

— De você.

— Desistiu uma ova.

— É muita pressão para um homem. Você não parece ter noção. Não acho que Cameron dê conta.

— Que pressão?

— O que Cameron estava tentando fazer. Provavelmente usou uma das passagens para a Cidade do México — explicou Vic e viu Melinda parar de andar e olhar para ele.

Estava nítido no rosto dela, tão claro como se estivesse escrito, que ela achava remotamente possível que Cameron tivesse feito aquilo. Então ela disse:

— Já que você parece interessado, ele deixou o carro destrancado em Wesley com a janela aberta e papéis e outras coisas no assento. Por isso duvido que tenha ido para o México.

— Eu não estou tão interessado. Só acho que ele deu no pé e duvido muito que você volte a ter notícias dele.

Roger chegou e se sentou aos pés de Vic, sorrindo para ele como se compartilhassem uma piada interna. Vic estendeu a mão e coçou sua cabeça.

— Roger já comeu? — perguntou.

— Sei lá.

— Você já comeu, Roger? — perguntou ele. Então levantou-se, atravessou o corredor e bateu na porta do quarto de Trixie.

— Pode entrar.

Trixie estava confortavelmente recostada nos travesseiros lendo um livro.

— Você deu comida para Roger?

— Hã-hã, às cinco horas.

— Hã-hã. Obrigado. Não deu comida demais de novo, deu?

— Ele não vomitou — retrucou Trixie friamente, arqueando as sobrancelhas.

— Muito bem, ótimo. E você? Está com fome?

— Quero comer com você e a mamãe! — disse ela, fechando a cara, já protestando diante da possibilidade de ter que comer mais cedo e sozinha.

— Acho que a mamãe não deve comer aqui. Deve ir jantar com Tony em algum lugar.

— Bom. Então podemos comer juntos.

Vic sorriu.

— Muito bem. Quer vir comigo me ajudar a preparar o jantar?

Ele e Trixie prepararam o jantar para três e colocaram a mesa para três, mas Melinda se recusou a se sentar com eles. Ela não tinha feito mercado, então Vic abriu uma lata de frango que estava esquecida havia um tempo na despensa. Abriu também uma garrafa de Niersteiner Domthal que estava no fundo do armário de bebidas e serviu um pouco para Trixie e para si mesmo em taças próprias com dois cubos de gelo. Tinha feito purê de batata-doce com marshmallows tostados por cima, porque Trixie os amava. Vic e Trixie tiveram uma longa conversa sobre vinhos, como eram feitos e por que tinham cores diferentes, e Trixie ficou alta o suficiente para insistir que cerveja de raiz era vinho, na verdade sua favorita, disse ela, e Vic deixou que a chamasse de vinho sem corrigi-la.

— O que está fazendo? Embriagando a criança? — censurou Melinda ao passar por eles com seu quarto ou quinto drinque.

— Ora, um copo e meio — defendeu-se Vic. — Ela vai dormir melhor. Você devia era agradecer.

Melinda desapareceu na sala de estar, mas Vic sentiu sua frustração aumentando na atmosfera da casa. Não se surpreenderia com o estouro de uma lâmpada arremessada, ou o som esparramado de uma revista jogada contra a parede, ou simplesmente o som da porta da frente sendo escancarada, seguido pela corrente de ar fria que invadia a casa quando ela deixava a porta aberta para andar pelo gramado, ou talvez para entrar no seu carro e partir para deus sabe lá onde. Então Trixie começou com risinhos e quase engasgou ao contar sobre um menino da escola que conseguia carregar os livros no fundilho das calças.

Vic ouviu Melinda fazer uma ligação e justo naquele momento quis um cigarro, por isso foi à sala de estar e ouviu o bastante do telefonema para saber que ela ligara para o hotel de Cameron em Wesley para perguntar se tinham recebido qualquer mensagem dele. Não tinham. Vic voltou para servir a Trixie sua sobremesa favorita: creme de leite batido com açúcar — que ele batera na mão, colocara em espiral numa tigelinha e coroara com uma cereja ao marasquino.

Tomou mais vinho com seu cigarro e continuou tagarelando animadamente com Trixie, embora ela estivesse quase pegando no sono na cadeira.

— O que vocês dois estão comemorando? — questionou Melinda, apoiando-se no batente entre a sala de estar e a de jantar.

— A vida. O vinho — respondeu Vic, erguendo a taça.

Melinda se aprumou lentamente. O batom tinha saído de tanto que mordera os lábios e a maquiagem desbotada acompanhava a embriaguez da sua mente. Vic olhou para ela, perguntando-se se a vagueza emanava dos seus olhos, que sempre foram o primeiro indício do quanto ela havia bebido. Mas os olhos de Melinda o encaravam agora.

— O que foi que você disse a Tony?

— Não estive com Tony hoje — defendeu-se Vic.

— Não?

— Não.

— *Tony pônei!* — gritou Trixie, entre risinhos.

Melinda ergueu o copo e tomou um grande trago, fazendo uma careta.

— O que foi que você disse a ele?

— Eu não disse nada, Melinda.

— Não esteve com ele em Wesley?

Vic se perguntou se Don os teria visto por acaso.

— Não.

— Por que está tão feliz agora?

— Porque Tony não está aqui! — gritou Trixie.

— Cala a boca, Trixie! O que foi que você fez a ele? — questionou Melinda, avançando sobre Vic.

— O que fiz a ele? Não estive com ele.

— Por onde andou a tarde toda?

— Fiquei na gráfica — justificou Vic.

Melinda foi à cozinha preparar outro drinque.

Trixie cochilou na cadeira. Vic arrastou sua cadeira para perto dela, para ampará-la caso caísse.

Melinda voltou com uma expressão de horror congelada no rosto, como se tivesse visto algo terrível na cozinha e Vic ia perguntar o que tinha acontecido quando ela disse:

— Você matou Cameron? Você o matou também?

— Melinda, não fale asneiras!

— Tony não teria medo de me ligar. Tony não se esqueceria. Tony não tem medo de nada, nem de você.

— Não achei que ele tivesse medo de mim — ponderou Vic. — Isso é óbvio.

— Por isso sei que ele não se esqueceu! — argumentou Melinda, começando a soar ofegante. — Por isso sei que algo aconteceu com ele! E vou contar a *todo mundo*... agora mesmo!

Botou o copo com força na mesa e naquele instante se ouviu uma trovoada profunda e sonolenta, e Vic na mesma hora pensou que a chuva daquela noite — tinha notado que desde as quatro da tarde já parecia que ia chover — lavaria todas as marcas dos pneus do seu carro na estradinha de terra e que uma boa chuva ajudaria a apagar as manchas de sangue nas pedras brancas.

Imaginou Melinda no seu quarto pegando o casaco. Vic não tinha o menor receio do que ela pudesse dizer a quem quer que fosse, mas temia por ela tentar dirigir naquele estado. Ele estava se levantando para ir ao quarto dela quando viu Trixie resvalar para o lado e, com uma arremetida do seu braço, a pegou e amparou sua cabeça pesada. Apoiou a cabeça da menina no seu ombro e foi para o quarto de Melinda.

— Acho que você não devia dirigir nesse estado, Melinda.

— Já dirigi bem pior. Os Meller estão em casa?

Ele sem querer riu. A casa dos Meller ficava muito mais fora de mão do que a dos Cowan ou a dos MacPherson, que ficavam na direção de Wesley, e a de Ralph e dos Wilson, e ela fizera a pergunta para economizar uma viagem. Olhou para ela enquanto se inclinava sobre a penteadeira para pegar o batom e as chaves e depois se enfiava no casaco creme. Ele de repente sentiu que não se importava com o que acontecesse com ela naquela noite, porque ia denunciá-lo de novo, então bem feito se ela se arrebentasse contra uma árvore ou atolasse numa vala de uma curva fechada. Lembrou-se então da curva fechada no morro a meio caminho entre sua casa e a dos Meller. Havia um penhasco lá e a estrada estaria escorregadia naquela noite. Pensou no corpo de Cameron no final da queda, capotando silenciosamente no final da encosta e rolando até a imobilidade mortal.

— Aonde quer ir? — perguntou. — Eu levo você.

— Obrigada! — Ela rodopiou e seus olhos se esforçaram para encontrá-lo. Franziu a testa e piscou. — Muitíssimo obrigada! — Ela gritou as palavras agudas e claras de um modo incongruente.

Vic deslizava as mãos nervosamente para cima e para baixo nas coxas cobertas pela jardineira macia de Trixie. De forma abrupta, virou-se e carregou a filha até o quarto dela, deitou-a delicadamente na cama, voltou ao quarto de Melinda e colidiu com ela quando saía esbaforida pela porta. O impacto jogou ambos para trás e então Vic perdeu a cabeça, ou talvez a calma, e a primeira coisa de que se deu conta foi que estava em cima de Melinda na cama tentando segurar seus braços, prendendo um deles, mas não conseguindo dominar o outro.

— Você não está em condições de dirigir!

O joelho de Melinda estava contra o seu peito. Ela o empurrou com uma força descomunal e Vic foi catapultado para trás quase numa cambalhota de costas e ouviu um estalo explosivo nos ouvidos. Houve uma espécie de calmaria em que ele sentiu que estava sorrindo tolamente, viu a dobra do tapete cinza dela muito distinta ao lado do seu sapato e percebeu que estava tentando se apoiar num joelho para se levantar. Cambaleou um pouco e viu que o tapete estava coberto com uns dez pontos vermelhos, ouviu o ronco crescente do carro de Melinda dando a partida do lado de fora, o que foi peculiarmente nauseante, e então sentiu o sangue quente escorrendo pela nuca.

Levantou-se e foi mecanicamente para o banheiro. A palidez do seu rosto o assustou tanto que parou de olhar. Apalpou a parte de trás da cabeça procurando o ferimento. Era como uma boca larga sorrindo no seu cabelo e percebeu que precisaria levar pontos. Ficou na dúvida se deveria derramar um pouco de uísque antes de telefonar para um médico, achando que poderia desmaiar antes de encontrar a bebida e telefonar. Passou estupidamente um minuto hesitando e então foi até o telefone de Melinda.

Discou para a telefonista e pediu que ligasse para o Dr. Franklin, mas, pensando melhor, preferiu o Dr. Sewell, outro médico de Little Wesley, porque não queria que o Dr. Franklin testemunhasse outra crise doméstica envolvendo os Van Allen. Vic nunca tinha falado com o Dr. Sewell, por isso apresentou-se primeiro.

— Alô, Dr. Sewell. Aqui é Victor Van Allen, moro na Pendleton Road... Sim, vou bem. E o senhor como está? — A parede cor de pêssego diante de Victor estava se desintegrando, mas ele manteve a voz bem firme. — Gostaria de saber se o senhor poderia vir à minha casa agora com instrumentos para dar alguns pontos.

# 23

Vic às vezes se perguntava o que aconteceria se ele, ou Horace Meller, alguém com hábitos bem regulares, súbita e inexplicavelmente, desaparecesse. Imaginava quanto tempo levaria para que alguém se alarmasse e como a investigação seria conduzida. Ele ia ter a oportunidade de verificar isso no caso de Cameron.

Na manhã seguinte ao corte na cabeça, enquanto tomava café da manhã com Trixie, o telefone tocou e ele atendeu, mas desligou ao ouvir um murmúrio de Melinda e uma voz dizer:

— Bom dia, Sra. Van Allen, aqui é Bernard Ferris.

Poucos minutos depois, Melinda entrou como um furacão na sala de jantar a caminho da cozinha para pegar seu suco de laranja.

— Era o cliente de Tony — disse a Vic. — Ele disse que a empresa de Tony vai fazer uma investigação detalhada.

Vic não disse nada. Sentia-se um pouco fraco por causa da perda de sangue, ou podia ter sido o remédio para dormir que o médico lhe dera na noite anterior, que deixara sua cabeça meio zonza. Tinha dormido tão profundamente que não ouvira Melinda chegar.

— O que foi que houve? — perguntou Trixie a Vic. A menina ainda estava com os olhos arregalados de surpresa por ter visto a bandagem na cabeça dele, embora Vic tivesse minimizado a situação e dito que batera a cabeça na cozinha.

— Parece que Tony está desaparecido — explicou Vic.

— Não sabem onde ele está?

— Não. Parece que não sabem.

Trixie ensaiou um sorriso.

— Quer dizer que ele está se escondendo em algum lugar?

— Provavelmente sim — respondeu Vic.

— Por quê? — perguntou Trixie.

— Não sei. Não faço a mínima ideia.

Pela agitação de Melinda aquela manhã, Vic supôs que ela tinha um encontro com alguém, talvez o Sr. Ferris. Imaginou que a empresa de Cameron mandaria um detetive naquele dia ou no seguinte. Saiu para o trabalho na hora de costume. Stephen, Carlyle e o lixeiro que recolhia a sucata da gráfica lhe perguntaram sobre sua cabeça, pois ele ostentava uma bandagem grossa em forma de disco no local onde os monges costumam raspar a cabeça e ele disse que se levantara debaixo da porta de um armário de metal da cozinha e sofrera um corte profundo.

Por volta das cinco da tarde, Melinda chegou com um detetive que se apresentou como Pete Havermal do Escritório de Investigações Star, de Nova York. O detetive disse que um tal Sr. Grant Houston, de Wesley, viu Cameron entrar num carro dirigido por Vic na rua principal de Wesley entre onze e doze horas da manhã do dia anterior.

— Sim — confirmou Vic. — Correto. Encontrei com Tony depois que deixei um amigo na...

— O que quer dizer com encontrou com ele? — interrompeu o detetive rudemente.

— Eu o vi saindo de uma tabacaria, acho, atravessando a rua quase em frente ao meu carro. Parei, cumprimentei-o e perguntei se queria uma carona.

— Por que não me disse isso ontem à noite? — questionou Melinda em voz alta. — Ele me disse que não tinha visto Tony o dia inteiro — informou ao detetive.

— Ele me disse que o carro dele estava ali perto — prosseguiu Vic —, mas que queria falar uma coisa comigo e entrou no meu carro.

— Hã-hã. E aonde vocês foram? — perguntou Havermal.

— A lugar algum. Não teríamos saído dali se pudéssemos, mas não achei vaga para estacionar.

— Aonde foram? — repetiu o detetive, começando a fazer anotações num bloquinho. Era um homem atarracado, mas de aparência forte, com olhinhos porcinos, profissional, com quarenta e poucos anos. Dava a impressão de que podia endurecer o jogo se precisasse.

— Acho que demos a volta em alguns quarteirões... para o sudeste, para ser exato. — Vic virou-se para Carlyle, que estava junto à porta da sala de impressão, ouvindo fascinado, com a escarradeira na mão. — Isto não é importante, Carlyle. Você pode ir.

Carlyle se arrastou de volta para a sala de impressão com a escarradeira.

— Você deu a volta em alguns quarteirões — disse o detetive. — Por quanto tempo?

— Uns quinze minutos.

— E o que aconteceu depois?

— Deixei o Sr. Cameron de volta no seu carro.

— Não me diga — alfinetou Melinda.

— Ele entrou no carro? — quis saber o detetive.

Vic fingiu se esforçar para lembrar.

— Não posso dizer, porque não olhei mais para ele.

— E que horas eram?

— Eu diria onze e meia.

— E o que fez então?

— Fui a Ballinger para ouvir minha filha cantar numa competição escolar.

— Hã-hã. A que horas foi isso?

— Pouco antes do meio-dia. O concurso começou ao meio-dia.

— A senhora estava lá, Sra. Van Allen?

— Não — respondeu Melinda.

— Encontrou algum conhecido no concurso? — indagou o detetive, olhando-o com o rabo de um olho porcino.

— Não... Ah, sim, os Peterson. Conversamos um pouco.

— Peterson — repetiu Havermal, escrevendo. — E que horas eram então?

Vic estava cansado daquilo. Deu uma risada.

— Eu não sei... exatamente. Talvez os Peterson saibam.

— Um-m. E sobre o que Cameron queria falar com o senhor?

Vic de novo fingiu que estava puxando pela memória.

— Ele me perguntou... Sim, foi isso... se eu achava que ia haver mais construções em Ballinger ou em Wesley nos próximos anos. Eu disse a ele que não fazia ideia. Não tem havido muita construção ultimamente.

— Do que mais ele falou?

— O senhor está perdendo o seu tempo! — disse Melinda a Havermal.

— Não sei. Ele parecia meio nervoso, pouco à vontade. Disse algo sobre começar a própria empreiteira por aqui porque gostava da região. Mas não estava muito convicto.

Melinda riu com desdém.

— Ele nunca me disse nada sobre começar um negócio aqui.

— Como ele lhe pareceu nervoso? — questionou Havermal. — Ele contou ao senhor por que estava nervoso ou comentou o que ia fazer aquele dia?

— Vou lhe contar uma coisa que ele ia fazer, Sr. Havermal — começou Vic, deliberadamente mostrando sua raiva. — Ele ia se encontrar com minha mulher, que daria entrada em uma ação de divórcio contra mim para se casar com o Sr. Cameron. Os dois tinham passagens de avião para a Cidade do México. Pelo visto, o senhor não sabia disso. Minha mulher não lhe contou? Ou disse ao senhor apenas que eu matei Cameron?

Estava estampado na cara do detetive que Melinda não lhe contara nada sobre divórcio. Havermal olhou de um para o outro.

— Isso é verdade, Sra. Van Allen?

— Sim, é verdade — respondeu ela, mal-humorada e enfática.

— Não creio que haja necessidade de perguntar a mim ou a qualquer pessoa o motivo de o Sr. Cameron se sentir constrangido comigo —

continuou Vic. — O que admira é ele ter pedido minha opinião sobre seus planos de negócios ou até mesmo ter entrado no meu carro.

— Ou o senhor ter oferecido uma carona a ele — argumentou o detetive.

Vic suspirou.

— Procuro ser educado... a maior parte do tempo. O Sr. Cameron tem sido um convidado assíduo em nossa casa, o senhor sabe. Minha mulher deve ter lhe contado isso. Se quer saber por que neguei ter visto o Sr. Cameron na segunda-feira é porque estava de saco cheio dele e porque ele tinha dado o bolo em minha mulher num encontro que tinham marcado naquela noite. Ela ficou perturbada e se embriagou. Não queria falar sobre Cameron com ela. Acho que o senhor entende.

Havermal olhou para Melinda.

— A senhora disse que conheceu Cameron há cerca de um mês?

— Mais ou menos — respondeu Melinda.

— E tencionava se casar com ele? — Havermal olhava para ela como se começasse a duvidar de sua sanidade.

— Sim — confirmou ela, abaixando a cabeça como uma colegial culpada, mas depois empinando-a de novo.

— Há quanto tempo decidiu casar com ele? — questionou o detetive.

— Só poucos dias atrás — emendou Vic.

O detetive olhou fixamente para Vic.

— Imagino que o senhor não gostava de Cameron.

— Eu não gostava.

— Cameron, o senhor sabe, desapareceu ontem pouco antes de uma da tarde. Tinha um almoço marcado e não compareceu — disse Havermal.

— Não, eu não sabia — retrucou Vic, como se também não se importasse.

— Sim, foi o que aconteceu.

Vic pegou um cigarro de um maço na sua escrivaninha.

— Ele era um sujeito muito estranho — comentou, usando deliberadamente o verbo no passado. — Sempre tentando ser amistoso, sempre tentando puxar pelo meu lado bom, sabe Deus por quê. Não é verdade, Melinda? — perguntou engenhosamente.

Ela o encarou com cara feia.

— Você teve tempo de fazer algo com ele entre 11h15 e meio-dia.

— Na Commerce Street, no centro de Wesley?

— Teve tempo de ir a outro lugar. Ninguém o viu levá-lo de volta ao carro — argumentou ela.

— Como você sabe? Perguntou a todo mundo em Wesley? — Vic se virou para o detetive. — Eu não podia fazer nada a Cameron que ele não quisesse. Ele tinha o dobro do meu tamanho.

O detetive mantinha um silêncio pensativo.

— Ontem ele me deu a impressão de estar com medo — prosseguiu Vic. — Talvez estivesse preocupado com o que havia começado com minha mulher. Acho que pode ter fugido da coisa toda.

— O senhor não o mandou fugir, Sr. Van Allen? — questionou Havermal.

— De jeito nenhum, nem mencionei minha mulher.

— Tony não se acovarda — ponderou Melinda com orgulho.

Havermal ainda parecia perplexo.

— Viu o Sr. Cameron em outra ocasião ontem?

— Não. Eu passei a tarde aqui — respondeu Vic.

— Como foi que o senhor machucou a cabeça? — perguntou Havermal secamente.

— Bati com ela em um armário da cozinha. — Vic olhou para Melinda e deu um sorrisinho.

— Ah. — Ele olhou para Vic por um minuto com frieza profissional. A fenda estreita de sua boca podia estar sorrindo, caçoando ou expressando desdém. Era difícil dizer. — Certo, Sr. Van Allen, acho que é só por enquanto. Voltarei depois.

— Quando quiser. — Vic acompanhou o detetive e Melinda até a porta.

Com certeza o detetive iria fazer a Melinda algumas perguntas sobre sua relação com Cameron. Fatalmente isso lançaria uma nova luz sobre a história. Vic suspirou e sorriu, imaginando o que aconteceria a seguir.

Saiu uma fotinho de Cameron — rosto quadrado, cara fechada, meio espantado, parecendo a expressão que fez pouco antes de despencar do alto da pedreira — na edição vespertina do *New Wesleyan*. A legenda dizia "Você viu este homem?". "Amigos" de Cameron tinham informado seu desaparecimento no final da tarde anterior. A empresa em que ele trabalha, a Pugliese-Markum Construtores Incorporados, estava fazendo uma investigação pormenorizada à sua procura e tinha enviado um investigador a Wesley. "Existe o receio, considerando-se a natureza física do seu trabalho, de que ele possa ter sofrido um acidente", especulava o jornal.

Horace ligou para Vic pouco depois das sete e lhe perguntou se sabia onde Cameron poderia estar ou o que poderia ter acontecido com ele. Vic disse que não sabia e depois disso Horace não pareceu mais muito interessado na história e perguntou se Vic e Melinda não queriam jantar em sua casa, porque um amigo deles que estava no Maine tinha acabado de mandar um barril de lagostas embaladas no gelo. Vic declinou porque o jantar já havia sido servido em sua casa. Ele tinha preparado o jantar, mas Melinda não estava em casa. Imaginou que ela estivesse com o detetive ou com os Wilson e talvez não ligasse ou sequer voltasse para casa.

Menos de uma hora depois, enquanto Vic e Trixie terminavam a refeição, um carro se aproximou. Era Horace, furioso. Vic sabia o motivo.

— Podemos ir para o seu quarto, Vic? Ou para outro lugar? Não quero... — pediu Horace, olhando para Trixie.

Vic aproximou-se da filha, abraçou-a e beijou sua bochecha.

— Você me dá licença, Trix? Tenho que conversar sobre negócios. Tome seu leite e, se quiser mais um pouco de bolo, coma um pedaço pequeno. Certo?

Os dois atravessaram a garagem e foram ao quarto de Vic. Vic ofereceu a Horace sua única cadeira confortável, mas ele preferiu ficar de pé. Vic se sentou na cama.

— Acabamos de receber a visita do detetive, como você deve ter adivinhado — começou Horace.

— Ah. Melinda estava com ele?

— Não, ela nos poupou isso. Ela está acusando você novamente! — explodiu Horace. — Quase joguei o Sr. Havermeyer, ou sei lá o nome dele, na rua. Botei-o para fora de casa, mas não sem antes falar umas boas. E Mary também.

— O nome dele é Havermal. Ele não tem culpa. É o trabalho dele.

— Não. Esse sujeito é do tipo que inspira todo mundo a quebrar sua cara. Ainda mais sentado na sua sala de estar perguntando se você não acha que seu melhor amigo é capaz de ficar raivoso o suficiente para matar alguém. Ou pelo menos expulsá-lo da cidade. Eu disse a ele que Vic Van Allen não se daria ao trabalho. Disse que talvez o Sr. Cameron tivesse encontrado uma loura melhor do que Melinda e partiu com ela para outra cidade!

Vic sorriu.

— Que história é essa de você ter sido a última pessoa que o viu?

— Não sei. Fui eu? Estive com ele ontem às onze e meia da manhã.

Horace deu de ombros.

— Ainda não encontraram ninguém que o tenha visto depois do meio-dia. E pensar, Vic, que tive de ouvir sobre essa infantilidade de Melinda se divorciar para casar com ele! Eu disse a Havermal que era melhor ele não espalhar essa história por aí. Disse que conheço Melinda tão bem quanto conheço você... quase... e sei que ela faz ameaças terríveis quando fica com raiva.

— Não acho que fosse apenas uma ameaça, Horace. Melinda parecia bem decidida quanto ao divórcio poucos dias atrás.

— O quê? Mas fato é que ela não deu entrada. Sei por que perguntei a Havermal se tinha encontrado algo que substanciasse a teoria do divórcio. Ele disse que não havia encontrado nada.

Vic ficou em silêncio.

Horace finalmente se sentou.

— Me diga, Vic... o que aconteceu quando você pegou Cameron e ficou rodando com ele?

Vic sentiu os olhos se arregalarem num gesto de proteção.

— Nada. Melinda não foi mencionada. Ele queria conversar. Foi a primeira vez que o vi um pouco inseguro. Você sabe, Horace — continuou Vic, arriscando a sorte com o amigo assim como havia arriscado com Havermal —, é isso que me faz acreditar que Melinda estava dizendo a verdade quando falou sobre divórcio. Aliás, ela ia dar entrada na ação ontem. Pode não ter marcado uma consulta com um advogado, mas ia dar entrada ontem, ela me disse. Então, mencionou que Cameron tinha duas passagens para a Cidade do México e que ela ia com ele. Não admira que Cameron se sentisse constrangido comigo. Não precisava entrar no meu carro, claro, mas você sabe como ele é. Age primeiro e pensa depois, se é que pensa. Cheguei a pensar que poderia ter um encontro com Melinda em algum escritório de advocacia ontem à tarde. Era grosso o bastante para ir lá e acompanhá-la enquanto davam entrada nos papéis.

Horace sacudiu a cabeça revoltado.

— Mas, como eu disse ao detetive itinerante, Cameron pode ter fugido de toda essa história. Ele teria de largar o emprego, também. Pelo menos este trabalho. Não conseguiria encarar Melinda em Little Wesley depois de tirar o corpo fora.

— Não conseguiria mesmo. Entendo o que você quer dizer — comentou Horace, pensativo. — Provavelmente foi o que ele fez.

Vic se levantou e abriu um gavetão na parte inferior de sua mesa.

— Acho que uma bebida cairia bem, não? — Ele sempre sabia quando Horace toparia um drinque. — Vou pegar um pouco de gelo.

— Não, obrigado. Sem gelo para mim. Vou tomar isto por motivos medicinais... e sempre parece mais medicinal sem gelo.

Vic pegou um copo da escrivaninha, lavou-o no seu pequeno banheiro e pegou o copo da escova de dente para si. Colocou três dedos de bebida para cada um. Horace bebericou com prazer.

— Estava precisando — disse Horace. — Parece que fico mais abalado do que você com essas coisas.

— Pelo visto sim — concordou Vic, sorrindo.

— E você tem outra pela frente. É como depois do caso do De Lisle.

— Um grande ano para as agências de detetives — brincou Vic e viu o outro encará-lo. Horace ainda não havia lhe perguntado se Carpenter era mesmo detetive.

— É curioso a empreiteira de Cameron não procurá-lo em Nova York ou Miami ou qualquer outro lugar aonde um sujeito como ele iria — disse Horace. — Ou Cidade do México. Bem... talvez estejam procurando.

Vic deliberadamente mudou de assunto, de leve, comentando sobre a possibilidade de encontrar um homem que tivesse escolhido, digamos, se esconder na Austrália. As chances de encontrá-lo seriam quase nulas se ele passasse pela Imigração e entrasse na Austrália. Prosseguiram com o assunto da química sanguínea individual. Horace disse que já era possível identificar um indivíduo a partir de uma partícula de seu sangue ressecado encontrada meses depois do seu desaparecimento. Vic também tinha ouvido falar nisso.

— Mas e se você não tiver a pessoa? — questionou Vic, e Horace riu.

Vic pensou no sangue de Cameron nas rochas brancas da pedreira e no cadáver dele uns doze metros abaixo d'água. Se encontrassem o sangue logicamente procurariam o corpo na água, mas talvez não houvesse mais sangue no corpo e nenhuma pele nas pontas dos dedos. Mas Cameron poderia ser identificável. Vic teve vontade de voltar lá e dar outra olhada nas manchas de sangue, fazer o que pudesse para se livrar delas, mas não iria por medo de ser visto. Parecia a única coisa descuidada e estúpida que fizera na vida: ter deixado um rastro onde não queria deixar um, ter deixado de fazer adequadamente algo de tamanha importância.

Quando se preparou para ir embora, Horace estava rindo. Mas não era bem a sua risada habitual. Ele disse, esforçando-se para soar descontraído:

— Bem, já resistimos bastante, não foi, Vic? Vão encontrar Cameron por aí. A polícia deve ter alertado todas as grandes cidades. Sempre fazem isso.

Vic agradeceu pela visita e ele foi embora. Vic ficou de pé na garagem observando o carro sumir na distância e pensando que o amigo não lhe perguntara onde Melinda estava ou quando ia voltar, já sabendo que Vic não teria ideia e que a pergunta o teria constrangido. Vic foi até os aquários de lesmas.

Hortense e Edgar estavam fazendo amor. Edgar esticando-se de uma pedrinha para beijar Hortense na boca. Ela estava apoiada na extremidade do pé, balançando sob as carícias dele como uma dançarina lenta encantada pela música. Vic observou a cena durante uns cinco minutos, sem pensar em absolutamente nada, nem mesmo nas lesmas, até que viu as excrescências em forma de taça surgindo no lado direito da cabeça das lesmas. Como eles se adoravam e como eram perfeitos juntos! As taças gelatinosas cresceram e se tocaram, borda com borda. Suas bocas se separaram.

Vic consultou o relógio: 21h55. Achava aquela uma hora estranhamente depressiva da noite. A casa estava silenciosíssima. Trixie já estaria dormindo? Pigarreou e o ruído pequeno e racional soou barulhento como um pé pisando no cascalho.

As lesmas não faziam nenhum som. Hortense ia arremessar seu dardo primeiro. Errou. Ou seria aquilo parte do jogo? Depois de alguns segundos, Edgar tentou, errou, recolheu e lançou de novo, atingindo o local exato, onde o dardo penetrou, o que inspirou Hortense a tentar de novo também. Ela teve mais dificuldade, mirando para cima, mas acertou depois de três tentativas deliberadas e pacientes. Então, como que transportados para um transe mais profundo, suas cabeças recuaram um pouco, seus tentáculos foram quase recolhidos e Vic sabia que, se tivessem olhos com pálpebras, eles estariam fechados. As lesmas estavam imóveis agora. Observou-as até ver os primeiros sinais de que as taças iam se separar. Então, andou para cima e para baixo na garagem por um minuto, tomado por uma sensação rara de inquietude. Seu pensamento voltou-se para Melinda, por isso foi de novo até as lesmas para não pensar nela.

Já era 22h45. Será que estava na casa dos Wilson? Será que todas as mandíbulas estavam em ação ao mesmo tempo? O detetive estaria lá ou teria ido para a cama depois de um dia árduo de trabalho? Alguém chegaria a pensar na pedreira?

Vic se debruçou sobre as lesmas, olhando para elas agora através de uma lupa de mão. Estavam conectadas pelos dois dardos. Ele sabia que ficariam assim durante pelo menos outra hora. Naquela noite, ele não tinha a paciência delas. Foi para o quarto ler.

# 24

Uns cinco dias depois, Hortense passou vinte e quatro horas botando seus ovos. Havermal continuava rondando a comunidade, fazendo um trabalho muito mais detalhado e aberto do que Carpenter fizera no caso De Lisle. Ele visitou os Cowan, os MacPherson, os Hines, os Peterson, o velho Carlyle, Hansen da mercearia, Ed Clarke, o dono da loja de ferragens (Vic era muito respeitado na Clarke Ferragens e provavelmente gastava mais dinheiro lá do que qualquer outro cliente de Ed), Sam do bar do Hotel Chesterfield, Wrigley, o dono da banca que entregava jornais para os Van Allen, e Pete Lazzari e George Anderson, os dois lixeiros que faziam a coleta na gráfica e na casa dos Van Allen respectivamente. Vic deduziu que nessas visitas Havermal havia deixado seu propósito mais ou menos óbvio — tornar Vic responsável pelo desaparecimento de Cameron — e feito perguntas diretas. A atitude geral dos interrogados, Vic ficou sabendo, foi de extrema cautela ao fazer qualquer declaração a Havermal e também de ressentimento. Era um azar para Havermal ter uma personalidade tão antagônica. Até os lixeiros, homens simples, perceberam o peso das insinuações de Havermal e reagiram de forma negativa.

Pete Lazzari contou a Vic:

— Eu disse que não me interessa o que a Sra. Van Allen faz. Sei que ela bebe um pouco, só isso. Falei: O senhor está tentando acusar um cara de assassinato. Isso é que é muito interessante. Conheço o Sr. Van Allen há seis anos, e o senhor não vai encontrar um sujeito mais bacana na cidade. Disse: já ouvi falar de desgraçados como o senhor. Sabe onde é que o senhor devia estar? No meu caminhão, com toda a porcaria!

Pete Lazzari era só torso e nada de pernas, capaz de jogar latões abarrotados de lixo a quatro metros para dentro da caçamba do seu caminhão como se não fossem nada.

Na sua segunda visita aos Meller, Horace o impediu de entrar. Stephen Hines lhe deu um sermão sobre o princípio jurídico inglês de que todos são inocentes até que se prove o contrário e sobre a deterioração do princípio nos Estados Unidos por causa de pessoas iletradas e maldosas como Havermal.

Melinda informou a Vic que as linhas aéreas tinham sido verificadas e que Tony não havia pegado nenhum avião. Mas Cameron tinha comprado duas passagens. Havermal descobriu isso e que as duas estavam nos nomes de Sr. e Sra. Anthony Cameron.

— Ele pode ter devolvido a passagem e comprado outra com nome diferente — argumentou Vic.

— Não, não pode — corrigiu Melinda, triunfante. — É preciso ter cartão de turista para entrar no México e eles conferem antes de o avião partir de Nova York. Tony me explicou.

Vic sorriu.

— Lembra a história que os Cowan nos contaram de quando foram ao México dois anos atrás? Evelyn tinha perdido a certidão de nascimento e não havia tempo para tirar outra, então apenas disseram seus nomes ao funcionário do consulado mexicano e ele lhes deu o cartão de turista sem pedir qualquer identificação. Esse negócio de cartão de turista é só uma maneira de arrancar três dólares, ou seja lá quanto for, de cada turista que entra no México. Não fosse isso, deixariam as pessoas entrarem apenas com o passaporte, como qualquer outro país faz.

Melinda ficou sem resposta. Parecia inquieta e preocupada e mostrava um ar de derrota enquanto a estada de Havermal em Little Wesley se arrastava havia uma semana. O detetive havia esgotado todas as possibilidades. Melinda contou que ele circulara pelos arredores de Wesley num raio da distância que um carro podia percorrer para depois ir até Ballinger em cerca de trinta e cinco minutos. Vic não sabia se ele tinha descoberto a pedreira — o detetive deve ter usado um mapa do distrito, mas Vic sabia que muitos desses mapas não mostravam a pedreira — e dessa vez não arriscou perguntando a Melinda se o detetive a encontrara ou não. Tinha chovido forte duas vezes desde que Havermal chegara a Little Wesley. Havia manchas de ferrugem em algumas das rochas achatadas da pedreira onde peças de equipamento haviam caído e em alguns casos permanecido. Seria difícil dizer quais manchas eram de sangue e quais eram de ferrugem. Era incrível, ponderou Vic, que Havermal não tivesse procurado na pedreira àquela altura, mas talvez não tivesse mesmo. Pelo visto estava perdendo uma boa parte do seu tempo rodando pelas estradas, como Melinda dissera, e talvez vasculhando os matagais dos acostamentos em busca de um corpo.

Havermal fez ainda outra visita a Vic na gráfica. Não tinha nada mais concreto com que pressionar Vic do que algumas declarações críticas feitas por Don Wilson.

— Don Wilson acha que pegou você nessa. Também acha que você matou De Lisle. É muito estranho um sujeito com um forte motivo nos dois casos também ser o último com quem os dois mortos foram vistos — alfinetou Havermal.

— Está querendo dizer que acharam o corpo de Cameron? — perguntou Vic de olhos arregalados, mas, na verdade, não sentia vontade de se divertir com os interrogatórios de Havermal.

— Sim, encontramos o corpo — retrucou Havermal, observando o outro com tanta intensidade que deu para perceber que não era verdade, mas Vic embarcou no fingimento.

— Onde? Por que não me contou?

Insolente, Havermal não respondeu e depois de alguns segundos mudou de assunto. Quando Don Wilson foi citado de novo, Vic disse com um sorriso gentil:

— Don Wilson que se cuide. Posso processá-lo por difamação e não creio que ele tenha meios de se defender. A mulher dele é muito simpática, não acha?

— E burra — acrescentou Havermal.

— Bem — começou Vic, ainda afável. — Não acho que você vá conseguir muito das pessoas daqui se sair por aí as insultando.

— Obrigado — disse Havermal no tom de um grasnado de ganso.

— Eu gostaria de lhe agradecer por uma coisa antes que deixe Little Wesley — disse Vic. — Por ter me mostrado o quanto a comunidade é solida em... bem, em gostar de mim. Não que eu tenha me esforçado para angariar a aprovação deles ou tenha ansiado por isso, mas é muito bom saber que a aprovação existe.

Havermal foi embora logo depois disso sem ao menos se despedir. Vic pegou as duas guimbas de cigarro que o detetive tinha jogado no chão e as colocou na lixeira. Voltou então à sala de impressão. Estava arranjando o esqueleto de uma folha seca de carvalho e um casulo achatado numa composição graciosa para formar uma vinheta debaixo de um dos poemas de Brian Ryder.

Vic teve outra demonstração de lealdade da comunidade naquela noite. Hal Pfeiffer, editor do *New Wesleyan*, ligou para ele informando que um detetive chamado Havermal estivera no seu escritório para dar um depoimento calunioso sobre uma investigação que vinha conduzindo sobre o caso Cameron e os papéis "possivelmente" desempenhados por Victor Van Allen e sua mulher, oferecera a história de forma insistente como notícia local, mas o Sr. Pfeiffer o despachara e levara porta afora.

— Nunca o encontrei, Sr. Van Allen, mas ouvi falar do senhor. Achei que deveria lhe contar, caso o senhor tivesse alguma preocupação a respeito. O *New Wesleyan* não quer ter nada a ver com gente como o Sr. Havermal. — Vic contou isso a Melinda.

Houve até uma história com a lavanderia de Vic. Quando ele foi pegar uma trouxa de roupa lavada, Fred Warner, o gerente, inclinou-se sobre o balcão e sussurrou que "aquele detetive" andara por lá para dar uma olhada nas roupas sujas de Victor Van Allen entregues recentemente para lavar. O detetive encontrara um par de calças com manchas de sangue, mas a Sra. Van Allen estava com ele e explicou, segundo Warner, que as manchas eram do sangue do próprio marido, de quando tinha cortado a cabeça certa noite.

— As manchas de sangue estavam todas na parte de trás da calça — contou Warner com uma risadinha —, na parte superior. Era fácil ver que eram de umas gotinhas de um acidente na cabeça, mas o senhor devia ver como o detetive ficou desapontado! É um verdadeiro cão de caça... mas não dos melhores. Não é, Sr. Van Allen?

E então Havermal de repente foi embora.

A cidade inteira pareceu dar um suspiro de alívio, pensou Vic. As pessoas nas ruas pareciam sorrir mais, sorrir umas para as outras, como se sua solidariedade tivesse derrotado mais um forasteiro detestado. Houve festas. Até os Peterson convidaram Vic e Melinda para uma festa em que Vic conheceu várias pessoas novas, que o trataram com muito respeito. Nessa festa — composta de pessoas que em condições normais Melinda teria desprezado —, Vic percebeu que Melinda estava mudando. Não foi especialmente mais calorosa ou encantadora como tinha sido nas festas depois do incidente com De Lisle, mas sorriu, até mesmo para ele, e não fez cara feia para o ponche — que Vic sabia que ela detestava — nem insultou ninguém, até onde ele sabia. Aquilo provocou algumas especulações desconexas na cabeça de Vic. Ela não estava se comportando assim para provocar uma opinião pública negativa contra ele, pois isso não era necessário. Estaria simplesmente cansada de fingir que estava emburrada, cansada de irradiar ódio? O ódio era uma emoção cansativa, mas Melinda não tinha mais nada a fazer consigo mesma. Estaria contente por ele ser um convidado de honra na festa dos Peterson? Mas ela nunca ficara feliz com algo do tipo antes. Vic chegou até a cogitar se ela não estaria num complô com Havermal para fazê-lo baixar a guarda e revelar uma prova que ainda não tinham exposto. Mas não, ele tinha plena convicção de que Havermal arremessara sua última seta em Little Wesley e errara o alvo.

Nos últimos tempos, ela não demonstrara nenhuma arrogância. Estava mais doce, mais delicada. Pensando bem, Vic até se lembrou de alguns sorrisos dela em casa. E ela não visitava Don Wilson havia uma semana.

— E como anda o Don Wilson? — perguntou Vic depois que voltaram da festa na casa dos Peterson. — Você não tem falado nele ultimamente.

— Já falei nele alguma vez? — questionou Melinda, mas sem beligerância na voz.

— Não, acho que não — respondeu Vic. — Como está ele? Os negócios vão bem?

— Ele anda preocupado com alguma coisa — revelou Melinda num tom curiosamente ansioso que fez Vic olhar para ela. Ela o observava do sofá, onde havia sentado para tirar os sapatos. Sorria levemente. E não tinha bebido nem um pouco. — Por que pergunta?

— Porque não tive notícias dele ultimamente.

— Acho que a certa altura você teve muitas notícias. Havermal me disse que contou a você o que Don dissera.

— Não foi a primeira vez. Eu não me importei.

— Bem... ele não chegou a lugar algum, não foi?

Vic a encarou perplexo, mas manteve a expressão calma e agradável como uma máscara.

— Com certeza, não. Você queria que ele chegasse a algum lugar?

— Acho que só queria saber a verdade. — Ela acendeu um cigarro com sua arrogância familiar, jogando o fósforo na lareira e errando por muito. — Don parecia ter algumas teorias boas. Acho que não passavam de teorias.

Olhou para ele com um pouco de constrangimento, como se achasse que não acreditaria na sua sinceridade.

Vic não acreditou. Ela estava fazendo algum tipo de jogo. Ele encheu o cachimbo devagar, deixando passar vários segundos para que Melinda continuasse. Ele não ia falar, mas também não ia sair para seu quarto de imediato, embora quisesse fazer isso.

— Você sem dúvida foi um sucesso esta noite — comentou ela finalmente.

— Davi contra os Golias. E o pequeno Davi venceu. Não venci? — perguntou ele com seu sorriso ambíguo que sabia que ainda era ambíguo para Melinda.

Ela olhou para Vic e ponderou sobre o próximo lance. Foi um lance físico. Juntou as palmas das mãos, levantou-se e disse:

— O que acha de tomarmos um drinque de verdade depois daquela pink lemonade toda? Meu Deus, que horror. — E ela partiu para a cozinha.

— Para mim não, Melinda. Está um pouco tarde.

— Duas horas? O que há com você?

— Sono — respondeu ele, sorrindo enquanto caminhava até ela. Beijou-a no rosto. Melinda podia ser uma estátua, mas sua imobilidade se devia mais à surpresa do que à indiferença, pensou ele. — Boa noite, querida. Acho que amanhã Trixie vai passar o dia inteiro na casa dos Peterson, não?

Trixie tinha ido à casa dos Peterson com Vic e Melinda e por volta das dez subira ao quarto de Janey para dormir.

— Acho que sim.

— Bem, boa noite.

Quando ele saiu pela porta e entrou na garagem, Melinda ainda estava parada ali, na dúvida se preparava um drinque para tomar sozinha ou não.

A surpresa seguinte que Vic teve veio de Horace, que lhe contou que Melinda estivera em sua casa para visitar Mary e "desabara", dizendo que lamentava por ter falado mal de Vic, se arrependia de ter agido como uma tola e uma esposa desleal e se perguntava se seria capaz de superar aquilo um dia.

— Ela disse "uma tola de muitas maneiras" — emendou Horace, tentando se lembrar de tudo fielmente para relatar a Vic. — Mary até me procurou no laboratório para me contar.

— Realmente — disse Vic pela segunda vez. — Notei uma mudança nela nos últimos tempos, mas nunca imaginei que mostraria arrependimento... e para Mary.

— Bem... — Horace parecia envergonhado de sua reação alegre. — Mary disse que nunca a vira tão gentil. Tentei ligar para você ontem à noite para ver se podíamos nos encontrar, mas você tinha saído.

— Melinda e eu levamos Trixie ao cinema, para um filme que ela queria ver — explicou Vic.

Horace sorriu como se estivesse feliz ao saber que ele e Melinda tinham ido juntos ao cinema.

— Acho que as coisas estão melhorando. Sabe, em apenas dois dias, Horace, vou ter exemplares do livro de Ryder e gostaria que você desse uma olhada. Lembra que lhe contei que estava usando penas, folhas e insetos de verdade para imprimir as vinhetas?

— Claro que lembro! Pensei em comprar um exemplar para dar de presente de Natal para Mary se ficar pronto a tempo.

— Vai ficar, sim. Darei a você um exemplar para ela. Além das penas, os poemas também são muito bons.

— Vou comprar um exemplar. Como é que a Greenspur Press vai ganhar um centavo com você dando os livros de presente?

— Como preferir, Horace.

— Bem, Vic...

Estavam parados na esquina da Rua Principal com a Trumbull Street, onde haviam se encontrado por acaso. Eram sete horas, já anoitecia e um vento frio da montanha soprava sobre eles vindo do leste, um vento de outono que — se a pessoa estivesse no ânimo certo — a fazia se sentir vigorosa e otimista.

— Estou feliz por Melinda ter conversado com Mary — disse Horace —, fez Mary se sentir muito melhor. Ela quer muito gostar de vocês dois, Vic.

— Eu sei.

— Ainda não consegue se sentir totalmente segura quanto a Melinda... mas tenho certeza de que vai chegar lá.

— Espero que sim. Foi bom encontrar você, Horace!

Acenaram um para o outro e seguiram para seus carros.

Vic assobiava a caminho de casa. Não sabia por quanto tempo a beatitude de Melinda ia durar, mas era muito bom chegar em casa e encontrar o jantar já sendo preparado, a sala de estar arrumada e receber um agradável cumprimento de acolhida e um sorriso.

# 25

Três de dezembro era o aniversário de Vic. Ele não tinha pensado no seu aniversário até 29 de novembro, quando teve que calcular o dia em que chegaria uma nova carga de tinta sépia, e então não pensou mais no assunto, porque não houve nenhum comentário em sua casa a respeito. Nos últimos anos, dois ou três aniversários seus tinham passado em branco, a não ser por Stephen e Carlyle, que sempre lembravam e lhe davam um presente, ou individualmente, ou juntos. No dia 3 de dezembro, Stephen deu a ele um livro grande e caro de gravuras inglesas do século XVIII e Carlyle, uma garrafa de brandy, que Vic abriu na mesma hora e provou com ele.

Então, quando Vic entrou da garagem na sala de estar naquela noite, Melinda, Trixie e os Meller o receberam com um ruidoso "Feliz aniversário!". A mesa estava iluminada por velas e havia um grande bolo rosa e branco com velinhas cor-de-rosa que somavam, imaginou Vic, trinta e sete. Colocou no bolso a lesma adormecida que tinha encontrado no batente da porta ao chegar. Havia uma pilha de presentes numa extremidade do sofá.

— Deus do céu! — exclamou Vic. — Como foi que vocês chegaram aqui? Voando?

— Fui buscá-los para que você não visse o carro deles quando chegasse — revelou Melinda.

Ela estava com um vestido preto muito feminino e encantador com renda preta nos ombros.

— E você vai ter que nos levar de volta — brincou Horace. — O que significa que vou poder beber o quanto quiser esta noite. Já começamos, mas podemos encher as taças de novo e brindar à sua saúde.

Todos cantaram "Parabéns Pra Você" com as taças erguidas e Roger latiu junto. Até o cachorro ostentava uma fita vermelha atada à coleira. Veio então a hora dos presentes. Melinda deu a ele três caixas da Brooks Brothers, cada uma contendo um pulôver: um cardigã cor de mostarda, um suéter azul e vermelho importado da Itália e um suéter de tênis branco com uma listra vermelha. Vic adorava pulôveres de boa qualidade. Ficou comovido a ponto de sentir um nó na garganta por Melinda ter lhe dado três. Horace deu-lhe um barbeador elétrico, com a observação de que vinha tentando convencê-lo havia anos a largar a navalha tradicional e achava que a única maneira seria colocar um barbeador elétrico em suas mãos. De Trixie, ele ganhou uma escova de ébano e um pente e de Roger, uma gravata de lã. Mary lhe deu uma edição recente de um manual de carpintaria e marcenaria, um livro que Vic tinha sempre à mão, embora ainda não tivesse comprado aquela nova edição.

— Dou o outro presente agora ou depois do jantar? — perguntou Melinda aos Meller, ansiosa.

Os Meller disseram para dar logo e Melinda foi até o quarto e voltou com uma caixa grande embrulhada em papel dourado. Colocou-a no chão.

— Não sei como funciona, por isso a coloquei nos fundos do meu closet no escuro — revelou ela.

Horace riu. Ele e Mary obviamente sabiam o que era e o observaram com grande expectativa enquanto Vic abria o embrulho e depois a caixa corrugada.

Era um contador Geiger completo com fones de ouvido, sensor e alças a tiracolo. Havia até amostras de minério. Vic ficou sem palavras, maravilhado. Foi até Melinda e a abraçou.

— Melinda... obrigado — disse, depois pressionando os lábios contra o rosto dela.

Quando olhou para os Meller, percebeu que os dois observavam a ele e Melinda com sorrisos satisfeitos e se sentiu constrangido e um pouco ridículo. Deslocado, talvez fosse isso. Porque Melinda estava deslocada. Ela estava atuando, assim como ele costumava atuar, deliberadamente exibindo uma emoção ou atitude diferente da emoção ou atitude real dentro de si. Ele e Melinda haviam basicamente trocado suas atitudes, achava Vic: agora ele acreditava que seu comportamento era mais condizente com o que de fato sentia do que o comportamento que adotara ao longo dos anos e que Melinda estava só fingindo boa vontade.

Durante o jantar — pombo-novo, purê de batata, endívia assada e salada de agrião —, ele tentou relaxar e não ficar matutando, porque estava procurando na sua mente rastros e pistas, como um homem num quarto escuro em que nunca esteve antes, tateando em busca do interruptor sem ter ideia de onde ficava. Esperava que a busca desnorteada do seu cérebro descobrisse a razão da bondade de Melinda. Depois da morte de De Lisle, seu decoro tinha sido para com o público, mas agora estava voltado para ele. Era atenciosa e delicada com ele quando não havia ninguém por perto para reparar. Mas, é claro, a reação pública ao segundo assassinato — Vic se espantou um pouco por ter chamado de "assassinato" em seus pensamentos agora — tinha sido diferente também. Houve muito mais suspeita em torno dele em relação a De Lisle do que a Cameron. Para sua sorte, Havermal se mostrara uma figura tão impopular. A história veiculada por Havermal do romance e da fuga planejada de Melinda e Cameron fora considerada suspeitíssima ou muito exagerada pela maioria dos que a ouviram. Vic ficara impressionado pelo fato de Trixie não ter voltado para casa com um único boato contra ele. A única coisa que ela trouxe foi o comentário de uma colega de que os pais tinham dito que as pessoas gostavam de hostilizar quem era diferente. Trixie não tinha captado o real sentido do que dissera e Vic teve de refletir para entender, mas parecia a velha história da maioria que se encaixava ao padrão contra aqueles que destoavam do padrão — nesse caso seu desvio era sua renda, ele supunha, seu negócio editorial não lucrativo, sua tolerância em relação aos casos da mulher, sua casa sem televisão e talvez até seu carro obsoleto. Vic dera então a Trixie uma aula sobre as minorias e os indivíduos perseguidos, com exemplos históricos. Vic tinha certeza de que a filha seguiria os padrões com excelência após a infância, mas gostava de pensar que poderia ter aberto uma pequena porta em sua mente sobre aqueles que destoavam. Fizera a história de Galileu tão interessante quanto possível.

Quando chegou a hora de levar os Meller para casa, Melinda quis ir também. Isso não acontecia havia anos.

Ninguém poderia dizer que a noite não tinha sido um sucesso. O mais próximo daquilo, segundo Vic, fora o primeiro aniversário que Melinda passou em Little Wesley cerca de nove anos antes, quando também tinham convidado os Meller. No entanto, ao atravessar a porta para a garagem com os pulôveres e o contador Geiger, Vic foi tomado pelo contraste entre o isolamento agora e a proximidade com Melinda naquela época. Então ele parou, virou-se e voltou à sala de estar.

Melinda estava no seu quarto, começando a tirar o vestido.

— Não sei se agradeci o bastante — começou Vic. — Foi o melhor aniversário que já tive.

— Acho que você me agradeceu, sim. Me ajuda a abrir isso aqui? Não consigo ir até o final.

Ele largou tudo o que carregava na cama e abriu o colchete no meio das costas dela.

— Quem ajudou você a se vestir?

— Trixie. Ela já está dormindo. Que tal um último drinque?

Um leve arrepio percorreu sua espinha.

— Não, obrigado. Estava pensando em experimentar o contador naquela pedra conglomerada maluca no meu quarto.

— Que pedra?

— Acho que você não viu. Mas está lá há meses. No canto perto do arquivo. — Melinda fez uma cara de que estava prestes a dizer: "Quero ir com você e dar uma olhada também." Vic torceu para que não dissesse isso. Melinda não disse nada. Olhou para ele e depois para o chão, então se virou e tirou o vestido pela cabeça.

— Bem, então, boa noite — disse Vic, indo até a porta.

— Boa noite, Vic. E feliz aniversário.

Ele experimentou o contador, seguindo as instruções do manual. Após alguns segundos ouviu um clique, depois outro, então uma pausa longa e mais três cliques. Obviamente, as pedras do conglomerado eram de idades diferentes. Deixou o aparelho de lado, sentindo-se cansado e um pouco perturbado. Assim que se deitou, pensou no jeito como Melinda lhe perguntara se queria um último drinque: hesitante, como se não o conhecesse. Seria mesmo isso? Sentiu um eco do mesmo arrepio desagradável. Era medo, mas por que ele o sentia? O que teria a temer se tomasse um último drinque com ela em seu quarto, sentasse na sua cama, talvez até dormisse na sua cama? Sua mente fugiu de especulações maiores e voltou ao medo que ele sentira. Não sabia por que Melinda estava sendo amigável. Isso era parte da questão. Ele achava que era a parte principal. Decidiu agir com ainda mais cautela — sem ser frio ou pouco receptivo, apenas agir com cautela. Várias vezes ele mordera a isca de Melinda e se vira enganchado num anzol. Tudo o que queria era paz em sua casa, lembrou a si mesmo. Quando houvesse uma paz verdadeira na qual pudesse confiar... aí sim ele poderia agir com tranquilidade.

Na noite seguinte, sem nenhuma premeditação, Vic tomou uma saideira com Melinda no quarto dela. Ela não o havia convidado, ele simplesmente levou um highball para ela e se sentou numa cadeira. Mas, uma vez lá, sentiu-se desconfortável e começou a falar sobre arranjar umas cortinas novas para o quarto.

— Ah, eu não ligo — retrucou Melinda. — Cortinas são muito caras e ninguém vê...

— É verdade, quem vê as cortinas?... Ora, você.

— Nunca olho para elas. — Ela estava sentada à penteadeira, escovando o cabelo. — Sabe, Vic, estou feliz por não ter fugido com Tony.

Gosto mais de você — comentou como quem não quer nada. — Você não se incomoda, não?

— Nã-ão.

— Verdade, mesmo? — Melinda sorriu para ele...

Vic achou o constrangimento dela fascinante.

— Não.

— Fico feliz que tenha agido como agiu. Com relação a Charley também.

— O que você quer dizer com "agiu"?

— Bem... você nunca perdeu o controle e, no entanto, os dois sabiam que você não gostava deles e queria que desaparecessem. Talvez Tony tenha simplesmente desaparecido. Ido para outra cidade, quer dizer.

Ela esperou.

— Fico feliz que você tenha percebido isso — disse ele, gentilmente, depois de um instante. — Você deve ter notícias dele um dia, um pedido de desculpas. Ele tem consciência.

— Consciência? Você acredita nisso?

— Mais do que De Lisle tinha, pelo menos.

— Desse nunca mais teremos notícia, não é?

— Bem improvável. Coitado.

— Os dois são coitados... comparados a você. — Ela estava de pé ao lado da luminária da mesa de cabeceira lixando a unha.

— Por que está pensando assim agora?

— Você acha isso, não acha?

— Sim. Mas você nunca pensou isso, nem mesmo na época em que nos casamos.

— Poxa, Vic, isso não é verdade!

— Lembro bem de quando casamos. Você era feliz, mas não era. Ficava na dúvida se cometera um erro ou se não era capaz de arranjar algo melhor. Então seu olhar começou a vasculhar... antes mesmo de você.

— Eu só olho para as pessoas — defendeu-se ela, com um sorriso tímido.

Vic retribuiu o sorriso.

— Não tenho olhado para você ultimamente?

— Sim. Por quê?

— Tenho minhas razões.

— Não duvido! — Ele riu.

Ela arregalou os olhos e ficou sem jeito.

— Não caçoe de mim, Vic.

— Trixie contou a você a anedota que ouviu hoje? Duas tartarugas iam caminhando...

— Não mude de assunto. Pelo amor de Deus, estou tentando ser legal! — gritou.

Vic sorriu, satisfeito. Agora sim ela voltara a ser a mesma de sempre.

— Só queria dizer... estava tentando dizer que admiro você e gosto de você. Gosto de tudo o que faz. Até criar lesmas. E me arrependo do jeito como me comportei no passado.

— Esse seu discurso pareceu tão difícil quanto um discurso de formatura.

— Não chega a ser difícil. Eu falei tudo isso... porque acho que preciso me redimir de muita coisa.

— Melinda, o que é que você está aprontando?

Ela se aproximou dele.

— Não podemos tentar de novo, Vic?

— Claro que podemos — respondeu ele, sorrindo. — Eu venho tentando esse tempo todo.

— Eu sei — disse ela, passando a mão no cabelo dele.

Vic quase não conseguiu conter o impulso de se esquivar. Olhou para a beirada do tapete no outro lado do cômodo. Ele abominou o toque das mãos dela. Era insultuoso, achava, considerando tudo o que havia acontecido. Ficou feliz quando ela afastou as mãos.

— Amanhã é sábado — comentou Melinda. — Que tal fazermos um piquenique no almoço e passear por aí com Trixie?

— Eu gostaria, mas prometi a Horace que iria a Wesley com ele escolher material de construção. Ele está construindo um galpão. Não está ficando muito frio para piqueniques?

— Acho que não.

— E por que não domingo?

— Acho que Trixie tem compromisso no domingo.

— Bom, talvez a gente possa fazer, eu e você, um piquenique no domingo — sugeriu ele num tom afável. — Boa noite, Melinda. Durma bem. — E saiu.

# 26

Trixie tinha compromisso no domingo. Um menino chamado Georgie Tripp estava dando uma festa e Trixie foi convidada e queria ir. Vic tinha de levá-la à uma da tarde. A menina achava que sabia chegar à casa dos Tripp — que ficava fora da cidade, numa estrada secundária, e ela já tinha estado lá antes... —, mas se perdeu e Vic teve de voltar em casa para pegar o caminho que a Sra. Tripp tinha passado a Melinda por telefone naquela manhã. Quando voltou em casa, Vic encontrou Melinda ao telefone falando com Don Wilson. Estava de costas para ele, de pé ao telefone do seu quarto e por alguma razão, talvez porque ele não tinha batido a porta do carro, não o ouviu chegar. Vic percebeu isso pela voz intensa dela quando disse:

— Não sei, Don. Não posso dizer nada... Não.

Quando os passos de Vic ressoaram no piso do corredor — ele não estava tentando caminhar em silêncio, mas estava com sapatos de sola de borracha —, Melinda se virou e pareceu levar um susto. Ela sorriu para o telefone e disse:

— Bem, é isso por enquanto. Preciso desligar. Tchau.

— Acho melhor eu pegar o papel com o caminho — disse Vic. — Trixie se perdeu.

Melinda pegou o papel na mesinha de cabeceira e entregou a ele. Seu rosto ainda mostrava espanto e lembrou a Vic um pouco a sua expressão quando ele a fez comer ovos mexidos tarde da noite, só que agora ela não estava bêbada.

— Como vai Don? — perguntou Vic, virando-se para sair de casa.

— Está bem, acho.

— Bom, vejo você daqui a meia hora — disse, sorrindo. — Talvez um pouco mais.

Vic voltou da casa dos Tripp trinta e cinco minutos depois e eles saíram logo em seguida.

— Você se incomodaria se a gente fosse à pedreira? — perguntou Melinda. — Por que não, já que Trixie não está conosco?

— É mesmo, por que não? — respondeu ele num tom agradável.

Vic passou os segundos seguintes analisando os tons da voz dela, tentando descobrir se ela suspeitava ou não de algo em relação à pedreira, mas se cansou daquilo e se cansou da mentalidade medíocre — a sua, afinal — que o havia impelido a imaginar se ela suspeitava de algo. E se suspeitasse? Isso não iria perturbá-lo. Já podia se ver com Melinda em poucos minutos, aconchegados junto a uma fogueira avivada pelo vento, chupando ossos de galinha, cavernícolas sem a proteção de um telhado. Deu uma risadinha.

— O que foi? — quis saber ela.

— Nada. Estou feliz, eu acho.

— Às vezes acho que você está ficando louco. Já pensou nisso?

— Provavelmente já fiquei louco muitos anos atrás. Nada com que me preocupar. — Ao se aproximar da trilha tomada pelo matagal que saía da estrada de terra que levava à pedreira, perguntou: — É aqui o lugar?

— Você não sabe?

— Há muito tempo que a gente não vem aqui.

Nenhuma reação.

Os galhos, mais duros e sem folhas agora, arranhavam as laterais do carro enquanto ele se arrastava pela trilha. Então, chegaram ao platô familiar diante da escavação e pararam. Vic comentou que fazia um belo dia e Melinda murmurou alguma resposta. Mais uma vez, ela parecia estar pensando numa mudança de tática. No entanto, não teria a ver com a pedreira, pensou Vic. Ele começou a assobiar enquanto juntava gravetos para a fogueira. Deixou que sua busca por gravetos o levasse até a beirada da pedreira, a uns dois metros do local de onde Cameron despencara. O pequeno braço de lago onde o homem tinha afundado estava meio que na sombra, mas não dava para ver nada flutuando. Obviamente, daquela altura não daria para ver quaisquer manchas, mas ele se agachou nos calcanhares, apoiou o queixo no polegar e as procurou mesmo assim. Não havia nada à vista. Quando se levantou, já se virando, Melinda estava a menos de dois metros de distância. Aproximava-se dele com uma expressão solene e determinada, e Vic instintivamente firmou os pés e sorriu.

— Já consegui isto aqui — disse ele, mostrando alguns gravetos que juntara. — Vamos tentar?

Foi até a pedra que tinham escolhido como proteção para a fogueira, mas Melinda não o seguiu. Vic olhou para trás quando chegou à pedra e a viu observando a pedreira. Perguntou-se se ela iria propor uma caminhada pela trilha até lá embaixo e decidiu que não desceria em hipótese alguma. Não que o lugar o abalasse, pensou, mas porque Melinda poderia ver manchas de sangue. Elas poderiam não parecer manchas de ferrugem. Mas naquele momento ela não tinha planos. Isso era óbvio pela sua postura relaxada e sem propósito na beirada da pedreira. Logo depois, ela voltou na direção dele e propôs que tomassem um drinque.

Serviram-se de dois copos de uísque gelado e água da garrafa térmica e comeram um ovo recheado como canapé. A fogueira estava pegando bem, depois de um início complicado. Não estava muito quente, mas Melinda estoicamente tirou o casaco pele de camelo, estendeu-o para se deitar nele e se instalou na pedra diante da fogueira. Estava vestida com as velhas calças de veludo cotelê cor de camurça e o velho suéter marrom com furos nos cotovelos. Tinham se esquecido de trazer o cobertor, Vic percebeu. Ele se sentou, um tanto desconfortavelmente, na pedra, ao lado de Melinda.

— O que Tony disse no dia em que deu uma volta de carro com você? — perguntou Melinda.

— Eu contei a você o que ele disse.

— Eu não acredito nisso.

— Por que não?

Ela ainda estava olhando para a fogueira.

— Você não o levou para uma voltinha e o jogou em algum lugar... morto?

— Como assim morto?

— Talvez estrangulado — respondeu ela com uma calma surpreendente. — Você não jogou Cameron em algum lugar no mato?

Vic deu uma breve risada.

— Deus do céu, Melinda.

Estava esperando que a pedreira passasse pela cabeça dela. Melinda poderia estar imaginando todos os bosques onde ele poderia ter desovado um cadáver. Ela conhecia muito bem todas as estradas. Não pensara na pedreira? Ou achara que ele não conseguiria pegar um sujeito grande como Cameron desprevenido e empurrá-lo da beirada? Essa foi a única explicação que Vic encontrou para ela não ter pensado na pedreira.

— Não está com fome? — perguntou Vic. — Eu bem que estou a fim de um pedaço de frango.

Melinda se levantou preguiçosamente para ajudá-lo a tirar as coisas da cesta de piquenique. Roger estava muito interessado no frango, mas não ganhou nenhum. Vic jogou um graveto para que ele fosse pegar. Então ele e Melinda — exatamente como havia previsto — ficaram aconchegados junto à fogueira, comendo frango, mas Vic se questionou se, mesmo nos tempos mais primitivos, um homem e uma mulher cuja relação fosse mais ou menos marital tinham chegado a sentir tanta desconfiança um do outro. A conversa de poucos minutos antes não diminuíra o apetite de Melinda. Vic sorriu ao ver sua concentração enquanto atacava um pedaço de peito de frango. Conversaram sobre a compra de uma bicicleta para Trixie no Natal. A ideia era de Vic.

Então Melinda disse:

— Sabe, Vic, acho que você matou Charley e Tony também... então por que não admite para mim? Eu dou conta.

Vic deu um leve sorriso: suas suspeitas estavam confirmadas. O propósito da sua doçura e leveza dos últimos tempos era fazer com que ele acreditasse que estava do seu lado.

— E então você vai à polícia e conta que confessei?

— Ouvi dizer que uma esposa não pode depor contra o marido.

— Ouvi dizer que não é obrigada. Mas ela pode se quiser.

— Mas só quis dizer... contanto que eu saiba...

— Isso é tudo o que você e Wilson conseguem tramar? Não chega a ser grande coisa.

— Você admite, então? — Ela o encarou com olhos cheios de triunfo.

— Não, não admito — disse baixinho, mas estava com raiva. Ou talvez fosse apenas constrangimento o que sentia por ela. Lembrou-se do seu constrangedor fingimento de afeto por ele na noite em que sentou no quarto dela. A raiva o fez se levantar. Foi até a beirada da pedreira de novo e olhou para baixo.

E ali, na água cintilante, ele viu. Estava perto do degrau de onde ele havia empurrado Cameron, paralelo à borda do degrau, justamente onde se poderia esperar que o corpo emergisse caso isso ocorresse. Tinha emergido.

— Café, Vic? — chamou a voz de Melinda.

Espiou com mais atenção sem curvar o corpo, para não despertar a curiosidade de Melinda, mas se retesando para concentrar toda a energia dos olhos. Uma extremidade do corpo estava mais baixa do que a outra. Parecia ter um tom bege, mas isso podia ter sido causado pela execrável cintilação da água clareando o paletó de tweed marrom de Cameron. O peso numa das extremidades poderia ser a pedra nas calças. De qualquer modo, a corrente tinha se soltado.

— Não quer café, Vic?

Ele deu uma última olhada atenta, tentando calcular até que ponto a forma chamaria a atenção de uma pessoa comum postada onde ele estava, uma pessoa comum sem suspeitas. Quem quer que visse aquilo olharia duas vezes, poderia até descer para investigar, ainda mais se se lembrasse da história de Cameron.

Vic se virou devagar.

— Estou indo — disse ele, iniciando a caminhada de volta.

Embora Vic pudesse ter proposto que voltassem logo para que ouvisse o concerto pelo rádio que sempre ouvia nas tardes de domingo, achou que isso seria uma pequena concessão à sua ansiedade, por isso esperou até que Melinda tivesse terminado o café e fumado um cigarro e ela mesma sugerisse que fossem embora. Guardaram juntos as coisas na cesta de piquenique.

Chegaram em casa às 15h25 e Vic na mesma hora ligou o rádio na sala de estar. Ouviu o ritmo pulsante urgente do quarto movimento da Quinta Sinfonia de Shostakovich. Pelo menos, ele achou que fosse o quarto movimento. Não estava no clima para ver se estava certo ou não. Achou a música um pouco irritante, mas continuou ouvindo.

Antes que o concerto terminasse, Melinda saiu do seu quarto, foi até o carro e voltou.

— Vic, esqueci a minha echarpe. Eu a coloquei debaixo de uma pedra e acho que deixei lá.

— Quer que eu vá lá pegar?

— Agora não, você está ouvindo o concerto. Pode ser amanhã na ida para a gráfica ou na volta. Ou eu vou. Gosto muito daquela echarpe. Eu a dobrei e coloquei debaixo de uma pedra bem perto da fogueira, do lado esquerdo.

— Certo, querida, eu trago a echarpe amanhã quando voltar para o almoço.

Vic se lembrou dela dobrada debaixo da pedra. O fato de não ter pensado na echarpe quando juntaram as coisas na hora de ir embora mostrava como ele estava abalado.

Depois do jantar naquela noite, enquanto Vic estava lendo na sua poltrona na sala de estar, Melinda saiu do seu quarto e perguntou se ele não queria tomar um último drinque com ela. Vic respondeu que achava que não queria. Melinda foi até a cozinha preparar um para si. Ao voltar pela sala disse:

— Não precisa pegar a echarpe amanhã cedo se não quiser, porque tenho um compromisso na hora do almoço e não estarei em casa aqui ao meio-dia.

— Certo — disse ele.

Não ia fazer nenhuma pergunta. Ela tinha feito pelo menos dois telefonemas do quarto naquela noite.

# 27

No dia seguinte, Vic deixou a gráfica uns quinze minutos antes do habitual na hora do almoço, embora seus horários de saída ao meio-dia e ao fim da tarde fossem tão irregulares que ninguém teria reparado uma diferença de quinze minutos. Ele dirigiu até a pedreira entre Wesley e East Lyme. Dessa vez, pegara na garagem um bom pedaço de corda forte — uma de estender roupa — e pretendia usar uma ponta dela para atar uma pedra de bom tamanho e a outra para envolver o corpo de Cameron debaixo dos braços. O dia estava claro e ensolarado, mas Vic não perdeu tempo dando outra olhada no corpo na água antes de descer a trilha. Desceu com cuidado para não rasgar as calças nos arbustos ou arranhar os sapatos.

Uma vez no platô, aproximou-se do local lentamente, evitando olhar para o cadáver até chegar quase à beirada do degrau.

Era um rolo de papel: papel de polpa ensopado d'água e desbastado nas pontas, amarrado, pelo que viu, em dois locais com barbante. A surpresa, o absurdo da coisa toda quase o irritou. Então, ele suspirou e a dor que perpassou seu corpo o fez perceber como estivera tenso.

Olhou para o céu azul acima e além da crista recortada do lado oposto da pedreira. Nada olhou de volta além de umas poucas árvores. Olhou de novo para o rolo de papel. Uma das pontas estava mais baixa do que a outra, cerca de quatro quintos submersa. Vic se perguntou o que a mantinha flutuando, queria saber se haveria um carretel de madeira no centro. Se pudesse alcançá-lo com o pé, o empurraria para fora da quina, mas estava fora do seu alcance. Devia estar havia meses na pedreira, arrastado para cá e para lá pelo vento. Ele se aproximou mais da borda e olhou diretamente para o local onde o corpo de Cameron afundara. Dava para ver vagamente o hediondo degrau, metros abaixo na água — parecia muito pálido, como se nada repousasse nele.

Virou-se e procurou as manchas de sangue. Não havia nenhuma. Foi como se tivessem lhe pregado outra peça. Então, viu a leve descoloração avermelhada entre algumas pedrinhas. Percebeu que a chuva e o vento tinham espalhado uma boa quantidade de poeira calcária e pequenos fragmentos de pedra nas manchas. Ao tirar as pedras com o pé, viu a mancha: essa tinha uns dez centímetros de comprimento por três de largura. Mas estava tão desbotada, não valia a pena se preocupar com ela. Olhou ao redor dos pés com extrema atenção. Nem uma só mancha estava à vista exceto a que ele tinha deliberadamente exposto. Ele deveria ter se poupado a viagem até ali embaixo, pensou. Com muito cuidado, espalhou poeira e pedras na mancha que havia revelado.

— Ei, você aí! — gritou uma voz, e o outro lado da pedreira a ecoou.

Vic olhou para o alto e viu a cabeça e os ombros de um homem acima da borda do penhasco, reconhecendo-o na mesma hora: Don Wilson.

— Olá! — respondeu Vic.

Tinha ficado de pé. Voltou subindo pela trilha, de repente retesado pelo terror e pela vergonha, porque se lembrou de ter ouvido — menos de dois minutos antes — um impacto leve e muito distante que preferira ignorar, mas agora percebeu que devia ter sido a porta do carro de Wilson se fechando. Poderia ter se preparado se tivesse dado atenção ao som, mas tinha achado que vinha de mais longe do que o platô onde estava seu carro.

Wilson caminhava na direção de Vic ao longo da beirada da pedreira, claramente procurando um caminho de descida. Ele o encontrou e avançou trilha abaixo. Vic, já na trilha num local estreito demais para que mais de uma pessoa passasse, recuou toda a distância que tinha percorrido. Wilson chegou depressa, escorregando e agarrando-se aos arbustos.

— O que está fazendo? — questionou.

— Dando uma volta. Melinda esqueceu uma echarpe por aqui.

— Eu sei, já a achei — revelou Wilson, exibindo a peça. — E essa corda é para quê?

— Acabei de encontrar. Parece nova.

Wilson assentiu, olhou ao seu redor e Vic viu seus olhos se fixarem no rolo de papel na água.

— Como vai você, Don? E June, como vai?

Wilson desceu até a laje, pelo visto para dar uma olhada melhor. Estacou como se também tivesse ficado surpreso ao descobrir que era apenas um rolo de papel. Então Vic viu Wilson olhar para os pés, tentando descobrir o que lhe interessara na pedra. Vic começou a subir a trilha de novo. Wilson era a companhia de Melinda para o almoço, Vic supôs, e ela provavelmente lhe pedira que pegasse a echarpe a caminho de Little Wesley. Muito simples. Simples e sinistro.

— Ei! — gritou Wilson.

Vic parou e olhou para trás. Os dois tinham uma visão clara um do outro. Wilson estava debruçado no lugar onde Vic tinha descoberto a mancha.

— Era isto que você estava olhando? Parecem manchas de sangue! Tenho certeza de que são manchas de sangue!

Vic hesitou deliberadamente.

— Também pensei nisso, mas acho que são manchas de ferrugem — argumentou e começou a subir de novo.

Vic percebeu que Wilson estava tentando ligar as manchas à água.

— Ei, espere um minuto! — gritou Wilson e caminhou na direção dele, com as mãos nos bolsos do sobretudo, o rosto erguido com um ar ameaçador. Tropeçou numa pedra, mas seguiu em frente. — O que você sabe sobre estas manchas? Por que estava tentando cobri-las?

— Não estava tentando cobrir nada — retrucou Vic, e continuou subindo.

— Escuta, Vic, foi aqui que você matou Cameron? Vou chamar a polícia para dar uma olhada na água. Como é que você se sente em relação a isso?

Ele se sentia nu e vulnerável. Detestou ter que dar as costas para Wilson enquanto subia a trilha. Quando chegou ao alto, viu que o carro de Wilson estava enfiado no mato, parado na estradinha. Wilson devia ter reconhecido o carro dele e parado fora do alcance auditivo para espioná-lo.

— O seu carro está bloqueando a passagem para a estrada — reclamou Vic a Wilson quando ele chegou ao alto. — Por favor, pode recuar? Ou avançar?

Wilson pareceu confuso e irritado por um instante, depois seguiu em direção à estradinha. Em cerca de um minuto, Vic ouviu o carro dele dar a partida e esperou poucos segundos mais para ver o que Wilson ia fazer. Então, ouviu o motor se aproximando. Vic entrou no carro e deu a partida. Estava pensando que, caso se livrasse da outra corrente de pneu no seu porta-malas, a que envolvia o cadáver de Cameron não seria facilmente identificável. Havia, é claro, Melinda, que teria prazer em identificá-la e que provavelmente se diria capaz de identificá-la quando, na verdade, não era. Vic partiu com seu carro assim que pôde e acenou para Don ao passar por ele.

Sua única chance, ponderou Vic, era que Wilson não convencesse os policiais a dragarem a pedreira. Entretanto, se a polícia fosse convencida de que as manchas eram mesmo de sangue — e infelizmente ela com certeza seria convencida disso — não seria necessário fazer pressão para que realizassem buscas na água. Vic procurou o carro de Don no retrovisor. Deixou a estrada de terra e pegou a rodovia para Little Wesley sem tê-lo visto. Don devia estar tendo dificuldade para sair da estradinha.

Ele ia procurar a polícia agora, supôs Vic, assim que chegasse a Little Wesley. Vic imaginou a polícia chegando à sua casa enquanto ele, com toda a calma do mundo, preparava o almoço, talvez até enquanto comia. Ele tentaria desqualificar Wilson de novo. Afinal, a polícia já sabia que Wilson era um encrenqueiro. A polícia, aliás, estava do lado de Vic. Ele ia conseguir persuadir os policiais a não irem verificar as manchas de sangue. Tudo o que precisava fazer era agir com frieza.

Mas sabia que não ia ser assim. A polícia ia examinar as manchas. Ainda que não o fizesse, Wilson informaria a empreiteira de Cameron ou Havermal.

Vic não sabia muito bem o que fazer.

Pensou em Trixie. Os Peterson com certeza ficariam com ela, pensou, caso algo lhe acontecesse. Parou de pensar sobre isso. Era derrotismo. Melinda ficaria com a menina, de todo modo. No entanto, era ainda pior pensar nisso.

Ele ainda não sabia muito bem o que fazer.

Permaneceria na sua rotina. Essa era a única maneira de agir que conseguia vislumbrar.

Esperava que Melinda tivesse saído quando chegasse em casa. O carro dela estava na garagem. Vic saiu do seu carro silenciosamente, sem bater a porta, e entrou na sala de estar. Melinda estava ao telefone no seu quarto e ele a ouviu tentando encerrar a ligação depressa porque sabia que ele tinha chegado.

Ela entrou na sala e Vic percebeu pelo seu rosto que estivera falando com Don. Seu rosto era uma confusão de surpresa, triunfo e terror. Então, enquanto ele caminhava na direção dela, Melinda deu um passo para trás. Vic sorriu para ela. Estava vestida para sair, provavelmente para encontrar Don no Lord Chesterfield.

— Acabei de falar com Don — avisou ela, desnecessariamente.

— Ah, você acabou de falar com Don ao telefone! O que faria sem o telefone? — Ele continuou andando, passou por ela e entrou no quarto, enrolou o fio do telefone no pulso e o arrancou da caixa da parede. — Pois bem, agora você não tem mais um telefone!

Foi até o telefone do corredor e puxou o fio da mesma maneira, com tanta força que a caixa foi arrancada da parede.

Melinda estava de pé diante do toca-discos — na verdade, estava apoiada nele numa atitude de terror exagerado, pareceu a Vic, a boca aberta e caída nos cantos, como uma máscara da tragédia. Medeia, destruidora de filhos e castradora de maridos. O Destino a tinha apanhado finalmente. Ele quase sorriu. Mas o que estava fazendo, afinal? Estava indo na direção dela.

— Vic!

— O que é, querida?

— Don está chegando! — disse Melinda, ofegante. — Não faça nada comigo, Vic!

Ele a golpeou na lateral da cabeça.

— Então Don está chegando e quem mais, e quem mais? Cameron e Charley e todo o resto?

Ele a golpeou de novo.

Melinda tentou pegar o vaso esmaltado em cima do toca-discos, mas o derrubou. Então Vic bateu nela de novo e Melinda ficou em quatro apoios no chão.

— Vic!... Socorro!

Sempre aquele apelo aos outros! As mãos de Vic se fecharam em torno do pescoço dela e ele a sacudiu. O terror estúpido nos seus olhos arregalados fez as mãos dele apertarem ainda mais. E então ele a soltou.

— Levanta — ordenou. Afinal, ele não queria matá-la. Ela ficou tossindo. — Melinda...

Então, ele ouviu um carro ali fora e a última barreira de sua raiva se rompeu e ele se jogou sobre ela. Imaginou ver a figura esguia de Wilson e seu rosto desdenhoso entrando pela porta. Colocou toda a pressão que podia no pescoço dela, furioso porque ela o deixara furioso. Podia ter vencido, pensou, sem ela. Podia ter vencido sem o telefone que tinha trazido Jo-Jo, Larry, Ralph, De Lisle e Cameron a sua casa: Ralph, o filhinho da mamãe; Cameron, o paquiderme...

Ouviu um grito na porta da frente, em seguida Wilson, o dono da verdade, sério, intrometido, se debruçou sobre Melinda, falando com ela. Os lábios dela estavam abertos. As pálpebras estavam azuladas, ou seria maquiagem? Ou uma ilusão? Vic ouviu Wilson murmurar para o ar vazio que ela estava morta e então, ao seguir a direção para onde Wilson havia olhado, Vic viu um policial de pé.

— Está sorrindo do quê? — questionou o policial, sério.

Vic estava a ponto de responder — "Da fé, esperança e caridade" — quando o policial o pegou pelo braço. Vic se levantou, suportando o contato repugnante que logo se tornou cômico, como o pânico de Melinda, com sua comodidade usual. Wilson balbuciava atrás dele e Vic discerniu as palavras "pedreira", "De Lisle" e "sangue de Cameron" e ele continuou com os homens que não eram dignos sequer de engraxar seus sapatos. Viu Trixie, que estava brincando no gramado, parar surpresa ao vê-lo sendo conduzido pelos policiais, mas, ao franzir o cenho, percebeu que ela não estava realmente lá. O sol brilhava e Trixie estava viva em algum outro lugar.

Mas Melinda está morta e eu também, pensou. Então, ele descobriu por que estava se sentindo vazio: era porque havia deixado sua vida na casa atrás de si, sua culpa e sua vergonha, suas realizações e seus fracassos, o fracasso do seu experimento e seu gesto final e brutal de petulante vingança.

Passou a andar mais depressa (a caminhada até a viatura da polícia no final da entrada para carros parecia interminável) e começou a se sentir livre, leve e sem culpa também. Olhou para Wilson, que caminhava ao seu lado, ainda recitando suas enfadonhas informações e, sentindo-se muito calmo e feliz, continuou observando o abre e fecha dos maxilares daquele homem, refletindo sobre a multidão de pessoas como Wilson que havia na terra, talvez metade das pessoas na terra fosse desse tipo ou potencialmente desse tipo, e Vic chegou à conclusão de que não seria nada ruim, afinal, ficar longe delas. Os pássaros feios sem asas. Os medíocres que perpetuavam a mediocridade, que chegavam até a lutar e morrer por ela. Sorriu do rosto sombrio e ressentido de Wilson, de seu ar de o-mundo-me-deve-uma-vida, que era o reflexo da mentalidade pequena e sem brilho por trás dele, e o amaldiçoou e também amaldiçoou tudo o que ele representava. Em silêncio e com um sorriso, com tudo o que lhe restava, ele o amaldiçoou.

# SOBRE O LIVRO

Vic e Melinda estão longe de ser um casal feliz — seu casamento é mantido por um acordo nada convencional: Melinda pode ter quantos amantes quiser contanto que não arraste os dois e a filha para o caos de um divórcio. Tudo parece bem, mas, com o passar do tempo, Vic começa a se incomodar com os homens escolhidos pela esposa e adota uma estratégia inusitada para afugentá-los, assumindo a autoria do assassinato de um deles. Só que a notícia se espalha por toda a cidade do interior dos Estados Unidos e o antes cidadão-modelo, benfeitor, marido mais do que tolerante e empreendedor abnegado vira alvo da maledicência de todos.

Tudo levava a crer que a vida voltaria ao normal quando o verdadeiro assassino é descoberto, mas a revelação da mentira de Vic é o estopim de uma reviravolta nas convicções do próprio e nas relações que mantém com a comunidade, com os amigos e com Melinda e seus vários amantes. O que se cria é uma trama intrincada, repleta de segredos, manipulação psicológica e sangue.

*Em águas profundas* tem a marca registrada de Patricia Highsmith: explora os abismos mais sombrios da psique humana e lança luz para o fato de que sob a superfície das personalidades mais pacatas e exemplares podem se esconder as mais sórdidas psicopatias.

© Picture-Alliance/Photoshot

Nascida em Fort Worth, Texas, em 1921, Patricia Highsmith passou grande parte da vida adulta na Suíça e na França. Foi educada no prestigioso Barnard College, em Nova York, onde estudou inglês, latim e grego. Seu primeiro romance, *Pacto sinistro*, publicado em 1950, teve grande sucesso comercial e foi filmado por Alfred Hitchcock. Autora de mais de vinte livros, é a criadora do personagem Tom Ripley, o sofisticado sociopata que estreou em *O talentoso Ripley*, de 1955, que, além de aparecer em outros quatro romances, figura em adaptações para o cinema e a televisão.

Ao longo de sua carreira, Highsmith ganhou os prêmios Edgar Allan Poe, O. Henry Memorial, Le Grand Prix de Littérature Policière e o Award of the Crime Writer's Association da Grã-Bretanha. Ela morreu na Suíça, em 4 de fevereiro de 1995. Seus arquivos literários estão sediados em Berna.